KB050155

The Hitchhiker's Guide to the Galaxy

은하수를 여행하는 히치하이커를 위한 안내서 3

삶, 우주 그리고 모든 것Life, the Universe and Everything

초판 1쇄 발행 2004년 12월 25일
초판 15쇄 발행 2021년 1월 29일

지은이 더글러스 애덤스
옮긴이 김선형·권진아

펴낸이 김현태
펴낸곳 책세상
등록 1975. 5. 21. 제1-517호
주소 서울시 마포구 잔다리로 62-1, 3층(04031)
전화 02-704-1250(영업) 02-3273-1334(편집)
팩스 02-719-1258
이메일 editor@chaeksesang.com
광고·제휴 문의 creator@chaeksesang.com
홈페이지 chaeksesang.com
페이스북 /chaeksesang 트위터 @chaeksesang
인스타그램 @chaeksesang 네이버포스트 bkworldpub

ISBN 978-89-7013-481-9 04840
978-89-7013-343-0 (세트)

이 도서의 국립중앙도서관 출판예정도서목록(CIP)은 서지정보유통지원시스템 홈페이지
(http://seoji.nl.go.kr)와 국가자료종합목록 구축시스템(http://kolis-net.nl.go.kr)에서
이용하실 수 있습니다.(CIP제어번호: CIP2017008036)

은하수를 여행하는 히치하이커를 위한 안내서

3

삶, 우주 그리고 모든 것 *Life, the Universe and Everything*

더글러스 애덤스 지음 | 김선형 · 권진아 옮김

책세상

옮긴이 **김선형**은 영문학 박사 과정을 수료한 뒤 강의와 번역을 하고 있다. 스스로가 책을 읽고 글을 쓰는 일 외에는 별로 쓸모가 없는 사람이라는 걸 어느 날 깨달은 뒤로 그나마 최대한 잘해보려고 꽤나 노력한 덕분에 그간 토니 모리슨의 《파라다이스》, 《재즈》, 《빌러비드》, 그리고 실비아 플라스의 《실비아 플라스의 일기》 등 엄청나게 훌륭한 책들을 번역하는 행운을 누렸다. 특히 그중에서도 《은하수를 여행하는 히치하이커를 위한 안내서》를 만나게 된 건 제발 무지무지하게 재미있는 책을 번역하게 해달라는 간절한 기도가 응답을 받은 거라 믿어 의심치 않는다. 더글러스 애덤스는 지극히 우주적이면서도 지극히 영국적인 작가인지라, 영국 땅에 체류하는 인생의 짧은 시간 동안 이 책을 작업하게 된 것 또한 잊지 못할 추억이다. 이젠 안녕히, 아서 덴트, 삶과 우주, 그리고 모든 것, 정말 고마웠어요.

옮긴이 **권진아**는 영문학 박사 과정을 수료한 뒤 강의와 번역을 하고 있다. 소위 말하는 사이언스 픽션 마니아라고는 감히 말할 수 없지만 이 장르에 대한 애정을 적잖이 가진 그는, 과거와 현재, 미래가 정신없이 뒤섞인 은하계를 종횡무진하며 우주와 인류의 창조, 진화, 종말 전체를 거대한 농담으로 만들고 마는 '히치하이커' 시리즈야말로 코미디와 사이언스 픽션의 최고의 결합이라고 생각한다. 이 황당무계한 시리즈의 우주적 인기를 뒷받침하는 것은, 과학적 근거는 고사하고 이야기의 개연성과 일관성까지 가차없이 무시하며 모든 거대한 것들을 무심한 듯 신랄하게 희화화하는 더글러스 애덤스의 발군의 유머 감각이다. 하지만 독서란 무릇 진지한 것이라고 고집하는 분들이라도 염려할 것 없다. 정신없이 웃다 보면, 은하계에는 발도 디뎌보지 못하고 국지적 삶을 시들시들 살아가는 원숭이의 후손에게도 어느새 삶과 우주, 그리고 모든 것에 대한 나름대로의 해답이 어렴풋이 떠오르게 될 테니까.

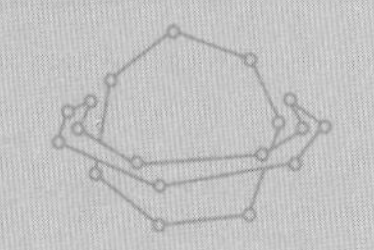

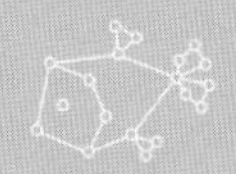

| 차례 |

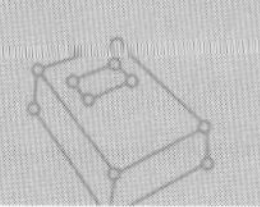

샐리를 위해

1

이른 아침마다 어김없이 울려 퍼지는 공포의 절규는 아서 덴트가 잠에서 깨어나 자기가 어디 있는지를 기억해내는 소리였다.

동굴 속이 추워서가 아니었다. 축축하고 냄새가 나서도 아니었다. 동굴이 영국 이즐링턴 한복판에 있는데도, 앞으로 이백만 년 동안은 버스가 한 대도 오지 않을 예정이기 때문이었다.

시간은, 말하자면, 길을 잃고 헤매기엔 세상에서 가장 고약한 장소다. 시간과 공간을 통틀어 여기저기서 길을 잃어본 경험이 아주 많은 아서의 입장에서는 확실히 장담할 수 있었다. 적어도 공간 안에서 길을 잃으면 분주히 할 일은 많았던 것이다.

그는 복잡다단한 사건들이 연속적으로 발생한 결과 선사 시대의 지구에 갇히게 되었다. 꿈에도 있을 거라 생각지 못했던 은하계의 해괴한 장소들에서 한껏 자존심이 부풀었다가는 모욕을 당하는 일이 되풀이해 일어났다. 현재 그의 삶은 매우, 매우, 매우, 매우 조용했지만 아직도 가끔은 멀미가 나는 기분에 시달리곤 한다.

최근 오 년 동안은 별로 헛바람이 들어본 적이 없었다.

사 년 전에 포드 프리펙트와 헤어진 뒤로는 사람이라고는 만나본 적이 없으니, 최근 사 년 동안은 누구한테 모욕을 당해본 적도 없다.

단 한 번을 제외하고는.

대략 이 년 전 어느 봄날 저녁 무렵의 일이었다.

어스름이 내린 지 얼마 되지 않아 동굴로 돌아가던 길에, 구름 사이로 으스스한 불빛이 새어나오고 있다는 사실을 깨달았다. 그는 돌아서서 빛을 뚫어져라 바라보았다. 별안간 희망에 벅찬 심장이 뿌듯하게 달아올랐다. 구출. 탈출. 조난자의 황당무계한 꿈——바로 우주선이었다.

경외감과 흥분에 들떠 보고 있는 사이, 아니 그야말로 뚫어져라 바라보고 있는 사이, 은빛 우주선은 따뜻한 저녁 공기를 가르며 조용히, 차분하게, 첨단 기술로 매끄러운 발레라도 보여주듯이 기나긴 다리를 척척 펼쳤다.

우주선은 부드럽게 땅에 착지했고, 아주 작게 들리던 웅웅 소리마저 저녁의 정적 속에 울음을 그친 듯 뚝 끊겼다.

우주선에서 경사진 계단이 내려왔다.

빛이 강물처럼 흘러넘쳤다.

키가 훤칠한 시커먼 형체가 해치에 나타났다. 형체는 계단을 내려오더니 아서 앞에 우뚝 섰다.

"네놈은 머저리야, 덴트." 형체는 그냥 그 말만 했다.

외계인이었다. 딱 외계인이었다. 외계인 특유의 큰 키에, 외계인 특유의 납작한 얼굴, 외계인 특유의 작고 째진 눈을 하고 있었다. 외계인스러운 디자인의 목깃이 달린, 호화롭게 치렁치렁 늘어진 황금빛 가운을 걸친 창백한 회녹색 피부는 자르르 윤기가 흘렀는데, 회녹색 외계인들이 그런 윤택한 피부를 가지려면 대체로 엄청나게 운동을 하면서 동시에 몹시 값비싼 비누를 써야만 했다.

아서는 눈을 휘둥그렇게 뜨고 바라보았다.

외계인은 아서를 똑바로 내려다보았다.

처음에 느꼈던 아서의 희망과 떨림은 순식간에 경악과 공포에 압도당했고, 별별 생각들이 다 튀어나와 서로 목청을 쓰겠다고 다투었다.

"누누……?" 그가 말했다.

"부……후……우……." 그가 덧붙였다.

"루……라……뭐……누구?"

아서는 간신히 뭔가 말을 하는 데 성공하고 나서, 다시금 미칠 듯이 답답한 침묵에 빠져버렸다. 기억도 나지 않을 만큼 오랜 세월 동안 아무와도 말을 해보지 못한 후유증을 심하게 앓고 있었다.

외계의 생명체는 잠깐 눈살을 찌푸리더니, 가늘고 흐느적거리는 외계인스러운 손에 들고 있던 메모판 비슷한 물건을 참조했다.

"아서 덴트?" 그것이 물었다.

아서는 기운 없이 고개를 끄덕였다.

"아서 필립 덴트?"

외계인은 효과 만점의 기합 소리로 추궁했다.

"에에……에……맞아……에……에에……."

아서가 수긍했다.

"네놈은 머저리, 병신이야."

외계인이 재차 말했다.

"구제 불능성 쪼다라고."

"에에……."

생명체는 혼자 고개를 끄덕이고는, 자신이 들고 있는 메모판 위에 외계인 특유의 방식으로 체크를 하고서 우주선을 향해 경쾌하게 돌아섰다.

"에에……."

아서는 필사적으로 말했다.

"에에……."

"입 닥쳐." 외계인이 재빨리 대꾸했다. 그는 경사진 계단으로 씩씩하게 올라가더니 해치로 들어가 우주선 속으로 사라져버렸다. 우주선은 출입문을 닫았다. 그리고 다시 나지막하게 진동하며 웅 소리를 내기 시작했다.

"에에, 이봐!" 아서가 소리쳤다. 그리고 아무 소용 없이 달리기 시작했다.

"잠깐 기다려!" 그가 외쳤다.

"이게 뭐야? 뭐냐고? 잠깐만 기다리라니까!"

우주선은 두르고 있던 망토처럼 가볍게 중량을 땅바닥에 벗어던지고 하늘로 경쾌하게 날아올랐다. 우주선은 저녁 하늘을 괴상하게 가르며 주위의 구름들을 한순간 눈부시게 밝히더니, 순식간에 자취를 감추어버렸다. 아서만 거대한 땅바닥에 혼자 남아 아무 소용 없는 허망한 몸짓을 춤처럼 추어대고 있었다.

"뭐라고?" 그가 소리를 질렀다. "뭐라고? 뭐? 이놈아, 뭐? 돌아와서 그 말 다시 한번 해봐!"

다리가 후들거릴 때까지 펄쩍펄쩍 뛰면서 춤을 추었고, 허파에서 쇳소리가 날 때까지 소리를 질렀다. 하지만 누구한테서도, 어떤 대답도 돌아오지 않았다. 말을 들어줄 사람도, 말을 걸어줄 사람도 전혀 없었다.

외계의 우주선은 벌써 우레 같은 소리를 내며 대기권 상층부로 진입해, 소름끼치는 우주 공간 속으로 나아가고 있었다. 우주에 존재하는 생물들과 생물들을 서로 갈라놓는 그 공간 속으로.

우주선에 탄 값비싼 피부를 지닌 외계인은 하나밖에 없는 좌석에 편안히 기대어 앉았다. 그의 이름은 '무한정 수명이 늘어난 와우배거'였다. 그에게는 삶의 목표가 있었다. 솔직히 썩 훌륭한 목표는 아니었지만 말이다. 별 볼일 없는 목표라는 건 누구보다 그 자신이 잘 알고 있었다. 하지만 어쨌든 일생의 목표는 목표였기에, 적어도 계속해서 뭔가 할 일을 만들어주고 있었다.

'무한정 수명이 늘어난 와우배거'는 전 우주를 통틀어 극소수에 불과한 불멸의 존재였다——아니 불멸의 존재다.

'불멸'의 운명을 선천적으로 타고난 존재들은 태어나는 즉시 본능적으로 자신의 운명을 받아들이고 대처한다. 와우배거는 그런 부류가 아니었다. 사실, 그는 그런 부류를 증오했고 지루한 멍청이들이라고 경멸했다. 와우배거에게 '불멸'의 운명이 내린 건, 예측 불능의 분자 가속 장치와 액체 점심 식사, 그리고 고무줄 두 개가 연루된 사고 때문이었다. 사고의 구체적인 내용은 중요하지 않다. 정확한 상황을 모방하려 했던 사람들은 아무도 성공에 이르지 못했고, 오히려 대단히 바보스러운 꼬락서니에 처하는 것으로 끝나거나 아예 죽어버리곤 했다. 심지어 두 가지 운명을 모두 겪게 되는 사람들도 있었다.

와우배거는 침울하고 지친 표정으로 눈을 감고 있었다. 우주선 스테레오에서 흘러나오는 가벼운 재즈 음악을 들으면서 그는 그날이 일요일 오후만 아니었어도 훨씬 나았을 거라고 생각했다. 아마 훨씬 나았을 것이다.

처음에는 재미있었다. 위험천만하게 살고, 온갖 모험을 감수하고, 고수익을 올리는 장기 투자 건수를 싹쓸이하고, 기차게 신나는 시간들을 보내고, 그러면서 대체로 다른 사람들보다 훨씬 더 근사하게 살았다.

하지만 종국에 가서 도저히 해결할 수 없는 골칫거리로 등장한 건 바로 일요일 오후들이었다. 두 시 오십오 분경부터 근질거리기 시작하는 그 끔찍한 권태감 말이다. 알다시피 그 시간쯤이면 사람들은 하루에 할 수 있는 수준의 목욕은 이미 다 했을 것이고, 신문 기사를 죽도록 째려보고 있으면서도 절대 읽지는 않을 테고, 따라서 기사에 나온 혁신적인 방법대로 가지치기를 시도해보는 일 따위는 결코 하지 않기 마련이다. 그러다가 시계를 보면 바늘이 잔인하게도 네 시에 다다를 테고, 그러면 사람들은 길고 암울한 영혼의 티타임으로 진입하게 되는 것이다.

그래서 만사가 시들해지기 시작했다. 다른 사람들의 장례식에서 즐겨 띠던 희희낙락한 미소는 점차 희미해져갔다. 대체로 우주 전반을, 그리고 특히 우주에서 살아가는 모든 존재들을 다 깔보게 되었다.

삶의 목표를 새롭게 고안해내기로 한 것은 바로 이 시점이었다. 삶의 추동력이 되어줄 목표, 그러니까 영원히 삶을 살아갈 의미를 줄 목표 말이다.

그는 우주를 모욕하기로 작정했다.

그러니까 우주에 사는 모든 존재를 욕보이기로 결심했다는 말이다. 한 사람 한 사람씩, 개인적으로, 사적으로, 그리고 꼭 알파벳 순서로(특히 이 점은 이를 악물고 죽어도 지키겠다고 결심한 바였다).

가끔씩 이런 목표가 의도부터 잘못되었을 뿐 아니라, 수없이 많은 사람들이 매 순간 태어나고 죽는 관계로 절대 실행이 불가능하다고 따지는 사람들이 꼭 있었다. 하지만 그럴 때마다 와우배거는 얼음처럼 차가운 눈길로 쏘아보며 "사람이 꿈도 못 꾸나?"라고 대꾸하곤 했다.

그리하여 그는 계획을 실행에 옮기기 시작했다. 오래오래 버틸 수 있는 튼튼한 우주선을 건조하고, 알려진 우주 전체의 인구를 추적해 이와 관련된 끔찍하게 복잡한 동선들을 연산해낼 수 있는 컴퓨터를 장착했던 것이다.

그의 우주선은 태양계의 안쪽 궤도들을 뚫고 날아갔고, 태양을 한 바퀴 돈 힘을 새총처럼 축적했다가 총알처럼 항성 간의 우주 공간으로 날아갈 준비를 하고 있었다.

"컴퓨터." 와우배거가 말했다.

"예." 컴퓨터가 낑낑 짖었다.

"다음은 어디지?"

"바로 그걸 연산하는 중입니다."

와우배거는 잠시 찬란한 밤하늘의 보석들, 무한한 암흑에 빛을 먼지처럼 흩뿌려놓은 수십억의 작은 다이아몬드 같은 세계를 응시했다. 별들 하나하나가 모두 빠짐없이 그의 여행 계획 속에 들어 있었다. 거개의 별들을 아마 수백만 번씩 찾아가게 될 것이었다.

그는 밤하늘의 저 모든 점들을 아이들의 점 잇기 놀이처럼 연결하는 자신의 여행 계획을 잠시 생각했다. 우주 어딘가의 적당한 지점에서 보면, 그 점들이 몹시, 몹시 무례하고 기분 나쁜 단어로 보이기를 바라면서.

컴퓨터가 음이 맞지 않는 삑삑 소리를 내면서, 연산을 끝냈다는 신호를 보냈다.

"폴판가." 컴퓨터가 이렇게 말하고 삑삑거렸다.

"폴판가계(系)의 네 번째 행성입니다." 컴퓨터가 계속 말하고 삑삑거렸다.

"추정되는 여행 시간은 삼 주입니다." 컴퓨터가 좀더 계속 말하고 삑삑거렸다.

"그곳에서 아-르스-우르프-힐-입데누 속(屬)의 작은 괄태충을 만나셔야 합니다."

"주인님께서는……." 컴퓨터가 잠시 말을 멈추고 삑삑거리더니, 이렇게 말을 이었다. "이미 놈을 골빈 멍청이라고 부르기로 결정하신 걸로 알고 있습니다."

와우배거는 못마땅한 듯 신음 소리를 냈다. 그는 일이 초가량, 창밖에 펼쳐진 피조물들의 압도적인 장관을 지켜보았다.

"낮잠이나 자야겠군." 그가 말하고 이렇게 덧붙였다.

"우리가 다음 몇 시간 동안 지나가게 될 방송국들은 어떤 게 있지?"

컴퓨터가 삐삐 소리를 냈다.

"코스모비드, 싱크픽스, 그리고 홈브레인 박스가 있습니다."

컴퓨터가 말하고 삐삐 소리를 냈다.

"내가 아직 삼만 번 이상 안 본 영화가 뭐가 있지?"

"없습니다."

"으음."

"〈우주 공간의 불안〉이라는 영화가 있는데, 그건 삼만 삼천오백 십칠 번밖에 안 보셨습니다."

"두 번째 테이프 돌기 시작하면 깨워줘."

컴퓨터가 삐삐 소리를 냈다.

"편안히 주무십시오."

우주선은 밤을 가르며 속력을 높였다.

한편, 지구에서는 비가 억수같이 퍼붓고 있었고, 아서 덴트는 자기 동굴 속에 앉아 전 생애를 통틀어 가장 거지 같은 저녁을 보내고 있었다. 그놈의 외계인에게 자신이 할 수도 있었을 수많은 말들을 생각하며, 자기와 마찬가지로 거지 같은 저녁을 보내고 있는 파리들을 때려잡고 있었다.

다음 날 그는 토끼 가죽으로 작은 가방을 하나 만들었다. 속에다 물건들을 넣으면 좋을 것 같아서.

2

그로부터 이 년이 흐른 뒤인 이날 아침, 아서가 더 좋은 이름이나 더 좋은 굴을 찾을 때까지는 일단 집이라고 부르기로 한 동굴에서 나오니 날씨도 다사롭고 공기도 향기로웠다.

그는 이른 아침마다 질러대는 공포의 비명 때문에 목이 좀 아팠지만, 그래도 갑자기 기막히게 기분이 좋아졌다. 그래서 너덜너덜해진 가운을 여미고 끈을 동여맨 후 해맑은 아침을 향해 활짝 미소를 지었다.

공기는 맑고 향기로웠으며, 산들바람은 동굴 주위의 키 큰 풀숲 사이로 살랑거렸고, 새들은 서로 바라보며 지저귀었고, 나비들은 어여쁘게 팔랑거리며 날아다녔고, 자연 전체가 공모해 한껏 상쾌하기로 작정한 것 같았다.

하지만 아서의 명랑한 기분은 그 많은 목가적 풍경의 즐거움에서 비롯된 것이 아니었다. 이 끔찍한 고립 생활, 악몽, 화초를 가꾸려는 그 모든 시도의 실패, 그리고 이 선사 시대 지구에서의 미래라고는 전혀 없이 막막하고 헛되고 허망하기만 한 삶을 극복할 근사한 아이디어가 이제 막 떠올랐기 때문이었다. 확 미쳐버리면 그만이었다.

그는 다시 한번 환하게 미소 짓고는, 어제 저녁 먹다 남긴 토끼 다리를 한 입 물어뜯었다. 잠시 행복하게 우물우물 씹던 그는 이 결정을 공식적으로 선언하기로 마음먹었다.

그는 똑바로 서서 언덕과 들판이 펼쳐진 세상을 마주 보았다. 발언에 무게를 더하기 위해 그는 토끼 뼈를 자기 수염에다 쑤셔 넣었다. 그리고 두 팔을 활짝 벌렸다.

"나는 미쳐버릴 테다!" 그는 선언했다.

"좋은 생각이군." 포드 프리펙트가 앉아 있던 바위에서 꾸물꾸물 기어 내려오며 말했다.

아서의 뇌가 공중 곡예를 하듯 빙그르 돌았다. 턱은 팔굽혀펴기를 했다.

"나도 잠깐 미쳐봤었지." 포드가 말했다. "좋은 점이 말도 못하게 많더군."

아서의 눈이 수레바퀴처럼 굴러갔다.

"그러니까 말이지……."

"너 대체 어디 있었어?" 아서가 말허리를 잘랐다. 드디어 뇌가 운동을 끝마쳤던 것이다.

"그냥 여기저기." 포드가 말했다. "이리저리 돌아다녔지." 그는 사람을 약올리는 미소라고 스스로 판단한 미소를 씨익 지어 보였는데, 그 판단은 정확했다. "그냥 좀 정신을 놓고 있었어. 세상이 나를 정말로 원한다면 다시 불러줄 거라고 믿었거든. 진짜 그렇게 되더군."

그는 이제는 형편없이 낡아빠지고 헐어버린 자루 가방 속에서 서브-에서 센스-오-매틱을 꺼냈다.

"최소한, 그렇게 된 것 같아." 그가 말했다. "이놈이 이제 좀 말을 들어주기 시작했거든." 그는 서브-에서 센스-오-매틱을 흔들었다. "이게 가짜 신호라면 난 다시 돌아버릴래."

아서는 머리를 절레절레 흔들며 주저앉았다. 그리고 위를 올려다보았다.

"네가 죽은 게 분명하다고 생각했어……." 그가 짧게 말했다.

"한동안은 진짜 그랬지." 포드가 말했다. "그리고 이삼 주 동안은 레몬이 되기로 작정했지. 진 토닉 속에 들어갔다 나왔다 하면서 재미있게 놀았어."

아서는 침을 꿀꺽 삼키고 또 한번 그렇게 했다.

"어디서……?"

"진 토닉을 찾았느냐고?" 포드가 발랄하게 말했다. "자기가 진 토닉이라고 생각하는 작은 호수를 찾아내서 그 속에 풍덩 뛰어들었다 나왔다 했지. 아니 적어도, 나는 그 호수가 자신이 진 토닉이라고 상상한다고 생각했어."

"어쩌면 나 혼자 상상한 것인지도 모르지." 그는 제아무리 정신이 멀쩡한 사람이라도 혼비백산해서 숲 속으로 달려가게 만들고도 남을 미소를 지으며 덧붙였다.

그는 아서의 반응을 기다렸지만, 아서도 이제는 알 만큼 알고 있었다.

"어디 더 해보시지 그러셔." 그는 일부러 더 침착하게 말했다.

"내 말의 요점은, 미치지 않으려고 미리 미쳐버리는 건 아무 소용 없는 짓이라는 거야. 차라리, 나중에 쓸데가 있을지도 모르니까 맑은 정신을 저축해놓는 편이 낫지." 포드가 말했다.

"지금의 너는 제정신이 돌아온 너지, 응? 그냥 궁금해서 물어보는 거야." 아서가 말했다.

"아프리카에 갔었어." 포드가 말했다.

"그래?"

"그래."

"어떻든?"

"그런데 여기가 네 동굴이라 이거지?" 포드가 말했다.

"어, 그렇지." 아서가 말했다. 아주 기분이 이상했다. 사 년 가까운 세월 동안 철저하게 고립 생활을 한 끝에 포드의 얼굴을 보니, 너무 반갑고 안심이 되어서 울음이 터져 나오기 일보 직전이었다. 하지만 알고 보면 포드는, 보자마자 짜증이 울컥 치미는 인간이었다.

"꽤 괜찮은데." 아서의 동굴을 보며 포드가 한마디 했다. "너는 틀림없이 끔찍하게 싫어하겠지만."

아서는 귀찮아서 대답도 하지 않았다.

"아프리카는 아주 재미있었어. 나는 거기서 아주 괴상한 짓을 하고 다녔지." 포드가 말했다.

그는 상념에 잠겨 먼 곳을 바라보았다.

"짐승들을 잔인하게 학대하는 일을 즐겨 하곤 했어." 그가 명랑하게 말했다. "아, 물론 취미 삼아서." 그가 덧붙였다.

"음, 그랬냐." 아서가 은근히 경계하며 말했다.

"그럼." 포드가 확언했다. "괜히 시시콜콜 자세한 얘기를 늘어놓지는 않을게. 왜냐하면……."

"왜냐하면 뭐?"

"네가 기분 나쁠 테니까. 하지만 훗날 기린이라고 알려지게 되는 동물의 진화된 형태와 관련해서는 바로 내게 전적으로 책임이 있다는 사실 정도는 너도 알면 흥미로워하지 않을까 싶은데. 그리고 나는 그 녀석한테 나는 법을 가르치려고 애써봤다고. 그거 믿어져?"

"얘기해줘." 아서가 말했다.

"나중에 해줄게. 그냥 한마디만 해두지. 안내서에 쓰여 있기로는……."

"안내서?"

"안내서. 《은하수를 여행하는 히치하이커를 위한 안내서》. 기억나?"

"그래. 내가 강물에 던져버린 게 기억나."

"그랬지." 포드가 말했다. "하지만 내가 낚시로 건져냈어."

"그런 말 안 했잖아."

"네가 또 던져버릴까 봐."

"하긴 그래." 아서가 수긍했다. "거기 뭐라고 쓰여 있는데?"

"뭐라고?"

"안내서에 뭐라고 쓰여 있다며?"

"안내서에 쓰여 있기로는, 나는 데도 기술이 있대. 아니, 요령이랄까. 요령이 뭐냐 하면, 땅바닥을 향해 몸을 던지되 그 땅바닥이라는 목표물을 놓치는 거래." 그는 힘없이 웃었다. 그는 바지 무릎을 손으로 가리켜 보이더니 이어서 두 팔을 들어 팔꿈치를 보여주었다. 전부 찢어지고 너덜너덜하게 해어져 있었다.

"아직은 그리 잘하지 못해." 그가 말하고는 손을 내밀었다. "다시 만나서 정말 기쁘다, 아서."

오만 감정과 당혹감이 한꺼번에 밀려들어 아서는 고개를 절레절레 흔들었다.

"몇 년 동안 아무도 못 봤어. 단 한 사람도. 심지어 말하는 법도 잘 기억이 안 나. 단어도 계속 까먹어. 연습은 해, 알아? 연습은 하는데, 누구한테 말을 하느냐 하면……누구한테 하느냐 하면……누가 그런 것에 대고 얘기하면 사람들이 미쳤다고 할 만한 물건들을 상대로 얘기를 해. 조지 3세(광기로 유명한 영국의 왕—옮긴이주)처럼 말이야."

"왕들한테 얘기한다고?" 포드가 말했다.

"아니, 아니." 포드가 말했다. "조지 3세가 말을 걸었던 물건들 말이야. 빌어먹을, 우리 주위에 드글드글하게 많은 건데. 나도 그런 걸 수백 개나 심었단 말이야. 전부 다 죽었지만. 그래, 맞았어, 나무들이야! 난 나무들을 상대로 말하는 걸 연습해. 근데 너 왜 그러고 있어?"

포드는 아직도 손을 내민 채였다. 아서는 그것을 이해할 수 없다는 듯이 바라보았다.

"악수해." 포드가 재촉했다.

아서는 포드의 손을 잡았다. 처음에는 마치 손이 물고기로 변해 버리기라도 할 것처럼 불안스럽게 잡았다. 그러다가 홍수처럼 덮쳐오는 안도감에 사로잡혀 두 손으로 꽉 붙들었다. 그리고 흔들고 또 흔들었다.

한참 후 포드는 이제는 서로 좀 떨어질 필요가 있다는 사실을 깨달았다. 그들은 근처의 툭 튀어나온 바위 꼭대기로 올라가 주위 풍경을 바라보았다.

"골가프린참 사람들은 어떻게 됐어?" 포드가 물었다.

아서는 어깨를 으쓱했다.

"삼 년 전에 많은 사람이 겨울을 버티지 못하고 죽었어. 그리고 살아남은 사람들은 휴가가 필요하다며 봄에 뗏목을 타고 떠났지. 역사에 따르면 그들은 아마 생존했을 거야……."

"허." 포드가 말했다. "거 참." 그는 두 손으로 허리를 짚더니 텅 텅 빈 주위 세상을 바라보았다. 별안간 포드에게서 힘찬 에너지와 단호한 목적 의식이 감지되기 시작했다.

"우린 가는 거야." 그는 흥분에 들떠 말했다. 에너지 때문에 부르르 몸을 떨면서.

"어디로? 어떻게?"

"나도 몰라. 하지만 때가 왔다는 생각이 들어. 온갖 일들이 일어나게 될 거야. 우리도 이제 떠나는 거야."

그는 목소리를 낮추더니 속삭이듯 말했다.

"나는 빨래wash(wash에는 빨래라는 뜻도 있고 밀려드는 파도라는 뜻도 있다—옮긴이주)에 동요가 있다는 걸 감지했어." 그는 날카로운 눈빛으로 저 멀리 아득한 곳을 바라보았다. 그 시점에서 바람이 극적인 효과를 내며 머리카락을 멋지게 휘날려주길 바라는 모습이었지만, 마침 바람은 좀 떨어진 곳에서 나뭇잎 몇 개를 희롱하느라 바빴다.

아서는 정확히 무슨 말인지 모르겠으니 방금 한 말을 한 번만 다시 해달라고 부탁했다. 포드는 되풀이해 말했다.

"빨래?" 아서가 말했다.

"시공간의 조수." 포드가 말했다. 그리고 짧은 순간 바람이 스쳐 지나가자, 그는 바람에 이를 드러냈다.

아서는 고개를 끄덕이고 침을 꿀꺽 삼켰다.

"그러니까……." 그가 조심스럽게 말했다. "보고인의 빨래방 같은 걸 말하는 거야? 도통 무슨 소린지 모르겠네."

"에디eddy(eddy는 소용돌이라는 뜻이지만, 에디Eddy라는 사람 이름처럼 들리기도 한다—옮긴이주) 말이야." 포드가 말했다. "시공간 연속체 속의."

"아." 아서가 고개를 주억거렸다. "그 친구 얘기군. 그 친구." 그는 가운 호주머니에 두 손을 쑤셔 넣고는 알 만하다는 듯이 저 멀리 허공을 바라보았다.

"뭐라고?" 포드가 말했다.

"어, 근데 에디가 정확히 누구지?" 아서가 말했다.

포드는 성난 표정으로 그를 노려보았다.

"제발 잘 좀 들어볼래?" 그가 쌀쌀맞게 쏘아붙였다.

"잘 듣고 있었단 말이야. 하지만 그런다고 별 도움이 되는 것 같지 않은걸." 아서가 말했다.

포드는 아서의 가운 멱살을 붙잡더니 전화 회사의 회계과 직원이나 된 것처럼 천천히, 또박또박, 그리고 참을성 있게 말했다.

"그러니까……시공간의 조직에……불안정성의……웅덩이 같은 게……생긴 것 같단 말이야……."

아서는 바보같이 포드가 붙잡고 있는 가운의 천을 보았다. 포드는 아서의 바보 같은 표정이 바보 같은 말로 바뀌기 전에 잽싸게 말을 끝맺었다.

"시공간의 조직에 말이야."

"아, 그거." 아서가 말했다.

"그래, 그거." 포드가 확인해주었다.

그들은 선사 시대 지구의 언덕 위에 단둘이 서서 상대방의 얼굴을 단호한 표정으로 마주 보고 있었다.

"그런데 그게 어떻게 됐다고?" 아서가 말했다.

"불안정성의 웅덩이가 생긴 것 같다고." 포드가 말했다.

"그래?" 아서가 말했다. 그의 눈은 한순간도 흔들리지 않았다.

"그래." 포드도 비슷한 정도로 눈동자를 고정시킨 채 말했다.

"잘됐네." 아서가 말했다.

"알겠어?" 포드가 말했다.

"아니." 아서가 말했다.

말없는 침묵이 이어졌다.

"이 대화의 난점이 뭐냐 하면……." 아주 까다로운 암벽 코스를 어떻게 등반할까 생각하는 등반가처럼 깊은 사색에 잠긴 표정 같은 게 아서의 얼굴을 천천히 가로질러 간 후 그가 말했다. "최근에 내가 가졌던 대화들과 몹시 다르다는 거야. 그러니까, 내가 아까 설명했지만, 나는 주로 나무들하고만 대화를 했단 말이야. 그 대화들은 이렇지 않았어. 느릅나무들하고 나눴던 대화들만 제외하고 말이야. 느릅나무 앞에서는 대화가 난항에 빠질 때가 종종 있지."

"아서." 포드가 말했다.

"응?" 아서가 말했다.

"그냥 내가 한 말을 다 믿어. 그러면 아주 아주 간단할 거야."

"아, 글쎄, 내가 그걸 믿는지 안 믿는지 잘 모르겠어."

그들은 앉아서 서로 자기 생각을 정리했다.

포드는 서브-에서 센스-오-매틱을 꺼냈다. 거기서는 희미하게 웅웅거리는 소리가 나면서 작은 불빛이 깜박이고 있었다.

"건전지가 다 됐나?" 아서가 말했다.

"아니. 시공간의 조직에 움직이는 교란 요소가 나타난 거야. 소용돌이, 불안정성의 웅덩이가. 그리고 그게 우리 근처에 있어." 포드가 말했다.

"어디?"

포드는 그 기기를 천천히, 가볍게 위아래로 반원을 그리며 흔들었다. 갑자기 섬광이 번쩍했다.

"저기다!" 포드가 팔을 뻗으며 말했다. "저기! 저 소파 뒤에!"

아서는 바라보았다. 놀랍게도 눈앞의 들판에 페이즐리 문양의 벨벳 체스터필드 소파가 놓여 있었다. 그는 그 물건을 지적인 표정으로 멍하니 바라보았다. 아주 똑똑한 질문들이 그의 머리에 마구 마구 떠올랐다.

"어째서 들판에 저런 소파가 있는 거야?" 그가 말했다.

"말해줬잖아!" 포드가 소리치며 벌떡 일어났다. "시공간의 연속체에 소용돌이들이 생겼다니까."

"그러니까 이게 에디의 소파란 말이지?" 아서가 일어서려고 안간힘을 쓰며, 그리고 별로 전망이 밝지는 않았지만 어쨌든 제정신을 차려보려고 애를 쓰며 물었다.

"아서!" 포드가 그에게 고함을 쳤다. "구제 불능으로 망가진 네 두뇌에 이해시키려고 아까부터 내가 죽도록 노력한 그 시공간의 불안정성이라는 것 때문에 저 소파가 여기 있는 거라고. 나는 시공간의 연속체에서 밀려났던 거야. 저건 표류한 물건이고. 저게 뭐든 그런 건 상관없어. 무조건 저걸 붙잡아야 해. 저것이 우리가 탈출할 수 있는 유일한 길이란 말이야!"

그는 바위를 달려 내려가 들판을 가로질렀다.

"저걸 붙잡아?" 아서는 중얼거리더니, 체스터필드가 한가로이 둥둥 떠다니며 잔디밭 저 너머로 밀려가는 모습을 보고는 황당하다는 듯 얼굴을 찡그렸다.

별안간 전혀 예상치 못했던 환희에 사로잡힌 그는 바위에서 펄쩍펄쩍 뛰어내려, 포드 프리펙트와 비합리적인 가구의 뒤를 쫓아 숨 가쁘게 몸을 던졌다.

그들은 풀밭 위를 미친 듯이 뛰어다니고, 펄쩍펄쩍 도약하고, 큰 소리로 웃어대고, 그 물건을 이리로 몰아라 저리로 몰아라 서로 훈수를 들며 고함을 질렀다. 태양은 바람결에 흔들리는 풀밭과 화다닥 놀라 흩어지는 작은 들짐승들 위로 꿈결처럼 내리비치고 있었다.

아서는 행복했다. 하루가 계획한 대로 정확히 돌아가고 있다는 사실이 기막히게 기분 좋았다. 미쳐버려야겠다고 결심한 지 불과 이십 분 만에 벌써 선사 시대 지구의 들판 위에서 소파를 쫓아 돌아다니고 있잖은가.

소파는 이리저리 둥실둥실 떠다니고 있었는데, 어떤 나무들을 스쳐 지나갈 때는 나무 못지않게 단단해 보이다가도 또 다른 나무들을 통과해 유령처럼 떠다닐 때는 일렁이는 꿈결처럼 아련해 보였다.

포드와 아서는 정신 없이 엎치락 뒤치락 소파 뒤를 쫓아 펄떡거렸지만, 소파는 자기만의 복잡한 수학적 도상을 따르기라도 하는 것처럼——실제로 그랬다——계속 잡히지 않고 지그재그로 도망 다녔다. 하지만 그들은 결코 포기하지 않고 계속 뒤를 쫓았다. 소파는 계속 춤을 추어대며 빙글빙글 돌다가 갑자기 방향을 휙 바꾸더니, 마치 그래프 곡선을 타고 급강하하듯이 땅에 내려앉았다. 두 사람은 소파 위로 뛰어들었다. 소리를 질러대면서 그들이 소파 위로 뛰어오르자, 갑자기 한순간 태양이 눈을 감은 듯 캄캄해졌고, 그들은 현기증 나는 공허 속으로 떨어졌다가 뜻밖에도 런던 세인트 존스 우드의 로즈 크리켓 경기장에 모습을 나타냈다. 198-년의 오스트레일리아 시리즈 최종 예선이었고, 영국은 겨우 이십팔 런 차이로 뒤지고 있었다.

ㅋ

은하의 역사에 관한 중요한 사실 1번(《항성일에 따른 오늘의 인기 만점 은하사》에서 발췌) :

크리킷 행성의 밤하늘은 전 우주를 통틀어 가장 재미없는 볼거리일 것이다.

4

포드와 아서가 어쩌다가 시공간의 돌연변이에서 떨어져 나와 흠잡을 데 없는 풀밭에 좀 심하게 부딪혔을 때, 로즈 크리켓 경기장의 날씨는 화창하고 쾌적했다.

관객들의 환호성은 엄청났다. 그들을 위한 갈채는 아니었지만, 그래도 어쨌든 그들은 본능적으로 고개를 숙여 인사를 했는데 이는 아주 다행스러운 일이었다. 박수 갈채의 진짜 주인공인 빨간 공이 아서의 머리 불과 몇 밀리미터 위를 휙 소리를 내며 날아갔기 때문이다. 관중석에서 한 남자가 풀썩 쓰러졌다.

그들은 다시 땅바닥에 납작하게 엎드렸다. 땅바닥은 끔찍스럽게 빙글빙글 돌고 있는 느낌이었다.

"방금 그게 뭐였어?" 아서가 씩씩거렸다.

"뭔가 빨간색이었는데." 포드가 그를 보고 씩씩거리며 대꾸했다.

"우리 지금 어디 있는 거야?"

"어, 어딘지 모르겠는데 초록색이네."

"모양." 아서가 중얼거렸다. "모양이 있어야지."

군중의 박수 갈채는 금세 경악의 신음 소리로 바뀌었고, 방금 본 광경을 믿어야 할지 말아야 할지 갈피를 못 잡은 수백 명이 소리를 죽여 어색하게 킥킥 웃기 시작했다.

"이거 당신 소파요?" 어떤 목소리가 말했다.

"이건 또 뭐야?" 포드가 속삭였다.

아서가 고개를 들었다.

"뭔지 몰라도 파란색이야." 그가 말했다.

"형태는?" 포드가 말했다.

아서가 다시 바라보았다.

"형태가 어떤가 하면……." 그는 미간을 심하게 찌푸리며 포드에게 소리 죽여 말했다. "꼭 경찰관 같아."

그들은 잠시 미간을 심하게 찌푸린 채 거기 그렇게 쭈그리고 앉아 있었다. 경찰관 같은 형태를 한 파란 것이 두 사람의 어깨를 툭툭 쳤다.

"당신들 두 사람, 따라와요." 그 형체가 말했다.

이 말은 아서에게 전기 충격과 같은 효과를 발휘했다. 그는 벌떡 일어나더니, 대번에 무섭게 일상적인 풍경으로 자리를 잡은 주위의 파노라마를 향해 연신 놀라움의 눈길을 던졌다.

"대체 이거 어디서 났어요?" 그는 경찰관의 형체를 향해 버럭 고함을 질렀다.

"뭐라고요?" 깜짝 놀란 형체가 말했다.

"이건 로즈 크리켓 경기장이잖아요, 안 그래요?" 아서가 딱딱거리며 대꾸했다. "대체 이런 게 어디서 났느냐고요. 어떻게 이런 걸 여기다 갖다 놨느냐고요. 아무래도……." 그는 손으로 자기 이마를 철썩 치면서 덧붙였다. "아무래도 난 좀 진정을 해야겠어요." 그는 포드 앞에 풀썩 주저앉았다.

"경찰이야. 우리 이제 어떻게 해?" 그가 말했다.

포드가 어깨를 으쓱해 보였다.

"어떻게 하고 싶은데?"

"지난 오 년간 내가 꿈을 꾸고 있었던 거라고 네가 말해주면 좋겠어." 아서가 말했다.

포드는 다시 어깨를 으쓱하더니 원대로 그렇게 말해주었다.

"너는 지난 오 년간 꿈을 꾸고 있었어."

아서는 다시 일어섰다.

"괜찮아요, 경관님." 그가 말했다. "저는 지난 오 년간 꿈을 꾸고 있었습니다. 저 친구한테 물어보세요." 그는 포드를 가리키며 말했다. "저 친구도 꿈에 나왔으니까요." 이렇게 말하고 나서, 그는 목욕 가운 자락을 질질 끌며 경기장 가장자리로 펄쩍펄쩍 뛰어가기 시작했다. 그러다가 자기가 목욕 가운 차림이라는 걸 깨닫고 멈춰 섰다. 그는 자기의 목욕 가운을 빤히 쳐다보았다. 그는 경찰관에게 달려들었다.

"아니, 대체 내가 이런 옷을 어디서 구한 거죠?" 그는 바락바락

악을 써댔다.

그는 풀썩 쓰러지더니 잔디밭 위에서 부들 부들 떨며 경련을 했다.

포드는 고개를 절레절레 흔들었다.

"지난 이백만 년 동안 저 친구가 좀 심하게 고생을 했어요." 그는 경찰관에게 이렇게 말했고, 두 사람이 함께 아서를 소파 위로 끌어 올려 경기장 밖으로 끌고 나왔다. 그 사이에 소파가 돌연 사라지는 바람에 아주 잠깐 좀 곤란을 겪어야 했다.

이 모든 일에 대한 관중의 반응은 각양각색이었다. 대부분의 관중들은 눈으로 직접 보는 게 감당이 안 되었는지, 대신 라디오를 듣는 편이었다.

"글쎄요, 이건 아주 흥미로운 사건입니다, 브라이언." 라디오 해설자가 동료 해설자에게 말했다. "제 기억으로는, 그러니까 이렇게 신비스러운 출현 현상이 경기장에서 일어난 지가, 그러니까, 글쎄요, 과거에는 이런 일이 한 번도 없었던 것 같은데요. 있었나요?"

"1932년 에지배스턴에서였던가요?"

"아, 그때 무슨 일이 있었지요?"

"글쎄요, 피터, 당시 캔터를 맞아 윌콕스가 공을 던지러 선수석 끝에서 나오는 순간, 관중석에서 한 사람이 갑자기 경기장을 가로질러 달려왔던 것 같군요."

첫 번째 해설자가 이 말을 곰곰이 생각하는 동안 잠시 침묵이 흘렀다.

"네……에……." 그가 말했다. "사실 그 사건이라면 신비스러운 점은 별로 없는 것 아닙니까? 그 관객은 한순간에 갑자기 나타난 게 아니었으니까요, 안 그래요? 그저 뛰어갔을 뿐이지요."

"그렇지 않습니다. 그 관객은 경기장에 뭔가가 갑자기 나타나는 것을 봤다고 주장했거든요."

"아, 그랬습니까?"

"네. 뭔가 악어 같은 것으로 묘사되었던 것 같아요."

"그런데 다른 사람들도 그걸 봤답니까?"

"물론 아니지요. 그리고 그 친구로부터 그 물체에 대한 상세한 설명을 듣는 데 성공한 사람도 없었어요. 그래서 아주 피상적인 조사가 이루어졌을 뿐이지요."

"그 관객은 어떻게 됐습니까?"

"글쎄요, 누군가가 데리고 나가서 점심을 사주려 했지만 그는 이미 잘 먹었다고 했고, 그래서 그 문제는 그냥 끝난 걸로 압니다. 그리고 워릭셔가 삼 위켓 차이로 이겼지요."

"그러니까, 이번 사건과는 별로 비슷한 점이 없군요. 방금 라디오를 켜신 분들을 위해 설명드리자면, 여러분들도 이 사실에 흥미를 느끼시리라 믿습니다만……남자 두 명, 그러니까 옷차림이 좀 허름한 남자 두 명과 소파가——체스터필드인 것 같습니다만?"

"그래요, 체스터필드였습니다."

"방금 로즈 크리켓 경기장 한가운데에 난데없이 출현했습니다. 하지만 이들은 특별히 해를 끼치려는 것 같지는 않습니다. 이들은 나쁜 사람들처럼 보이지는 않습니다. 그리고…….”

“미안하지만 잠시 끼어들어도 되겠습니까, 피터? 방금 소파가 사라졌습니다.”

“정말 그렇군요. 음, 이제 신비로운 일이 하나 줄어든 셈이군요. 그럼에도 불구하고 여전히 이는 기록에 남을 만한 일입니다. 더구나 이렇게 경기가 극적인 순간에 달했을 때 벌어진 일이니까요. 영국은 이 시리즈를 이기기 위해 이제 이십사 런만 달성하면 됩니다. 문제의 두 남자는 경찰관과 함께 경기장을 떠나고 있습니다. 이제 모두들 제자리를 찾고 경기가 속개될 것 같습니다.”

“자, 이제 당신들이 누군지, 어디서 왔는지, 방금 그 소동은 어떻게 된 건지 얘기를 좀 해줄 수 있습니까?” 경찰관이, 호기심에 가득 찬 군중들 사이를 헤치고 나와 평화롭게 축 늘어진 아서의 몸을 담요 위에 눕히고 나서 물었다.

포드는 잠시 뭔가 각오를 다지며 차분하게 마음을 정리하는 것처럼 땅바닥을 물끄러미 바라보더니, 몸을 똑바로 펴고 경찰관을 향해 직격으로 눈빛을 쏘았다. 그 시선은 지구와 베텔게우스 행성 근처에 있는 포드의 고향 사이의 육 광년의 거리를 모두 담고 경찰관을 강타했다.

“좋아요. 말씀드리지요.” 포드가 몹시 차분한 목소리로 말했다.

“네, 뭐, 꼭 그럴 필요는 없겠습니다.” 경찰관이 황급하게 말했다. “무슨 일인지는 몰라도 다시 그러지만 마세요.” 경찰관은 뒤돌아서, 베텔게우스 행성에서 오지 않은 사람을 찾아 황황히 떠났다.

다행스럽게도 경기장은 그런 사람들로 가득 차 있었다.

아서의 의식은 아주 먼 곳에서 오는 것처럼, 머뭇거리면서 자기 몸에 접근했다. 그 몸 속에서 겪은 안 좋은 기억들이 좀 있었던 것이다. 의식은 천천히, 불안해하며, 몸 속으로 들어가 익숙한 곳에 자리를 잡았다.

아서는 일어나 앉았다.

"여기가 어디야?" 그가 물었다.

"로즈 크리켓 경기장." 포드가 말했다.

"좋았어." 아서가 말했다. 의식이 잠시 숨을 돌리려고 몸 밖으로 살짝 빠져나왔다. 몸은 다시 힘없이 풀밭으로 픽 쓰러졌다.

십 분 후, 음료수 파는 천막에서 홍차 한 잔을 앞에 놓고 구부정하니 앉아 있다 보니 초췌한 얼굴에 다시 핏기가 돌기 시작했다.

"기분이 좀 어때?" 포드가 말했다.

"집에 돌아왔어." 아서가 쉰 목소리로 말했다. 그리고 눈을 감더니, 홍차에서 나는 김을 게걸스럽게 들이마셨다. 마치 그것이 홍차이기라도 한 것처럼. 물론 그것은 홍차였지만.

"집에 온 거야." 그는 되풀이했다. "집. 영국이야, 오늘이야, 악몽은 다 끝났어." 그는 다시 눈을 뜨고 온유한 미소를 지었다. "내가 있어야 할 곳에 돌아온 거야." 그는 감정이 복받친 목소리로 속삭였다.

"너한테 두 가지 얘기를 꼭 해줘야 할 것 같다." 포드가 《가디언》지를 아서 쪽으로 휙 던지며 말했다.

"나 집에 왔어." 아서가 말했다.

"하나는, 이틀만 있으면 지구가 파괴된다는 거야." 포드가 신문 맨 위에 있는 날짜를 가리키며 말했다.

"집에 왔어." 아서가 말했다. "홍차." 그가 말했다. "크리켓, 잘 깎은 잔디밭, 나무 벤치, 하얀 리넨 상의, 맥주 깡통들……." 그가 기쁨에 차 덧붙였다.

그는 천천히 신문에 정신을 집중하기 시작했다. 그러더니 살짝 얼굴을 찌푸리며 고개를 갸우뚱했다.

"그 신문, 전에 본 적이 있는데." 그가 말했다. 두 눈이 이리저리 헤매다 천천히 날짜에 고정되었다. 아까부터 포드가 쓸데없이 손가락으로 툭툭 치고 있던 날짜였다. 아서의 얼굴이 일이 초간 얼어붙더니, 남극의 부빙이 봄이면 끔찍하게 천천히 무너져 내리는 장관을 연출하듯 무너져 내리기 시작했다.

"그리고 또 하나는, 네 수염에 뼈다귀 같은 게 끼어 있다는 거야." 포드가 말하고, 다시 홍차를 건넸다.

음료수를 파는 천막 바깥에서는 행복한 군중들의 머리 위로 태양이 비치고 있었다. 햇살은 하얀 모자들과 빨간 얼굴들 위로 내리쬐었다. 내리쬐는 햇살에 아이스바들이 녹고 있었다. 아이스바가 방금 녹아 막대에서 떨어져 나가는 바람에 울고 있는 어린아이들의 눈물 위로도 햇살은 내리쬐고 있었다. 햇살은 나무 위에서도 반짝였고, 선수들이 휘두르는 크리켓 배트에서도 번쩍였으며, 아무도 눈치 채지 못하는 듯했지만, 사실은 차양 밖에 주차되어 있는 기막히게 괴상망측한 물건 위에서도 반짝였다. 눈을 꿈벅이며 매점 천막에서 나와 주위 풍경을 둘러보던 포드와 아서의 머리 위에서도 태양은 빛났다.

아서는 덜덜 떨고 있었다.

"아무래도." 그가 말했다. "나 아무래도……."

"안 돼." 포드가 쌀쌀하게 말했다.

"뭐?" 아서가 말했다.

"집에 있는 너한테 전화를 걸 생각 따위는 하지 마."

"어떻게 알았어……?"

포드는 어깨를 으쓱했다.

"하지만 안 될 건 또 뭐야?" 아서가 말했다.

"전화로 자기 자신과 얘기를 하는 사람들은 절대로 도움이 되는 깨달음을 얻을 수 없어."

"하지만……."

"한번 상상해봐." 포드가 말했다. 그는 가상의 전화기를 들어 가상의 다이얼을 돌렸다.

"여보세요?" 그는 가상의 수화기에 대고 말했다. "아서 덴트 씹니까? 아, 안녕하세요. 네, 저는 아서 덴트라고 합니다. 전화 끊지 마세요."

그는 낙심한 표정으로 가상의 수화기를 물끄러미 쳐다보았다.

"전화를 끊어버렸어." 그는 이렇게 말하고 어깨를 으쓱하더니, 가상의 수화기를 깔끔하게 다시 가상의 전화기 위에다 내려놓았다.

"나는 시간의 돌연변이를 처음 겪는 게 아니야." 그가 덧붙였다.

아서 덴트의 얼굴에 어려 있던 우울한 표정이 사라지고 더 암담한 표정이 떠올랐다.

"그러니까 우리는 집에 와서 깔끔하게 옷을 말린 게 아니구나." 아서가 말했다.

"사실, 집에 와서 열심히 수건으로 몸을 닦고 있다고 말할 수조차 없다고." 포드가 대답했다.

경기가 속개되었다. 투수가 처음에는 성큼성큼, 다음에는 팔짝팔짝, 나중에는 우다다다 달려서 위켓에 접근했다. 그는 별안간 팔다리를 미친 듯이 흔들며 폭발했고, 그 속에서 공 하나가 날아갔다. 타자는 배트를 휘둘러 공을 획 뒤로 쳤고, 공은 차양 너머로 날아갔다. 포드의 두 눈이 공의 궤도를 따라가다가 순간적으로 크게 흔들렸다. 그는 빳빳하게 굳었다. 그는 다시 공의 비행 궤적을 시선으로 좇았고, 또다시 두 눈에 경련이 일었다.

"이건 내 수건이 아니야." 토끼 가죽 가방 속을 뒤지던 아서가 말했다.

"쉬잇." 포드가 말했다. 그는 집중을 하고 눈길을 하늘로 모았다.

"나는 골가프린참 사람들이 준 조깅 수건을 갖고 있었단 말이야." 아서가 말을 계속했다. "파란색에 노란 별들이 그려져 있는 수건이야. 이건 그게 아니란 말이야."

"쉬이잇." 포드가 다시 말했다. 그는 한쪽 눈을 가리고 다른 쪽 눈으로 보려 하고 있었다.

"이건 분홍색이잖아." 아서가 말했다. "네 거 아니지? 네 거야?"

"네 수건 얘기 따위는 제발 집어치워줬으면 좋겠어." 포드가 말했다.

"내 수건이 아니란 말이야." 아서가 우겼다. "그게 바로 내가 지금 하려는 말의 요점……."

"그 얘기를 집어치워줬으면 하는 시점이 바로 지금이야." 포드가 나지막하게 으르렁거렸다.

"알았어." 아서가 원시적으로 꿰매어진 토끼 가죽 가방 속에 물건들을 다시 쑤셔 넣기 시작하면서 말했다. "우주적인 스케일로 보면 별로 중요한 일이 아닐지도 모르지. 그냥 이상한 일일 뿐. 파란 바탕에 노란 별이 그려진 수건은 어디 가고, 별안간 분홍 수건이라니."

포드는 좀 기괴한 행동을 하기 시작했다. 아니, 기괴한 행동을 하기 시작했다기보다는 여느 때와는 다른 식으로 기괴한 행동을 하기 시작했다. 즉, 그는 경기장을 에워싼 군중의 황당한 눈길은 아랑곳하지 않고서, 코앞에서 세차게 손사래를 치고, 어떤 사람들 뒤로 고개를 처박고 숨고, 또 다른 사람들 뒤로 뛰어들고, 그러다가 꼼짝도 않고 서서 눈을 심하게 깜박거렸다. 일이 초쯤 이렇게 하다가 천천히 슬금슬금 앞으로 걸어 나가서는, 마치 뜨겁고 먼지 낀 들판으로부터 반 마일 떨어진 곳에서 보이는 것이 반쯤 먹다 남은 고양이 먹이 깡통인지 아닌지 확신하지 못하는 표범처럼, 어리둥절한 듯 얼굴을 찌푸린 채 정신을 집중하고 있었다.

"내 가방도 이게 아니야." 아서가 불쑥 말했다.

포드가 애써 성취한 정신 집중의 주문이 깨어지고 말았다. 그는 화가 나서 아서를 돌아보았다.

"수건 얘기가 아니야." 아서가 말했다. "그게 내 수건이 아니라는 건 우리가 이미 결정을 봤으니까. 나는, 내 것이 아닌 그 수건을 집어넣은 가방 역시 내 것이 아니라는 얘기를 하는 거야. 아주 희한하게 비슷하기는 하지만. 그런데 개인적으로 나는 이게 몹시 이상한 일이라고 생각해. 특히 그 가방이 내가 선사 시대 지구에서 손수 만든 거라는 사실을 생각해보면 말이지. 이 돌멩이들도 내 것이 아니야." 그는 가방에서 회색 돌멩이 몇 개를 꺼내면서 덧붙여 말했다. "나는 흥미로운 돌멩이들을 수집하고 있었는데, 이것들은 분명히 아주 지루한 돌들이라고."

우레 같은 흥분의 함성이 군중들 사이를 훑고 지나가며 뭔지는 모르지만 이 정보에 대한 포드의 반응을 덮어버리고 말았다. 함성을 일으킨 주역인 크리켓 공이 하늘에서 뚝 떨어지더니 아주 깔끔하게 아서의 신비한 토끼 가죽 가방 속으로 쏙 들어갔다.

"자, 이 일도 아주 희한한 사건이라고 말해야겠군." 아서는 황급히 가방을 여미더니, 바닥에서 공을 찾는 시늉을 했다.

"여기에 없는 것 같다." 그는 공을 찾느라 순식간에 와글와글 몰려든 소년들에게 이렇게 말했다. "어디로 굴러갔나 보다. 아마 저쪽일 거야." 그는 대충 애들이 가줬으면 하는 방향을 가리키며 말했다. 남자 아이 하나가 알쏭달쏭한 표정으로 그를 바라보았다.

"아저씨 괜찮아요?" 남자애가 말했다.

"아니." 아서가 말했다.

"그런데 왜 수염에다 빼다귀를 꽂고 있어요?"

"아무 데나 꽂은 자리에 가만히 있도록 빼다귀를 훈련시키고 있는 중이거든." 아서는 이런 말을 하는 자신이 자랑스러웠다. 그가 생각하기에는 이건 정말 어린 마음을 즐겁게 해주면서 동시에 고무시키는 그런 말이었다.

"오." 남자 아이가 고개를 갸우뚱하며 생각에 잠겨 말했다. "아저씨 이름이 뭐예요?"

"덴트." 아서가 말했다. "아서 덴트."

"덴트 아저씨는 병신이에요." 소년이 말했다. "완전 머저리 천치라고요." 소년은 금세 꺼져줄 생각이 전혀 없다는 걸 보여주기 위해서, 아서 뒤에 있는 다른 물건을 괜히 바라보았다. 그러더니 코를 긁으면서 어슬렁어슬렁 사라지는 것이었다. 아서는 갑자기 지구가 이틀 뒤에 다시 파괴될 거라는 사실이 기억났지만, 이번 한 번만큼은 하나도 안타깝지 않았다.

경기는 새로운 공으로 속개되었고, 태양은 계속 내리쬐었고, 포드는 머리를 흔들고 눈을 깜박이며 위아래로 펄쩍펄쩍 뛰는 짓을 계속했다.

"너, 뭐 생각하고 있는 게 있구나, 안 그래?"

"내 생각에는……." 포드가 모종의 특이한 목소리로 말을 하기 시작했는데, 그런 목소리는 그가 뭔가 이해하기 어려운 말을 지껄이기 시작하는 징조라는 걸 아서도 이젠 알고 있었다. "저기에 SEP가 있는 것 같아."

그는 손가락으로 가리켰다. 희한하게도 그가 가리키는 방향은 눈으로 바라보고 있는 방향이 아니었다. 아서는 차양 쪽을 향하고 있는 한쪽 방향을 먼저 봤다가, 그 다음에는 경기가 진행되고 있는 경기장 쪽 방향을 보았다. 그는 고개를 끄덕이고, 어깨를 으쓱해 보였다. 그리고 다시 어깨를 으쓱했다.

"뭐가 있다고?" 그가 말했다.

"SEP."

"S……?"

"……EP."

"그게 뭔데?"

"다른 사람의 문제Somebody Else's Problem." 포드가 말했다.

"오, 잘됐네." 아서는 이렇게 말하고 마음을 푹 놓았다. 그게 다 뭔지는 몰라도, 다행히 다 끝난 일인 모양이었다. 하지만 그게 아니었다.

"저기에." 포드가 또다시 손으로는 차양을 가리키고 동시에 시선은 경기장을 향한 채 말했다.

"어디?" 아서가 말했다.

"저기!" 포드가 말했다.

"그렇구나." 아서는 이해하지 못한 채 말했다.

"보여?" 포드가 말했다.

"뭐가?" 아서가 말했다.

"SEP가 보이느냐고?" 포드가 참을성 있게 말했다.

"그건 다른 사람의 문제라면서."

"맞아."

아서는 천천히, 신중하게, 그리고 엄청나게 탐욕스러운 분위기를 풍기면서 고개를 끄덕였다.

"너한테 보이는지 알고 싶어." 포드가 말했다.

"그래?"

"그래."

"그게 어떻게 생겼는데?" 아서가 말했다.

"아니 내가 그걸 어떻게 아니, 이 바보야?" 포드가 꽥 고함을 쳤다. "보이면 말을 하란 말이야!"

아서는 관자놀이 밑으로 둔하게 피가 쿵쿵 뛰는 느낌이 들었는데, 이는 포드와 대화를 할 때마다 수도 없이 찾아오곤 했던 증표 같은 것이었다. 그의 뇌는, 겁에 질려 개집 속에 틀어박힌 강아지처럼 잔뜩 웅크리고 있었다. 포드는 아서의 팔을 붙잡았다.

"SEP라는 건, 우리가 볼 수 없는, 아니 보지 않는, 아니 우리 뇌가 못 보게 하는 광경이야. 왜냐하면 다른 사람 문제라고 생각하기 때문이지. SEP의 뜻이 그거야. '다른 사람의 문제'. 뇌가 그 부분을 편집해 잘라내기 때문에 눈에 안 보이는, 맹점 같은 거라고. 그게 정확히 뭔지 모르는 경우에는, 똑바로 쳐다보면 보이지 않아. 유일한 희망은 곁눈질로 어쩌다 재수 좋게 힐끗 보게 되는 거지."

"아." 아서가 말했다. "그래서……."

"그래." 아서가 무슨 말을 하려는 건지 잘 알고 있는 포드가 말했다.

"……네가 위아래로 펄쩍펄쩍 뛰고……."

"그래."

"……또 눈도 깜박거리고……."

"그래."

"……그리고……."

"네가 알아듣긴 한 거 같다."

"내 눈에는 보여." 아서가 말했다. "우주선이야."

잠시 아서는 이 사실의 폭로가 초래한 엄청난 반응에 어안이 벙벙해지고 말았다. 군중들 사이에서 우레 같은 함성이 들리더니, 사람들이 사방으로 달리고, 소리를 치고, 비명을 지르고, 혼란의 소용돌이 속에서 서로 부딪히고 엎어지고 난리가 난 게 아닌가. 그는 경악한 나머지 뒤로 벌렁 나자빠져서는 겁에 잔뜩 질린 시선으로 주위를 둘러보았다. 그리고 더욱더 경악해서 주위를 또 두리번거렸다.

"흥미로운 광경이군요, 그렇지 않소?" 유령이 하나 나타나 이렇게 말했다. 유령은 아서의 눈앞에서 부들거리고 있었다. 하지만 실제로는 아마 십중팔구 아서의 눈동자가 유령 앞에서 흔들리고 있었을 것이다. 그의 입도 덜덜 흔들렸다.

"우……우……우……우……." 그의 입이 말했다.

"당신네 팀이 방금 이긴 모양이오." 유령이 말했다.

"우……우……우……우." 아서가 되풀이했고, 한번 흔들릴 때마다 포드 프리펙트의 등을 쿡쿡 찔러서 방점을 찍었다. 포드는 전율하며 거대한 소요 사태를 뚫어져라 바라보고 있었다. "당신 영국인이지요?" 유령이 말했다.

"우……우……우……우……네." 아서가 말했다.

"음, 아까 말한 대로, 당신네 팀이 방금 이겼소. 경기 말이오. 그러니까 영국 팀이 '애시즈'(유명한 크리켓 투어 토너먼트—옮긴이주) 우승 타이틀을 유지한다는 말이지요. 당신도 굉장히 기쁜 모양이군요. 사실 나도 크리켓을 좀 좋아하거든요. 물론 이 행성 바깥으로 이 말이 새어 나가는 건 싫지만 말이오. 오, 그건 안 될 말이지요."

유령은 짓궂은 웃음이라 할 만한 것을 지어 보였지만, 딱히 그렇다고 말하기는 어려웠다. 유령이 태양을 똑바로 등지고 있는 탓에 눈이 멀어버릴 것 같은 후광이 그의 머리 주위를 둘러싸고 그의 은발과 수염이 경이롭고 극적인 모습으로 번쩍이고 있었는데, 이는 짓궂은 웃음과는 잘 어울리지 못했던 것이다.

"하지만 그래도 하루이틀만 있으면 이 모든 게 다 종말을 맞겠지요, 안 그래요? 마지막으로 우리가 만났을 때 얘기했듯이, 나는 그 일을 아주 유감스러워했지만 말이오. 그래도 이미 한 번 벌어진 일이 또 벌어지겠지만."

아서는 말을 하려 애썼지만, 불공평한 싸움을 포기했다. 그는 포드를 다시 쿡 찔렀다.

"난 또 무슨 끔찍한 일이 일어난 줄 알았네." 포드가 말했다. "그냥 경기가 끝났을 뿐인데. 우리 이제 나가야 해. 오, 안녕하세요, 슬라티바트패스트 선생님. 여기서 뭐 하고 계세요?"

"오, 그저 빈둥대는 중이라오." 슬라티바트패스트가 말했다.

"저거 선생님 우주선인가요? 우리 좀 어디로 태워 가주실 수 있으세요?"

"서두르지 말아요. 차근차근 해요." 노인이 훈계를 했다.

"좋아요." 포드가 말했다. "이 행성이 얼마 못 가서 파괴될 거라서 말이지요."

"그건 나도 안다오." 슬라티바트패스트가 말했다.

"그리고, 음, 그냥 그 점을 확실히 해두고 싶었어요." 포드가 말했다.

"요지는 잘 알아들었소."

"그런데 이 시점에 정말로 크리켓 경기장에서 노닥거리고 싶으시다면야……."

"그러고 싶소."

"그런데 저건 선생님 우주선이죠?"

"그렇다오."

"그렇겠네요." 포드는 이쯤에서 몸을 홱 돌려버렸다.

"안녕하세요, 슬라티바트패스트 선생님." 아서가 마침내 말했다.

"안녕하시오, 지구인." 슬라티바트패스트가 말했다.

"뭐 어쨌거나 어차피 한번 죽으면 그만이니까." 포드가 말했다.

노인은 못 들은 척하고 경기장을 뚫어져라 쳐다보았다. 그 시선은 그곳에서 실제로 일어나고 있는 일과 두드러진 관계가 없어 보였다. 현재 일어나고 있는 일은 관중들이 경기장 한가운데 몰려들어 커다란 원을 만들고 있는 것이었다. 슬라티바트패스트가 그 속에서 본 게 무엇인지 다른 사람은 아무도 짐작하지 못했다.

포드는 뭔가를 흥얼거리고 있었다. 중간중간 한 음만 반복하고 있었다. 포드는 누가 자기한테 지금 흥얼거리는 노래가 뭐냐고 물어봐주기를 내심 바랐지만, 아무도 물어보지 않았다. 누가 물어봤다면, 그는 아마 노엘 카워드가 작곡한 〈미치게 좋아 그 남자애가〉라는 노래의 첫 소절을 계속 반복해서 흥얼거리고 있다고 대답했을 것이다. 그러면 틀림없이 상대방은 포드에게 계속 한 음만 부르고 있지 않느냐고 지적했을 테고, 그러면 그는 자기가 '그 남자애가'라는 부분을 빼놓고 부르는 이유를 굳이 말해주지 않아도 알기를 바랐다고 대꾸해줄 수 있었을 터였다. 포드는 아무도 물어보지 않아서 짜증이 났다.

"빨리 가지 않으면, 그 사태 한가운데에 또 붙들리게 될지도 모른단 말이에요." 그는 마침내 더 참지 못하고 폭발해버렸다. "행성 하나가 파괴되는 걸 두 눈으로 목격하는 것보다 더 우울한 건 세상에 다시 없을 거예요. 물론, 그런 사태가 벌어질 때 여전히 그 행성 위에 있는 건 빼고요. 혹은……." 그는 목소리를 낮추고 말했다. "크리켓 경기장 근처에서 빈둥거리고 있는 거나."

"서두르지 말라니까." 슬라티바트패스트가 다시 말했다. "엄청난

대사건이 임박했단 말이오."

"지난번에 우리가 만났을 때도 똑같은 말씀을 하셨잖아요." 아서가 말했다.

"그때도 그랬지." 슬라티바트패스트가 말했다.

"하긴 그 말씀은 맞아요." 아서가 인정했다.

하지만 임박한 것처럼 보이는 것은 그저 무슨 의례 행사 비슷한 것일 뿐이었다. 관중보다는 텔레비전 시청자를 염두에 두고 특별히 연출된 행사라서, 그들이 선 자리에서 파악할 수 있는 정보는 오로지 라디오에서 들려오는 이야기뿐이었다. 포드는 호전적으로 짐짓 무관심한 체했다.

포드는 라디오에서 '애시즈Ashes(ashes는 '타고 남은 재'라는 뜻—옮긴이주)'가 경기장에 서 있는 영국 팀 주장에게 전달되기 직전이라는 이야기를 들으며 안달복달했고, 이는 영국 팀이 n번째로 투어에서 승리했기 때문이라는 말에 길길이 뛰며 분노했으며, '애시즈'라는 게 크리켓 기둥이 타고 남은 숯덩이라는 얘기를 듣자 말 그대로 벌컥 짜증을 냈다. 하지만 이게 다가 아니었다. 포드는 문제의 크리켓 숯덩이가 1882년 멜버른에서 '영국 크리켓의 죽음'을 상징하기 위해 불태워진 것이라는 사실과도 씨름해야 했다. 포드는 슬라티바트패스트 쪽으로 빙글 돌아서 숨을 깊이 들이쉬었지만, 뭐라고 한마디 할 기회는 끝내 얻지 못했다. 노인이 그 자리에 없었던 것이다. 노인은 발걸음과 은발과 수염, 그리고 치렁치렁한 옷자락에 무시무시한 목적 의식을 담고 경기장 쪽으로 당당하게 걸어

나가고 있었다. 그 모습은 마치 모세 같았다. 그러니까 시나이 산이, 흔히 그려지듯이 불과 연기를 내뿜는 산이 아니라 잘 깎인 잔디밭이었다면 모세는 딱 그렇게 보였으리라.

"우주선에서 만나자고 했어." 아서가 말했다.

"귀신 씨나락 까먹는 짓거리 하고 있네." 포드가 버럭 성을 냈다.

"이 분 후에 우주선에서 만나자고 하던데."

아서는 생각을 아예 포기했다는 뜻으로 어깨를 으쓱해 보였다. 그들은 우주선 쪽으로 걸어가기 시작했다. 그때 이상한 소리가 들렸다. 그들은 듣지 않으려 했지만 어쩔 수 없이 들어버리고 말았다. 슬라티바트패스트는 은제 '애시즈' 항아리를 자기한테 양도하라고 박박 우기면서, '과거와 현재, 그리고 전 은하의 안전'과 관련된 엄청나게 중요한 일이라고 신경질을 버럭버럭 내고 있었다. 그리고 관중들은 이 사태를 보면서 미친 듯이 웃고 있었다. 그들은 그냥 모르는 척하기로 했다.

하지만 다음에 일어난 사태는 도저히 모르는 척할 수가 없었다. 십만 명의 사람들이 다 같이 '훕' 하고 외치는 듯한 소리와 함께, 싸늘한 금속성의 하얀 우주선 한 대가 '무'에서 스스로를 창조해낸 것처럼 크리켓 경기장 바로 위에 모습을 나타내, 끝 모를 악의와 나직한 웅웅 소리를 발산하며 그 자리에 떠 있었던 것이다.

잠시 동안 우주선은 아무 일도 하지 않았다. 여느 때와 다름없이 다들 하던 일이나 하고 공중에 떠 있는 우주선 따위에는 신경도 쓰지 말라는 듯이 말이다.

그러더니 우주선은 몹시 기괴한 일을 했다. 아니, 문을 열고 몹시 기괴한 것들을, 그것도 열한 개나 내보냈다.

로봇들, 하얀색 로봇들이었다.

특히 기괴한 건, 그 로봇들이 이 행사에 맞춰 옷을 차려입은 것처럼 보였다는 것이다. 그들은 흰색 몸에다 크리켓 배트 비슷한 걸 들고 있었고, 그뿐 아니라 크리켓 공같이 생긴 것도 들고 있었고, 그뿐 아니라 정강이에다 다리 보호대 같은 것도 두르고 있었다. 이 마지막 것이 이상했는데, 그 속에 제트 분사구 같은 게 들어 있는 것처럼 보였기 때문이었다. 바로 그 장치 덕분에 이 희한하리만큼 문명화된 로봇들은 허공에 둥둥 떠 있는 우주선에서 날아 내려와 사람들을 죽일 수 있었고, 이렇게 사람을 죽이는 게 이들의 일이었다.

"이봐, 뭔가 일이 벌어지고 있는 것 같은데." 아서가 말했다.

"우주선으로 가." 포드가 말했다. "알고 싶지 않아. 그냥 우주선으로 가라고." 그는 달리기 시작했다. "나는 알고 싶지 않아, 보고 싶지 않아, 듣고 싶지 않아." 그는 달리면서 고래고래 악을 썼다. "이건 내 행성이 아니야. 내가 오고 싶어서 온 것도 아니야. 이 사건에 말려들고 싶지 않아. 그냥 날 좀 도망가게 해줘. 그리고 말이 통하는 사람들하고 파티를 좀 하게 해줘!"

경기장에서 연기와 불길이 솟아올랐다.

"음, 분명 초자연적인 세력의 군대가 오늘 이곳에 작전을 나온 것 같습니다……." 라디오가 행복하게 혼자 지껄였다.

"나한테 필요한 건……." 포드가 앞에 한 말을 분명하게 전달하기 위해서 외쳤다. "독한 술 한 잔하고 동질감을 느낄 수 있는 친구들이라고!" 그는 계속 달렸다. 오로지 아서의 팔을 붙잡아 끌고 가느라 잠깐 멈추었을 뿐이다. 아서는 위기가 닥쳤을 때 늘 하던 역할을 그대로 답습하고 있었다. 즉, 입을 떡 벌리고 가만히 서서 그냥 사태에 휩쓸리는 것이었다.

"로봇들이 크리켓 경기를 하고 있어." 포드 뒤를 따라 비틀비틀 뛰면서 아서가 중얼거렸다. "크리켓을 하는 게 분명해. 왜 이런 짓을 하는지는 몰라도, 실제로 크리켓을 하고 있다고. 그냥 사람들을 죽이는 게 아니라 위로 날려 보내고 있어." 그가 외쳤다. "포드, 로봇들이 우리를 하늘로 날려 보내려고 해!"

아서는 그나마 여행을 하면서 은하계 역사에 대해 찔끔찔끔 주워들은 풍문이 있었기 망정이지, 그렇지 않았으면 아마 이 광경을 믿지 않지 않기가 몹시 어려웠을 것이다. 솟아오르는 짙은 연기 속에서 움직이는 것이 보이는 유령 같은, 하지만 몹시 폭력적인 형체들은 배팅하는 모습을 엽기적으로 패러디하고 있는 것만 같았다. 다른 점은, 그들이 배트로 내리치는 형체들은 어김없이 폭발해 바닥 여기저기에 떨어진다는 것이었다. 첫 번째 형체가 이렇게 폭발하자, 아서의 처음 반응은 온데간데없이 사라지고 말았다. 처음에 아서는 이 모든 일이 오스트레일리아 마가린 제조업자들이 벌이는 홍보용 이벤트일 거라고 생각했었다.

그런데 사태는 시작할 때와 마찬가지로 뜬금없이 종료되었다. 열한 개의 하얀 로봇들이 촘촘한 편대를 지어 이글거리는 구름을 뚫고 상승했고, 마지막 불기둥 몇 개가 허공에 떠 있는 하얀 모선(母船) 속으로 들어가자 우주선은 십만 명이 동시에 '흡' 하고 말하는 듯한 소리를 내면서 희박한 대기 속으로 순식간에 사라졌다.

잠시 주위에는 경악에 찬 무시무시한 정적이 감돌았다. 바로 그 때 공기를 메운 연기 속에서 아까보다 훨씬 더 모세를 닮아 보이는 슬라티바트패스트의 창백한 모습이 불쑥 나타났다. 시나이 산이 없는 건 마찬가지였지만, 이제는 적어도 불길이 치솟고 연기가 피어 오르는 잘 깎인 잔디밭을 성큼성큼 가로질러 가고 있었으니까.

그는 주위를 미친 듯이 둘러보더니 마침내 사람들을 헤치고 허둥지둥 달려오는 아서 덴트와 포드 프리펙트의 모습을 찾아냈다. 군중은 겁에 질려서 이들 두 사람과 정반대되는 방향으로 쿵쾅쿵쾅 달려가느라 정신이 없었다. 군중은 틀림없이 마음속으로, 평범한 하루인 줄 알았는데 정말 굉장한 날이 되어가고 있다고 생각하고 있었을 테지만, 대체 어디로 가야 될지는 사실 잘 모르고 있었다.

슬라티바트패스트는 포드와 아서를 향해 황급하게 손짓을 하면서 고래고래 소리를 질러댔다. 세 사람은 점점 우주선을 향해 다가갔다. 우주선은 여전히 차양 뒤에 세워져 있었지만, 그 곁을 지나 미친 듯이 달려가는 수많은 사람들은 전혀 눈치 채지 못하고 있는 듯했다. 그들은 눈앞에 닥친 자기 문제를 걱정하느라 너무 바쁜 모양이었다.

"그놈들이 어쩌고저쩌고!" 슬라티바트패스트가 특유의 가늘고 떨리는 목소리로 말했다.

"뭐라는 거야?" 길을 막는 사람들을 팔꿈치로 퍽퍽 치면서 밭은 숨을 몰아 쉬던 포드가 말했다.

아서는 고개를 저었다.

"그놈들 운운하던데."

"그놈들이 테이블을 어쩌고저쩌고!" 슬라티바트패스트가 또 말했다.

포드와 아서는 서로를 보며 고개를 저었다.

"굉장히 급한 일인 거 같은데." 아서가 말했다. 그는 걸음을 멈추고 다시 한 번 소리를 쳤다. "뭐라고요?"

"그놈들이 어쩌고저쩌고!" 슬라티바트패스트는 계속 손을 흔들어대며 소리쳤다.

"그러니까 그놈들이 애시즈 트로피를 가져갔다는 말인 것 같은데. 내 생각은 그래." 아서가 말했다. 그들은 계속 달렸다.

"뭘 가져가……?" 포드가 말했다.

"애시즈 말이야." 아서가 퉁명스럽게 말했다. "크리켓 기둥이 타고 남은 재. 그게 트로피거든. 그러니까 말이지……." 그는 헉헉거리느라 말을 잇지 못했다. "……놈들이……와서 그걸 빼앗아갔다는 얘기인가 봐." 그는 뇌가 두개골 속에서 제자리를 찾도록 해주려는 듯 머리를 아주 살살 흔들었다.

"거 참, 뭐 그런 말을 우리한테 한담. 이상한 영감이군." 포드가 쌀쌀맞게 말했다.

"뭐 그런 걸 가져가다니 이상한 놈들이네."

"이상한 우주선이네."

그들은 드디어 우주선에 도착했다. 우주선에서 두 번째로 신기한 것은, '다른 사람의 문제'가 실제로 어떻게 작동하는지 구경하는 일이었다. 그들 눈에 우주선이 제 모습대로 보이는 건 순전히 그 자리에 우주선이 있다는 걸 그들이 이미 알고 있기 때문이었다. 하지만 다른 사람들은 그렇지가 못한 게 분명했다. 우주선이 실제로 눈에 보이지 않는다든가, 초특급으로 불가능한 뭔가가 있다든가 해서가 아니었다. 물체를 눈에 보이지 않게 하는 기술은 무한히 복잡해서, 십억 중 구억 구천구백구십구만 구천구백구십구는 차라리 그 부분은 포기하고 그냥 없는 대로 하는 편이 훨씬 간단하고 효율적이었다. 예전에 대단히 유명한 과학 마술사인 우그의 에프라팍스가, 자기한테 일 년만 주면 엄청나게 거대한 마그라말 산(山)을 통째로 투명하게 만들어버리겠다고 생명을 걸고 내기를 했다.

일 년이라는 시간의 대부분을 거대한 룩스-오-벨브, 굴절 무효기, 자동 스펙트럼 우회기 따위와 씨름하는 데 보낸 그는, 겨우 아홉 시간밖에 남지 않은 상황에서 절대로 성공하지 못할 거라는 사실을 깨달았다.

그래서 자신과 친구들, 그리고 그 친구들의 친구들, 그리고 친구들의 친구들의 친구들, 그리고 주요 항성 간 트럭 회사를 가지고 있는, 그 친구들의 좀 덜 친한 친구들 몇몇이 합동으로, 지금까지도 역사상 하룻밤 만에 이루어진 최대 규모의 공사로 널리 알려져 있는 공사를 시행했고, 두말할 것도 없이 다음 날 마그라말은 자취도 없이 사라지고 말았다. 에프라팍스가 내기에서 진 것은——그래서 목숨을 잃은 것은——순전히 어떤 잘난 척하는 판결관이 (a) 마그라말 산이 있어야 하는 자리를 빙 둘러보았는데도 돌부리에 걸려 넘어지거나 부딪쳐서 코뼈가 부러지는 사태가 일어나지 않았고 (b)수상쩍은 모양의 달이 새로 하나 나타났다는 것을 눈치 챘기 때문이었다.

'다른 사람의 문제' 자장은 훨씬 간단하고 효율적이었으며, 무엇보다 손전등 배터리 하나로 백 년 넘게 작동시킬 수 있었다. 이 기술은, 보고 싶지 않은 것, 예기치 못한 것, 그리고 해명할 수 없는 것은 보지 않으려는, 사람들의 타고난 성향에 의존하고 있었다. 에프라팍스가 산을 분홍색으로 칠한 뒤에 값싸고 간단한 '다른 사람의 문제' 자장을 작동시키기만 했다면, 사람들은 아마 산을 지나가고, 빙 돌아가고, 심지어 넘어가면서도 산이라는 게 그 자리에 있었다는 사실 자체를 인식하지 못했을 것이다.

그리고 이것이 바로 지금 이 순간 슬라티바트패스트의 우주선과 관련해 일어나고 있는 일이었다. 우주선은 물론 분홍색이 아니었지만, 분홍색이었다 해도 그쯤은 이 우주선이 지닌 수많은 시각적 문제들 중에서 가장 사소한 축에 속했을 것이다. 사람들은 그 우주선을 그냥 아무것도 아닌 것처럼 무시하고 있었다.

이 우주선에서 제일 희한한 점은, 방향타라든가 로켓 엔진이라든가 비상 탈출구 등등 때문에 그나마 좀 우주선 같아 보일 뿐, 오히려 작은 이탈리아식 비스트로 식당을 거꾸로 뒤집어놓은 모습에 훨씬 더 가까웠다는 것이었다.

포드와 아서는 기가 막히고 몹시 화가 나는 기분을 느끼며 그 물건을 올려다보았다.

"알아요, 알아." 그때 숨이 차고 흥분한 슬라티바트패스트가 그들에게 서두를 것을 재촉하며 말했다. "하지만 다 이유가 있는 거라오. 어서 와요, 우리는 떠나야 하오. 오래된 악몽이 다시 되살아나고 있어요. 저주의 운명이 우리 모두 앞에 닥쳤어요. 당장 떠나야 하오."

"어디든 햇살이 밝게 비치는 곳으로 가고 싶군요." 포드가 말했다.

포드와 아서는 슬라티바트패스트를 따라 우주선으로 들어갔는데, 우주선 안의 광경을 보고 너무나 황당해진 나머지, 그 다음에 밖에서 무슨 일이 일어났는지는 전혀 깨닫지 못했다.

밖에서는 그사이 또 다른 우주선이——하지만 이번에는 늘씬한 은색이었다——차분하고 우아하게 하늘에서 경기장으로 내려왔다. 기다란 다리들이 첨단 기술의 매끈한 발레를 보여주며 사뿐하게 펼쳐졌다.

우주선은 부드럽게 착지했다. 그러더니 짤막한 진입로가 우주선에서 뻗어져 나왔다. 훤칠한 회녹색 형체가 발걸음도 가볍게 걸어나오더니, 방금 일어난 기괴한 학살 사건의 희생자들을 돌보느라 경기장 한가운데 웅성웅성 모여 있는 사람들에게 다가갔다. 그 형체는 조용하면서도 눈에 띄지 않게 위엄이 서린 풍모로 사람들을 스쳐 지나가더니, 마침내 참혹한 피 웅덩이 속에 누워 있는 한 남자에게 걸어갔다. 이미 지상의 어떤 약으로도 치료할 수 없는 상태로, 쿨럭거리며 마지막 숨을 몰아 쉬고 있는 사람이었다. 형체는 조용히 그 옆에 무릎을 꿇고 앉았다.

"아서 필립 디오다트 맞나?" 그 형체가 물었다.

남자의 눈동자에는 공포에 질린 당혹감이 떠올랐다. 그는 힘없이 고개를 끄덕였다.

"네놈은 쓸모없는 머저리 천치다." 그 형체가 속삭였다. "그냥 네가 죽기 전에 알아둬야 할 것 같아서."

5

은하의 역사에 관한 중요한 사실 2번(《항성일에 따른 오늘의 인기 만점 은하사》에서 발췌) :

은하계가 탄생한 이후, 광대한 문명들이 하도 많이 흥하고 망하고, 흥하고 망하고, 흥하고 망한 나머지 은하계에서의 삶이란

(a) 뱃멀미—우주 멀미, 시간 멀미, 역사 멀미 혹은 기타 등등과 비슷하다
(b) 멍청하다

고 생각하고 싶은 마음이 정말이지 굴뚝같다.

6

아서가 보기에는 하늘 전체가 갑자기 옆으로 쓱 물러서서 길을 비켜준 것만 같았다.

자기 뇌의 원자들과 우주의 원자들이 서로 통하면서 흐르는 것만 같았다.

자기가 우주의 바람에 날려 가고 있고, 그 바람이 바로 자기 자신인 것만 같았다.

자기가 우주의 수많은 생각들 중 하나이고, 우주도 자기의 생각인 것만 같았다.

로즈 크리켓 경기장의 사람들이 보기에는 북부 런던의 레스토랑들이 늘 그렇듯 또 식당 하나가 금방 생겼다 금방 없어진 것만 같았고, 또 그건 '다른 사람의 문제' 인 것만 같았다.

"어떻게 된 거죠?" 아서가 대단히 경외감에 차서 속삭였다.

"이룩한 거라오." 슬라티바트패스트가 말했다.

아서는 놀라서 말을 잃은 채 가속 의자에 기대어 누웠다. 자기가 방금 우주 멀미를 겪은 건지 아니면 종교를 갖게 된 건지 확신이 서질 않았다.

"아주 쓸 만한 우주선인데요." 포드가 말했다. 그는 방금 슬라티바트패스트의 우주선이 해낸 엄청난 일에 자신이 얼마나 감동을 받았는지를 겉으로 내색하지 않으려 했지만 그 시도는 성공적이지 못했다. "안타깝게도 실내 장식이 엉망이라 그렇지."

일이 초쯤 노인은 대꾸하지 않고 가만히 있었다. 그는 집이 훨훨 불타고 있는 동안 암산으로 화씨 온도를 섭씨로 환산하고 있는 사람 같은 분위기로 계기판을 뚫어져라 들여다 보고 있었다. 그러더니 잠시 후 찌푸렸던 미간을 풀고 눈앞에 놓인 널찍한 파노라마 스크린을 한동안 뚫어져라 쳐다보는 것이었다. 스크린에는 그들 주위에서 은빛 실처럼 꼬리를 끌고 지나가는 별들이 어리벙벙할 정도로 복잡하게 펼쳐지고 있었다. 그는 무슨 단어의 철자를 말하려는 것처럼 입술을 달싹거렸다. 갑자기 그의 시선은 정신이 번쩍 든 것처럼 다시 계기판으로 돌아갔지만, 얼마 후 표정은 찌푸린 상으로 굳어져버렸다. 그는 다시 스크린을 쳐다보았다. 쿵쿵 뛰는 맥박이 느껴졌다. 그의 미간 주름이 잠시 깊어지는가 싶더니, 다시 스르르 풀어졌다.

"기계들을 이해하려고 애쓰는 건 실수예요." 그가 말했다. "기계들은 사람한테 걱정만 끼치지요. 방금 뭐라고 했소?"

"실내 장식이요." 포드가 말했다. "한심하다고요."

"정신과 우주의 깊은 근본적 중심에는 이유가 다 있다오." 슬라티바트패스트가 말했다.

포드는 날카로운 시선으로 주위를 훑어보았다. 슬라티바트패스트가 만사를 너무 낙관적으로 보고 있다고 생각하고 있음이 틀림없었다.

우주선 갑판의 실내는 짙은 녹색, 짙은 빨간색, 짙은 갈색으로 이루어진데다 비좁고 답답했으며, 조명도 분위기를 내려는 것처럼 음침했다. 작은 이탈리아 비스트로와 닮은 외관은 진입로에서 끝난 게 아니었다. 조그마한 빛의 웅덩이들이 화분, 광택 나는 타일들, 그리고 정체를 알 수 없는 온갖 청동 물건들을 도드라져 보이게 하고 있었다.

라피아 잎으로 감싼 병들이 그늘 속에 흉측하게 숨어 있었다.

슬라티바트패스트의 관심을 독차지했던 계기판은 콘크리트 속에 거꾸로 박힌 병들 위에 올려져 있는 것처럼 보였다.

포드는 손을 내밀어 그것을 만져보았다.

가짜 콘크리트. 플라스틱. 가짜 콘크리트 속에 가짜 유리병들이 박혀 있었다.

정신과 우주의 근본적 중심이라니 웃기고 있네, 그는 생각했다. 이거 순 쓰레기 아냐. 그러면서도, 이 우주선이 움직이는 방식이 순수한 마음 호마저 고작 전기 유모차처럼 보이게 할 정도로 멋지다는 사실은 도저히 부인할 수 없었다.

그는 몸을 빙글 돌리다가 좌석에서 떨어졌다. 그는 손으로 몸을 툭툭 털었다. 그리고 아서를 바라보았다. 아서는 혼자서 노래를 흥얼거리고 있었다. 그는 스크린을 쳐다보았지만 아무것도 알아볼 수 없었다. 그는 슬라티바트패스트를 바라보았다.

"방금 우리가 날아온 거리가 얼마나 되나요?" 그가 말했다.

"아마 대충……." 슬라티바트패스트가 말했다. "은하계 지름의 삼분의 이 정도 될 거요. 어림잡아서요. 그래요, 대충 삼분의 이가 맞을 거예요."

"정말 이상한 일이에요." 아서가 조용하게 말했다. "우주 여행이 더 멀어지고 더 빨라질수록 사람의 위상은 점점 더 별 볼일 없어지는 것 같고, 인간은 심오한 것으로 채워지거나 아니면 텅 비워지거나……."

"맞아, 정말 이상해." 포드가 말했다. "우리는 지금 어디로 가고 있나요?"

"우주의 오랜 숙적과 대적하러 가고 있소." 슬라티바트패스트가 말했다.

"우리를 어디에 내려주실 생각이세요?"

"당신들의 도움이 필요할 텐데."

"곤란하겠는데요. 있잖아요, 아마 틀림없이 어디 우리가 즐길 만한 장소에 데려다 주실 수 있을 거예요. 어디가 좋을까……술도 거나하게 마시고, 잘 되면 아주 지독하게 사악한 음악도 들을 만한 데가 있을 거예요. 잠깐만요, 제가 찾아볼게요." 그는 《은하수를 여행하는 히치하이커를 위한 안내서》를 꺼내더니 주로 섹스와 마약과 로큰롤을 다룬 부분들을 목차에서 찾아 재빨리 책장을 넘겼다.

"시간의 안개로부터 저주가 피어올랐소." 슬라티바트패스트가 말했다.

"예, 그렇겠죠." 포드가 말했다. "보세요." 그는 우연히 발견한 항목 하나를 가리키며 말했다. "엑센트리카 갈룸비츠, 이 여자 혹시 만나본 적 있으세요? 에로티콘 제6행성의 젖가슴 셋 달린 창녀 말이에요. 어떤 사람들은 이 여자의 성감대가 실제 신체에서 사 마일 밖에서부터 시작된다고 하죠. 제 의견은 좀 달라요. 제가 보기엔 오 마일이에요."

"이건 은하계를 불길과 파괴의 도가니로 만들고, 전 우주를 때이른 종말에 이르게 할 수도 있는 저주요. 농담이 아니에요." 슬라티바트패스트가 말했다.

"시절이 흉흉한 거 같네요." 포드가 말했다. "운만 좋으면, 전 술에 팍 절어서 그런 건 까맣게 모르고 있을 겁니다. 여기요." 포드는 손가락으로 《안내서》의 스크린을 가리켰다. "여기가 진짜 악의 소굴인 것 같으니, 우리는 이리로 가야 할 거 같아요. 어때, 아서? 주문이나 외우면서 정신을 집중하는 일 따위는 그만두라고. 넌 지금 대단히 중요한 걸 놓치고 있는 거야."

아서는 소파에서 힘겹게 일어나 고개를 가로저었다.

"우리, 어디로 가는 거야?" 그가 말했다.

"오랜 밤과 맞싸우기 위해서—"

"이봐, 아서." 포드가 말했다. "은하계에서 한번 제대로 놀아보려고 하는데, 네가 감당할 만한 아이디어야?"

"슬라티바트패스트가 저렇게 걱정스럽게 들여다보고 있는 게 뭐지?" 아서가 말했다.

"별거 아니야." 포드가 말했다.

"종말의 저주라오." 슬라티바트패스트가 말했다. "이리 오시오." 갑자기 권위를 풍기며 그가 덧붙였다. "일단 보여주고 이야기해주어야 할 일들이 많이 있소."

그는 불가해하게도 우주선 갑판 한가운데 자리 잡고 있던 녹색의 주철 장식 나선형 계단을 향해 걸어가더니 걸어 올라가기 시작했다. 아서는 미간을 찌푸리고 그 뒤를 따랐다.

포드는 시무룩하게 《안내서》를 다시 자루 가방에다 쑤셔 넣었다.

"주치의가 나는 '공공 의무' 호르몬 분비선이 기형이고 윤리 섬유가 선천적으로 부족하다고 했다고." 그는 혼자 웅얼거렸다. "그래서 나는 우주를 구하는 의무에서 면제된단 말이야."

그럼에도 불구하고 그는 그들을 쫓아 쿵쾅거리며 계단을 올라갔다.

위층에서 발견한 건 몹시 멍청했다. 아니 적어도 그렇게 보였다. 포드가 고개를 절레절레 흔들면서 얼굴을 두 손에 묻고 화분에 풀썩 기대었고, 그 바람에 그만 화분이 벽에 부딪쳐 박살이 나고 말았다.

"중앙 연산 구역이오." 꿈쩍도 하지 않고 슬라티바트패스트가 말했다. "어떤 식으로든 우주선에 영향을 미치는 연산은 모두 이곳에서 이루어진다오. 어떻게 보이는지는 나도 알지만, 사실은 엄청나게 복잡한 일련의 수학적 기능으로 이루어진 복합 사차원 도상학적 지도예요."

"무슨 장난 같아요." 아서가 말했다.

"어떻게 보이는지는 나도 잘 알고 있다오." 슬라티바트패스트가 이렇게 말하고는 그 속으로 들어갔다. 그러는 사이, 이 모든 게 어떤 의미인지 막연한 깨달음이 아서의 뇌리를 섬광처럼 스쳤지만, 그는 이 사실을 믿기를 거부했다. 설마 우주가 그런 식으로 돌아갈 리는 없어. 그는 생각했다. 그럴 리가 없어. 그건 너무 말도 안 돼, 말도 안 돼……그건 마치……그는 생각의 사슬을 끊어버렸다. 그가 생각해낼 수 있는 정말 말도 안 되는 일들 중 대부분은 이미 실제로 일어나버리고 말았기 때문이었다.

그리고 이것도 그중 하나였다.

이건 커다란 유리 우리, 아니 상자——아니 사실은 방이었다.

그 속에는 식탁, 그것도 아주 기다란 식탁이 놓여 있었다. 그 주위로 벤트우드 스타일(휘어진 나무로 만든 가구 스타일—옮긴이주)의 의자 열몇 개가 놓여 있었다. 식탁 위에는 식탁보가 깔려 있었다. 흰색과 빨간색 체크 무늬의 더러운 식탁보는 중간중간 담뱃불에 탄 자국들로 얼룩져 있었는데, 각각의 얼룩은 어쩌면, 정확하게 계산된 수학적 위치에 나 있었다.

그리고 식탁보 위에는 열몇 개에 달하는 반쯤 먹다 남은 이탈리아식 식사들이 놓여 있었고, 그 주위로 반쯤 먹다 남은 브레드스틱

들이며 반쯤 마시다 남은 와인 잔들이 놓여 있었다. 그리고 로봇들이 열없이 이 음식들을 만지작거리고 있었다.

철저하게 인공적인 풍경이었다. 로봇 웨이터, 로봇 와인 웨이터, 로봇 지배인 등이 로봇 손님들의 시중을 들고 있었다. 가구도 인공적이었고, 식탁보도 인공적이었으며, 음식들도 하나같이, 그 음식의 기계적 특징들을, 그러니까 예를 들어 '폴로 소르프레소' 같은 음식의 특징들을 모두 드러내어 보여줄 수 있게 되어 있었지만, 실제로는 음식이 아니었다.

그리고 모두가 함께 일종의 댄스에——메뉴, 청구서, 지갑, 수표책, 신용 카드, 시계, 연필, 그리고 종이 냅킨들을 조작하는 어떤 복잡한 루틴에 참여하고 있었다. 이는 항상 자칫하면 폭력 사태를 유발할 것처럼 긴장되어 보였지만, 실제로 그러한 사태에 이르는 일은 없었다.

슬라티바트패스트는 황급히 그 안으로 들어갔다. 그런 다음 지배인과 뭔가 한가로이 이야기를 나누며 즐거운 시간을 보내는 것처럼 보였다. 그사이 손님 로봇 하나가, 어떤 여자 문제로 어떤 남자를 손봐줘야겠다는 둥 하면서 식탁 밑으로 미끄러져 들어갔다.

슬라티바트패스트는 그렇게 해서 빈 자리를 차지하더니 신중한 눈길로 메뉴를 훑어보았다. 식탁 주위의 루틴의 박자가 어쩐지 눈에 띄지 않게 빨라지는 것 같았다. 말싸움이 여기저기서 터져 나왔고, 사람들은 냅킨에다 뭘 쓰면서 증명을 하려고 했다. 그들은 서로 격하게 손짓을 했고, 각자의 치킨 요리를 샅샅이 뜯어보려 하는 것이었다. 웨이터의 손이 청구서 위에서 어찌나 빨리 움직이는지, 인간의 손으로는 도저히 따라할 수 없었고, 인간의 눈으로도 좇을 수가 없었다. 속도는 점점 가속되었다. 곧, 놀랄 만큼 집요한 예의 범절이 모든 사람들을 압도한 듯이 보이더니, 몇 초 후 별안간 모든 사람들이 잠정적인 합의에 도달한 것처럼 보였다. 새로운 진동이 우주선 전체를 훑고 지나갔다.

슬라티바트패스트는 유리 방에서 나왔다.

"비스트로매틱스, 즉 주점수학(酒店數學)이라오." 그가 말했다. "패러사이언스에 알려진 가장 강력한 연산력이지요. 정보성 환각의 방으로 따라오시오."

그가 보무도 당당하게 휩쓸고 지나간 뒤를 넋 나간 두 사람이 멍하니 따랐다.

7

비스트로매틱 추진기는 불가능 확률 수치들을 위험하게 건드리지 않고도 항성 간의 광막한 거리를 횡단할 수 있는 기막히게 훌륭한 새로운 방법이었다.

비스트로매틱스, 즉 주점수학 그 자체가 수(數)의 습성을 이해하는 혁명적으로 새로운 방식이었다. 아인슈타인이 시간은 절대적인 것이 아니라 공간 속에서 관찰자가 어떻게 움직이느냐에 달려 있고, 그 공간은 절대적인 것이 아니라 관찰자가 시간 속에서 어떻게 움직이느냐에 달려 있다는 사실을 발견한 것처럼, 이제 숫자들은 절대적인 것이 아니라 관찰자가 식당에서 어떻게 움직이느냐에 달려 있다는 사실이 밝혀진 것이다.

최초의 비절대적 수는 식탁을 예약하는 사람들의 수다. 이 수는 식당과의 첫 삼 회의 전화 통화 중에 여러 번 변화하며, 또한 실제로 식당에 나타나는 사람의 수라든가, 쇼/경기/파티/기타 이벤트 후에 그들과 합류하는 사람들의 수, 그리고 누군가 다른 사람이 나타난 것을 보고 자리를 뜨는 사람들의 수와는 전혀 상관이 없다.

두 번째 비절대적 수는 손님들의 도착에 주어진 시간으로서, 이는 현재까지 알려진 가장 이상한 수학적 개념인 상호 반전 배제다. 즉 이것은 존재 자체가 그 자신을 제외한 모든 수로 정의될 수밖에 없는 수다. 다른 말로 하면, 손님들의 도착에 주어진 시간은 손님들 중 단 한 사람도 도착하는 게 불가능한 한순간이다. 상호 반전 배제의 개념은 현재 수학의 수많은 하위 분야에서 결정적인 역할을 하고 있는데, 그중에는 통계와 회계, 그리고 '다른 사람의 문제' 자장을 구성하는 데 사용되는 기본적인 등식들을 형성하는 일도 포함되어 있다.

세 번째는 가장 신비스러운 비절대성으로, 청구서에 적혀 있는 항목들의 수, 각 항목들의 비용, 식탁에 앉아 있는 손님들의 수, 그리고 각자 감당할 수 있다고 생각하고 있는 비용 간의 관계에 놓여 있다. (실제로 돈을 한 푼이라도 가져온 사람들의 수는 이 분야에서는 하위 현상에 불과하다.)

이 지점에서 늘 일어나곤 했던 당혹스러운 숫자의 불일치는 아무도 크게 신경 쓰지 않는 탓에 수백 년간 전혀 조사를 받지 않은 채 그대로 남아 있었다. 이것들은 당시에는 예의, 무례, 치사한 언행, 화려한 눈속임, 피로, 감정 혹은 늦은 시각이라는 요소에 묻혀버렸고, 다음 날 아침에는 까맣게 잊혔다. 이 숫자의 차이는 실험실과 같은 조건에서 테스트를 받아본 적이 없는데, 당연한 말이지만, 실험실에서는——적어도 명망 있는 실험실에서는——이런 일이 결코 일어나지 않기 때문이었다.

그런데 포켓 컴퓨터의 도래와 함께 드디어 깜짝 놀랄 만한 진실이 만천하에 드러난 것이었다. 그리고 진실은 다음과 같았다.

식당의 구역 내에서 식당 청구서에 적히는 숫자들은 식당을 제외한 우주의 다른 구역에서 다른 종이 위에 적히는 숫자들이 따르는 수학적 법칙들을 전혀 따르지 않는다는 것이었다.

이 단 한 가지 사실이 전체 과학계를 폭풍처럼 초토화했으며, 과학 전체에 완벽한 혁명을 몰고 왔다. 헤아릴 수 없이 많은 수학 학회들이 훌륭한 식당에서 열리는 바람에, 당대 최고의 지성들 중 많은 이가 비만과 심장마비로 죽어나갔고 수학이라는 과학의 발전이 몇 년씩 뒷걸음질을 쳤다.

하지만 천천히, 차츰차츰, 이 개념이 품고 있는 함의가 해명되기 시작했다. 이 개념은 처음에는 너무나 거칠었고, 너무나 미친 소리 같았고, 너무나 길거리에서 만나는 사람들이 '오, 그러게 나한테 물어봤으면 미리 말해줬을 텐데'라고 말할 만한 것 같은 분위기를 풍겼다. 그러나 얼마 후 '상호 주관성의 준거 틀'과 같은 용어들이 발명되었고, 그제야 모든 사람들은 한숨 돌리고 자기 볼일을 보기 시작했다.

주요 연구 기관 근처에 모여 앉아 '우주는 스스로가 꾸며낸 상상력의 소산에 불과하다'는 요지의 찬송 같은 걸 부르던 소수의 수도사들은 결국 유랑 극단 지원금을 받고 떠나갔다.

8

정보성 환각의 방에서 슬라티바트패스트가 몇 가지 계기를 조작하며 말했다. "그러니까 우주 여행에서는, 우주 여행에서는……."

그는 말을 멈추고 주위를 둘러보았다.

정보성 환각의 방은 중앙 연산 구역의 시각적 기괴함에 비하면 고마울 정도로 마음이 놓이는 곳이었다. 아무것도 없기 때문이었다. 어떤 정보도, 어떤 환각도 없이 그냥 그뿐이었다. 하얀 벽들과 작은 기기들 몇 개만 놓여 있었는데, 기기들에는 어딘가에 꽂아야 하는, 하지만 슬라티바트패스트가 꽂을 데를 찾지 못하고 있는 듯한 플러그들이 붙어 있었다.

"계속하세요." 아서가 재촉했다. 그는 슬라티바트패스트에게서 다급해하는 느낌을 읽은 터였지만 자기가 뭘 어떻게 해야 할지 전혀 알 수 없었다.

"뭘 말이오?" 노인이 말했다.

"방금 하시던 말씀 말이에요."

슬라티바트패스트가 그를 날카롭게 쏘아보았다.

"숫자들이 끔찍하다오." 그가 말하고, 찾던 걸 다시 찾기 시작했다.

아서는 현명하게 혼자 고개를 주억거렸다. 얼마 후 그는 그런다고 달라지는 게 아무것도 없다는 걸 깨달았고, 결국 또 "뭐가요?"라고 물어봐야겠다고 마음을 먹었다.

"우주 여행에서는 숫자들이 다 아주 끔찍해요." 슬라티바트패스트가 말했다.

아서는 다시 고개를 끄덕거리며, 행여 도움이 될까 하고 포드를 찾아 주위를 둘러보았다. 그러나 포드는 뾰로통한 표정을 짓는 연습을 하고 있었고, 실제로 아주 훌륭했다.

"나는 그저, 어째서 우주선의 연산들이 전부 웨이터의 청구서 위에서 이루어지느냐고 묻는 수고를 덜어주고 싶었을 뿐이오." 슬라티바트패스트가 한숨을 쉬며 말했다.

아서는 얼굴을 찌푸렸다.

"어째서……." 그가 말했다. "우주선의 연산들이 전부 웨이터의……."

그가 말을 멈췄다.

슬라티바트패스트가 말했다. "왜냐하면 우주 여행에서는 모든 숫자들이 끔찍스럽기 때문이지요."

그는 자기가 하려는 말이 상대한테 전혀 먹히지 않는다는 사실을 깨달았다.

"들어봐요. 웨이터의 청구서에서는 숫자들이 춤을 춘다오. 아마 이 현상을 경험해본 적이 있을 게요." 그가 말했다.

"글쎄……."

"웨이터의 청구서에서는, 현실과 비현실이 근원적인 차원에서 충돌하기 때문에 현실이 비현실이, 비현실이 현실이 되고, 어떤 기본적인 매개 변수 내에서는 어떤 일이든지 가능하다오."

"무슨 매개 변수요?"

"그건 말로 설명하는 게 불가능해요." 슬라티바트패스트가 말했다. "그게 한 가지 변수라오. 이상하지만 진실이지요. 적어도, 나는 그게 이상하다고 생각한다오. 그리고 그것이 진실이라고 확신하오." 그가 덧붙였다.

그 순간 그는 자기가 찾고 있던 벽의 틈새를 발견했고, 손에 들고 있던 기기를 그 틈에 찰칵 끼웠다.

"놀라지들 마시오." 그가 말했고, 이어서 그 기기를 보고 그 자신이 갑자기 깜짝 놀란 표정을 짓더니 뒤로 한 걸음 펄쩍 물러났다. "이건……."

그들은 슬라티바트패스트의 말을 듣지도 못했다. 그들을 에워싸고 있던 우주선의 형체가 눈 깜짝할 사이에 사라지더니, 미들랜즈의 작은 산업 도시만 한 크기의 전투 우주선 하나가 밤하늘을 가르며 나타나 불을 뿜는 스타 레이저를 쏘아대며 그들을 향해 돌진했던 것이다.

악몽처럼 무시무시한 눈부신 빛 폭풍이 뜨겁게 암흑을 가르며 날아가더니, 그들 바로 뒤에 있는 행성의 상당 부분을 파괴해 없애버렸다.

그들은 입이 떡 벌어지고 눈이 휘둥그레졌으며, 놀라서 비명도 지르지 못했다.

9

다른 세계, 다른 날, 다른 여명.

새벽의 가늘디가는 은빛 광선이 소리 없이 나타났다.

수억경 톤의 초열 폭발 수소 원자들이 천천히 지평선 위에 뭉게뭉게 피어났지만 기껏해야 조그맣고 차갑고 약간 축축해 보일 뿐이었다.

여명이 찾아와 빛이 떠다닐 때면 마법이 일어날 것만 같은 순간이 있다. 피조물은 한꺼번에 숨을 죽인다.

그 순간은 스콘셀러스 제타 행성에서 늘 그렇듯이 별일 없이 지나갔다.

아지랑이가 늪 표면에서 어른거렸다. 늪의 나무들은 아지랑이 때문에 잿빛으로 보였고, 키 큰 갈대들은 형체가 희미했다. 숨을 참고 있는 것처럼 꼼짝도 하지 않았다.

아무것도 움직이지 않았다.

정적이 깔렸다.

태양은 힘없이 아지랑이와 씨름하면서, 약간의 온기를 여기 뿌리고 약간의 빛을 저기 뿌리려고 애썼지만, 오늘도 태양이 하늘을 가로질러 건너가려면 기나긴 줄다리기를 해야 할 것이 분명했다.

아무것도 움직이지 않았다.

기나긴 침묵.

아무것도 움직이지 않았다.

정적.

아무것도 움직이지 않았다.

스콘셀러스 제타 행성에서는 이러다 하루가 다 가는 일이 비일비재했고, 오늘도 바로 그런 날이 될 전망이었다.

열네 시간 후, 태양은 완전히 헛고생을 했다는 허탈한 기분을 안고 반대편 지평선 밑으로 가망 없이 풀썩 주저앉아버렸다.

그리고 몇 시간 후 태양은 다시 모습을 드러냈고, 어깨에 힘을 잔뜩 준 후 하늘 위로 다시 기어 올라가기 시작했다.

하지만 이번에는 뭔가 사건이 일어나고 있었다. 어떤 매트리스가 어떤 로봇을 만난 것이었다.

"안녕, 로봇." 매트리스가 말했다.

"블리." 로봇은 이렇게 말하고 하던 일을 계속했다. 하던 일이란, 아주 작은 원을 그리며 아주 천천히 빙글빙글 돌며 걷는 것이었다.

"행복해?" 매트리스가 말했다.

로봇은 발걸음을 멈추고 매트리스를 바라보았다. 희한하다는 표정으로 빤히 바라보았다. 아주 멍청한 매트리스가 틀림없었다. 매트리스는 눈을 동그랗게 뜨고 로봇을 마주 보았다.

로봇이 연산한바 정확히 10십진위에 해당하는 의미심장한 시간——이 시간은 매트리스와 관련 있는 모든 사물에 대한 전반적인 경멸을 의미한다——이 지난 후, 로봇은 다시 작은 원을 그리며 걷기 시작했다.

"우리는 대화를 나눌 수도 있어." 매트리스가 말했다. "그러고 싶니?"

그것은 커다란 매트리스였고, 틀림없이 아주 질이 좋은 축에 속했다. 요즘에는 실제로 제조되는 물건들은 거의 없었다. 우리가 살고 있는 바로 이 우주처럼 이렇게 무한하게 큰 우주에서는, 우리가 상상할 수 있는 대부분의 물체들은 물론이고, 차라리 상상하지 않는 게 나은 물체들까지도 어딘가에서 자라나기 때문이다. (대부분의 나무들에서 열매처럼 톱니 스크루드라이버들이 주렁주렁 열리는 숲이 최근에 발견되었다. 톱니 스크루드라이버 열매의 생명 주기는 굉장히 흥미롭다. 그것을 일단 따면, 그것은 컴컴하고 먼지 낀 서랍 속에 넣어져 몇 년 동안 방해받지 않고 숙성되어야 한다. 그러다가 어느 날 밤에 그것이 부화한다. 겉껍질처럼 보이는 것은 먼지처럼 부스러져 사라지고, 양쪽에 기계를 끼워 맞추는 플랜지가 달리고 약간 툭 튀어나온 데도 있고 스크루를 끼워 맞추는 구멍도 있는, 하지만 형체를 알아볼 수 없는 작은 금속 조각이 나타나는 것이다. 이것은 발견되는 즉시 폐기처분된다. 아무도 이 물체를 어디다 쓰는 건지 모른다. 자연은, 그 무한한 지혜로, 아마 아직도 이 문제를 고심하고 있을 것이다.)

매트리스들이 무슨 득이 있다고 세상에 태어났는지 확실히 아는 사람 역시 단 한 명도 없다. 매트리스는 커다랗고 친근하고 포켓 스프링이 달린 생명체들로서, 스콘셀러스 제타 행성의 늪지대에서 조용하고 은밀한 삶을 누리고 있었다. 수많은 매트리스들은 포획되고, 살해되고, 건조되고, 운송되어 사람들이 깔고 잠을 자는 도구가 되었다. 매트리스들은 이런 일을 특히 꺼리는 것 같지도 않았고, 모두들 하나같이 '젬' 이라는 이름으로 통했다.

"아니." 마빈이 말했다.

"내 이름은 젬이야. 그럼 우리 날씨 얘기나 좀 할까?" 매트리스가 말했다.

마빈은 힘없이 터덜터덜 동그라미를 그리던 발걸음을 다시 멈추었다.

"이슬이 오늘 아침에는 특히 메스껍게 툭툭 떨어지고 있어." 그가 관찰한 바대로 말했다.

그는 다시 발걸음을 옮기기 시작했다. 이 대화의 물꼬가 트이자 새삼스럽게 음울함과 절망에 깊이를 더한 모양이었다. 그는 집요하게 터벅터벅 걸었다. 이빨이 있었다면 이 시점에서 아마 이를 갈았을 것이다. 그에게는 이빨이 없었다. 그는 이를 갈 수 없었다. 그냥 터벅터벅 걷는 것이 전부였다.

매트리스가 주위에서 폴락락거렸다. 이것은 늪지대의 살아 있는 매트리스들만이 할 수 있는 일이다. 그래서 이 단어가 더 널리 쓰이지 않는 것이다. 매트리스는 공감을 표하는 한 방법으로서, 물로 가득 찬 희뿌연 몸통을 움직이며 폴락락거렸다. 매트리스는 정감 있게 물 속에 거품을 몇 개 일으켰다. 매트리스의 파란색과 흰색 줄무늬들이, 뜻밖에 갑자기 안개를 뚫고 비친 희미한 햇살 한 줄기에 잠깐 반짝거렸다. 덕분에 이 생명체는 잠시나마 햇볕을 쬘 수 있었다.

마빈은 터벅터벅 걸었다.

"너 뭔가 생각이 많구나." 매트리스는 푸루룩하게 말했다.

"네가 도저히 상상할 수 없을 정도로." 마빈이 음침하게 말했다. "모든 종류의 정신적 행위에 있어서, 내 능력은 끝없는 우주의 범위만큼이나 무한해. 물론, 행복의 능력은 제외하고 말이야."

쿵, 쿵, 그는 계속 걸었다.

"내 행복의 능력은 고작 성냥갑에 들어갈 만한 수준이야. 성냥 몇 개를 덜어낼 필요도 없을걸." 그가 덧붙였다.

매트리스가 보그루거렸다. 이것은 살아 있는, 늪지대에 살고 있는 매트리스들이 불행한 개인사에 깊은 인상을 받았을 때 내는 소리다. 《존재하는 모든 언어에 대한 맥시메갈론 초(超)결정판 사전》에 따르면, 홀로프 성의 귀족인 하이 산발브와그 경이 자신이 이 년 연속 아내의 생일을 잊어버렸다는 사실을 깨달았을 때 냈던 소리라고도 한다. 홀로프에는 하이 산발브와그 경이 단 한 사람밖에 없었고, 그는 한 번도 결혼한 적이 없었기 때문에 현재 이 단어는 오로지 부정적이거나 회의적인 의미로만 사용되고 있으며, 그래서 최근에는 《존재하는 모든 언어에 대한 맥시메갈론 초결정판 사전》이 마이크로 저장술을 사용한 판본들을 운송하는 데 드는 그 수많은 화물 트럭 값을 전혀 못한다는 의견이 갈수록 힘을 얻고 있다. 이상하게도 이 사전은 '푸루룩하게' 라는 단어를 생략하고 있는데, 이 단어는 간단하게 '푸루룩한 모양으로' 라는 뜻이다.

매트리스는 또 보그루거렸다.

"너의 다이오드에서 깊은 낙담의 기운이 느껴져." 매트리스가 발루했다. ('발루' 라는 단어의 뜻을 찾아보려면, 재고 전문 서점 아무 데나 들어가서 《스콘셀러스 늪-대화 사전》을 한 권 사도록 하라. 아니면 대신 《존재하는 모든 언어에 대한 맥시메갈론 초결정판 사전》을 사도 좋다. 대학들은 이 사전들을 팔아치우고 대신 쓸 만한 주차 공간을 확보하고 싶어 안달이 나 있으니.) "그래서 내 마음도 슬퍼져. 너는 좀 매트리스다워질 필요가 있어. 우리는 늪에서 조용한 은둔 생활을 즐기지. 그곳에서 우리는 폴락락하고 발루하는 것에 만족하고, 축축한 것도 상당히 푸루룩하게 받아들여. 우리 중에는 붙잡혀서 죽는 것들도 있지만, 우리는 전부 이름이 젬이니까 누가 죽는지 모르지. 그래서 보그루거릴 만한 일이 극히 적어. 어째서 계속 동그라미를 그리며 걷고 있는 거야?"

"왜냐하면 하나뿐인 이 다리가 진흙에 처박혀 있으니까." 마빈이 간단하게 말했다.

"그렇게 보이네." 매트리스는 연민의 눈길로 바라보며 말했다.

"그리고 참 안돼 보이는 다리다."

"네 말이 맞아. 정말 그래." 마빈이 말했다.

"분." 매트리스가 말했다.

"그러게 말이야." 마빈이 말했다. "그리고 너는 하나뿐인 인공 다리를 가진 로봇이라는 개념이 아주 재미있다고 생각하는 모양이구나. 나중에 네 친구들 젬하고 젬을 만나면 그들에게 얘기를 해줄 테고, 그들은 웃음을 터뜨리겠지. 물론, 나야 모든 생명체에 대한 지식의 차원 이상으로는 그들을 모르지만——사실 나는 내 바람보다 훨씬 더 많은 것들을 알고 있거든. 하, 그렇지만 내 삶은 웜기어 장치로 가득 찬 상자일 뿐이야."

그는 다시 조그만 동그라미를 그리며 쿵쿵 걷기 시작했다. 동그라미 한가운데의 진흙 속에 처박혀 있는 자그마한 의족은 빙글빙글 돌았지만 여전히 박혀 있었다.

"그런데 왜 그렇게 계속 빙글빙글 돌기만 하는 거니?"

"그냥 의미를 전달하려고." 마빈이 이렇게 말하면서 계속해서 빙글빙글 돌았다.

"전달됐다고 생각해, 친구." 매트리스가 포르륵거렸다. "전달됐다고 생각하라고."

"딱 백만 년만 더 돌고." 마빈이 말했다. "딱 백만 년만 후딱 돌면 돼. 그러고 나면 반대 방향으로 도는 걸 시도할 수도 있지. 그냥 기분을 바꿔보기 위해서 말이야, 이해하지?"

매트리스는 저 깊은 곳의 스프링 포켓으로부터, 이 로봇이 지금,

얼마 동안이나 이렇게 무용하고 허탈하게 동그라미를 그리며 터벅터벅 걷고 있었느냐고 자기에게 물어봐주기를 원하고 있음을 느낄 수 있었다. 그래서 한번 더 조용하게 포르록거리며 물어보았다.

"오, 그저 간신히 백오십만 년 지점을 넘었을 뿐이야. 방금 간신히." 마빈이 명랑하게 말했다. "지루해지는 일이 없느냐고 물어봐, 어서 내게 물어봐."

매트리스는 물어보았다.

마빈은 그 질문을 못 들은 척하고, 더욱 쿵쾅거리며 걷기만 했다.

"전에 연설을 한번 한 적이 있어." 그는 갑지기 이렇게 뜬금없어 보이는 말을 했다. "이 얘기를 왜 하는지 아마 너는 모르겠지. 하지만 그건 내 정신이 너무나 기록적으로 빠르게 돌아가기 때문이야. 그리고 나는 대충 추산해서 너보다 삼십억 배 정도는 더 지적이야. 예를 들어볼게. 숫자를 하나 생각해봐. 아무 숫자나."

"음, 다섯." 매트리스가 말했다.

"틀렸어." 마빈이 말했다. "거봐, 알겠지?"

매트리스는 깊은 감명을 받았고, 자기 앞에 있는 존재가 비범하지 않지 않다는 사실을 깨달았다. 매트리스는 기나긴 몸 전체를 후들리면서, 해조로 뒤덮인 야트막한 물웅덩이를 흥분한 작은 물결들로 흔들리게 했다.

매트리스가 껄떡했다.

"전에 네가 했다는 연설에 대해 얘기해줘. 너무너무 듣고 싶어."

"반응은 몹시 좋지 않았어." 마빈이 말했다. "아주 여러 가지 이유가 있었지. 내가 연설을 한 곳은……." 마빈은 잠시 말을 멈추고, 그리 멀쩡하지 못한 팔을 들어 어색하게 구부렸다. 하지만 더 나은 쪽 팔은 낙망스럽게도 왼쪽 옆구리에 들러붙어 있었다. "바로 저기, 대략 일 마일쯤 떨어진 곳이었어."

그는 최선의 노력을 다해 손을 뻗어 가리켰다. 안개 너머, 갈대들 너머의, 다른 늪지대와 다를 게 하나도 없어 보이는 늪지대 일부를 가리키는 게 자기가 할 수 있는 최선이라는 걸 분명히 밝히고 싶었다.

"저기." 그는 되풀이해 말했다. "당시에는 나도 꽤 유명 인사였거든."

매트리스의 온몸이 흥분에 휩싸였다. 스콘셸러스 제타에서 연설이 행해졌다는 얘기는 한 번도 들어본 적이 없었고, 더구나 유명 인사의 연설이라니 그건 더욱 있을 수 없는 일이었다. 전율이 등허리를 따라 훑고 지나가자 사방으로 물이 튀었다.

매트리스는 대체로 매트리스들이 귀찮아서 거의 하지 않는 일을 했다. 온몸의 힘을 남김 없이 모아서 직사각형의 몸체를 뒤로 젖혔다가 펄쩍 공중으로 뛰어오르더니, 몇 초 동안 허공에서 바르르 떨면서 마빈이 가리킨 갈대숲 너머, 안개 너머를 바라보았던 것이다. 그러고는 실망한 기색도 없이, 다른 늪지대와 다를 게 하나도 없다는 것을 한참 관찰했다. 그 힘든 일에 기진맥진한 매트리스는 다시 웅덩이로 풀더럭 떨어졌고, 마빈은 그 바람에 냄새나는 진흙과 이끼와 잡초로 가득한 물벼락을 맞아야 했다.

"나는 유명 인사였다고." 로봇은 서글프게 중얼거렸다. "짧은 시간이었지만. 불타오르는 태양 한가운데에서 죽는 거나 다를 바 없는 운명으로부터 기적적으로, 하지만 끔찍하게 후회되는 탈출을 감행한 덕분이었지. 지금 내 몰골을 보면 짐작이 될 거야." 그가 덧붙여 말했다. "얼마나 아슬아슬하게 탈출했는지 몰라. 나는 고철을 모으는 고물상 덕분에 구출되었어. 상상이 되니? 그래서 지금 난 두뇌 크기가……아니, 아무것도 아니야."

그는 몇 초 동안 험악하게 터벅거렸다.

"이런 다리로 나를 고쳐준 게 바로 그 사람이야. 혐오스러워. 그렇지 않니? 그는 나를 '정신의 동물원'에다 팔았어. 나는 스타 전시품이었지. 상자 위에 앉아서 내 이야기를 들려주면, 사람들이 힘을 내라는 둥 긍정적인 사고를 하라는 둥 말을 했어. '꼬마 로봇아, 씩 웃어보렴.' 사람들이 나한테 막 외쳐댔지. '킬킬 하고 예쁘게 웃어봐.' 내 얼굴로 씩 웃는 표정을 하려면 작업실에서 렌치로 한두 시간은 작업을 해야 한다고 나는 설명하곤 했지. 그러면 조용해지곤 했어."

"그 연설 말이야, 늪지대에서 네가 했던 연설이 너무 듣고 싶어." 매트리스가 재촉했다.

"늪지를 가로지르는 다리가 있었어. 사이버 구조로 된 하이퍼 다리였는데, 길이가 수백 마일에 달하고 이온 수레들이며 화물차들이 늪지대 위로 다닐 수 있었지."

"다리?" 매트리스가 꾸루룽거렸다. "여기 늪지대에?"

"다리가 있었어." 마빈이 확답을 해주었다. "여기 늪지대에. 스콘셀러스계의 경제에 활력을 불어넣기 위한 다리였지. 그들은 스콘셀러스계의 전 경제력을 쏟아 부어 다리를 지었어. 나한테 개통식을 맡겼지. 불쌍한 바보들 같으니."

비가 내리기 시작했다. 이슬비가 안개 사이로 미끄러져 떨어졌다.

"나는 연단에 서 있었어. 내 앞으로 수백 마일, 내 뒤로 수백 마일에 달하는 다리가 뻗어 있었지."

"다리가 반짝거렸어?" 매트리스가 열띤 목소리로 물었다.

"반짝거렸어."

"그 먼 거리에 걸쳐서 장엄한 모습으로 뻗어 있었어?"

"그 먼 거리에 걸쳐서 장엄한 모습으로 뻗어 있었어."

"불투명한 안개 속으로 은빛 실처럼 저 멀리 한없이 길게 뻗어 있었어?"

"그래." 마빈이 말했다. "너 이 얘기 듣고 싶은 거니?"

"네 연설을 듣고 싶어." 매트리스가 말했다.

"나는 말했지. 뭐라고 했냐 하면, '이 다리를 개통하게 된 것은 제게 있어 크나큰 기쁨이요, 영광이요, 특혜라고 말씀드리고 싶습니다만, 그럴 수가 없습니다. 제 거짓말 회로가 전부 수명이 다했거든요. 저는 여러분 모두를 증오하고 경멸합니다. 자, 이제 저는 이 불행한 사이버 구조물을 여러분 모두 생각 없이 지나다니며 멋대로 학대할 수 있도록 개통을 선언합니다' 라고 했지. 그러고 나서 개통 회로에 내 플러그를 꽂았어."

마빈은 그 순간을 기억하며 잠시 아무 말도 하지 않았다.

매트리스는 포르르거리고 꾸루루거렸다. 폴락락거리고, 껄떡하고, 후들렸다. 특히 마지막 행동은 특히 푸르르했다.

"분." 그러더니 마침내 매트리스는 꿀럭했다. "행사가 굉장한 장관이었어?"

"그럭저럭 장관이었다고 할 수 있지. 천 마일에 달하는 다리 전체가 즉각 반짝거리는 몸체 전체를 반으로 접더니 흐느끼면서 늪지 속으로 침몰했으니까. 다리 위에 있던 사람들을 모두 실은 채로 말이지."

이 지점에서 대화가 끊기고 슬픔에 젖은 무시무시한 침묵이 흘렀는데, 그사이 십만 명의 사람들이 돌연 한꺼번에 '훕' 하고 말하는 듯한 소리가 나더니 하얀색 로봇 편대가 촘촘한 대형을 짜고 하늘에서 민들레 꽃씨처럼 바람을 타고 하강했다. 돌연하고 폭력적인 한순간, 로봇들은 모두 바로 그 자리, 늪지로 내려와 마빈의 가짜 다리를 뜯어냈고, 다음 순간 다시 '훕' 소리를 내는 우주선 속으로 다시 들어가버렸다.

"내가 대체 어떤 놈들하고 싸워야 하는지 이제 알겠니?" 마빈은 보그루거리는 매트리스에게 말했다.

잠시 후, 로봇들이 별안간 다시 돌아와 또 한번 폭력을 행사했다. 이번에는 그들이 사라지고 나자 매트리스만 홀로 늪지대에 남겨졌다. 매트리스는 경악과 공포로 폴락락거리며 주위를 둘러보았다.

너무 무서워서 고로록할 지경이었다. 몸을 뒤로 한껏 젖히고 갈대숲 너머를 보려 했지만, 보이는 게 아무것도 없었다. 로봇도 없고, 빛나는 다리도 없고, 우주선도 없고, 그저 아까보다 훨씬 더 많은 갈대들이 보일 뿐이었다. 귀를 기울이고 소리를 들어보았지만, 바람을 타고 들려오는 건, 이제는 친숙해진, 반쯤 정신이 나간 어원학자들이 시무룩한 진흙탕을 가로질러 서로를 불러대는 아득한 외침 소리뿐이었다.

10

아서 덴트의 몸이 길게 쭉 늘어났다.

우주는 박살이 나서 주위에 백만 개의 반짝거리는 파편으로 흩어졌고, 각각의 파편들은 허공 속에서 소리 없이 쭉 늘어나면서 그 은빛의 표면에, 불길이 이글거리는 대학살과 파괴의 장면들을 반영했다.

그러자 우주 뒤의 암흑이 폭발했고, 암흑의 조각조각들은 무서운 기세로 피어오르는 지옥의 연기가 되었다.

그러자 우주 뒤의 암흑 뒤의 공허가 분출했고, 박살 난 우주 뒤의 암흑 뒤의 공허 뒤에서 마침내 어마어마하게 거대한 인간의 시커먼 형체가 나타나 어마어마하게 거창한 말들을 쏟아내기 시작했다.

"이것은 우리 은하계에 일어났던 최악의 파괴 행위인 크리킷 대전이었습니다. 여러분이 방금 경험한 일은……." 그 형체는 어마어마하게 편안한 의자에 앉아서 이렇게 말했다.

슬라티바트패스트가 손을 흔들며, 허공을 둥둥 떠서 지나갔다.

"이건 그냥 다큐멘터리일 뿐이오." 그가 소리쳤다. "별로 좋은 부분이 아니었지요. 정말 미안하오. 리와인드 조종기를 찾으려다가……."

"……수십억의 수십억 배가 넘는 죄 없는 목숨들이……."

"안 돼, 그만!" 슬라티바트패스트가 다시 둥둥 떠서 지나가며 큰 소리로 외쳤고, 자기가 정보성 환각의 방 벽에다 아까 꽂았고 아직 잘 꽂혀 있는 물건을 미친 듯이 만지작거렸다. "이 시점에서는 아무 말도 쉽게 믿지 마시오."

"……사람들, 피조물들, 여러분의 동포들이……."

음악 소리가 커지면서 방을 가득 채웠다——이번에도 어마어마한 음악에, 어마어마한 화음이었다. 그리고 남자 뒤로, 어마어마하게 피어오르는 안개 속에서 세 개의 키 큰 기둥들이 서서히 모습을 드러냈다.

"……경험하고 겪은 사건입니다. 혹은——더 많은 경우——그들의 삶을 빼앗아간 사건입니다. 그 사실을 생각하십시오, 친구들이여. 그리고 결코 잊지 맙시다——잠시 후 저는, 크리킷 전쟁 전에는 은하계가 귀하고도 근사한 존재, 즉 행복한 은하계였다는 것을 우리가 항상 기억할 수 있도록 도와주는 모종의 방법을 제안할 수 있을 것입니다!"

이 시점에서 음악은 거창하다 못해 아주 제정신이 아니었다.

"친구들이여, 행복한 은하계란 위킷 게이트의 상징이 표현하고 있는 그대로입니다!"

이제 세 개의 기둥이 선명하게 늘어서 있었다. 두 개의 십자가 모양을 떠받치고 있는 기둥 세 개의 모습은 아서의 뒤죽박죽된 뇌에 넋이 나갈 정도로 익숙했다.

"세 개의 기둥입니다." 남자가 우레와 같이 포효했다. "은하계의 힘과 권능을 상징했던 강철의 기둥 말입니다!"

서치라이트들이 눈부신 빛을 뿜어내며 왼쪽에 있는 기둥을 위아래로 비추었는데, 정말 철이나 뭐 그런 비슷한 걸로 만들어진 것처럼 보였다. 음악이 쿵쾅거리고 우르릉거렸다.

"방풍 유리 기둥은 은하계에서 과학과 이성의 힘을 상징합니다!" 남자가 말했다.

다른 서치라이트들이 오른쪽에 있는 투명한 기둥을 위아래로 비추면서 눈부신 무늬들을 만들어냈는데, 아서 덴트의 뱃속에서는 불가해하게도 아이스크림이 너무나 먹고 싶다는 갈망이 꿈틀거렸다.

우레 같은 목소리가 말을 계속했다. "그리고 나무로 된 기둥이 상징하는 것은……." 여기에서 남자의 목소리는 감정이 복받쳐 오른 듯이 아주 근사하게 살짝 쉰 소리를 냈다. "자연과 영성의 힘입니다!"

조명들이 중앙의 기둥을 집중적으로 비추었다. 음악은 과감하게, 도저히 말로 형용할 수 없는 영역으로 옮겨 가고 있었다.

"둘 사이를 떠받치고 있는 것은……," 목소리가 매끄럽게 구르며 절정을 향해 달려갔다. "번영의 황금 가로장(크리켓 경기에서 삼주문 위에 세워져 있는 가로장—옮긴이주)과 평화의 은빛 가로장입니다!"

이제 전체 구조물들이 눈부신 빛에 휩싸였고, 음악은 다행히도 이미 한참 전에 인식의 경계 밖으로 넘어간 터였다. 세 개의 기둥 꼭대기에는 멋지게 빛나는 가로장들이 자리를 잡고서 보는 이의 눈을 부시게 하고 있었다. 그 위에는 여자들이 앉아 있었는데, 아마도 천사들을 표상하는 것이었다. 천사들은 보통 그보다는 옷을 좀 더 입은 모습으로 그려지곤 하지만 말이다.

아마도 '태초의 혼돈'을 나타내려는 것인 듯한 극적인 침묵이 별안간 찾아들었고, 조명도 컴컴하게 어두워졌다.

"단 하나의 세계도 없습니다." 남자의 전문가적인 목소리가 흥분으로 떨렸다. "오늘날에도 이 은하계의 문명화된 세계 중에서 이 상징을 숭배하지 않는 곳은 하나도 없습니다. 심지어 원시 사회에서도 이 상징은 종족 기억 속에 새겨져 끈질기게 전해져 내려오고 있습니다. 크리킷의 세력이 파괴한 것은 바로 이것입니다. 그리고 지금 그들의 세계를 영겁이 끝날 때까지 격리하고 있는 것은 바로 이것입니다!"

그리고 화려한 몸짓으로 남자는 자기 손바닥 위에 위킷 게이트의 모형이 나타나게 했다. 이 기막힌 스펙터클에서 상대적 크기를 판단하는 건 무지무지하게 어려운 일이었지만, 모형은 대충 삼 피트 높이쯤 되는 것 같았다.

"물론, 열쇠의 원본은 아닙니다. 모든 이가 잘 알고 있듯이, 그건 파괴되었습니다. 시공간 연속체의 영원히 휘몰아치는 소용돌이 속으로 날려가 영원히 소실되고 말았습니다. 이것은 숙련된 장인이 애정을 가지고 고대의 비법을 모아, 여러분이 자랑스럽게 소장할 수 있도록 직접 수공예로 만들어낸 정교한 복제품입니다. 스러진 사람들을 기억하기 위한 증표로서, 그리고 그들이 몸 바쳐 지켜낸 은하계에――우리 은하계에――바치는 헌사로서……."

이 순간 슬라티바트패스트가 또 둥둥 떠서 지나갔다.

"찾았소." 그가 말했다. "이 쓰레기 같은 건 안 봐도 돼요. 그저 고개만 끄덕이지 마시오. 그러면 괜찮아."

"자, 이제 지불을 하기 위해 고개를 숙이도록 합시다." 목소리가 읊조리듯 말했다. 그러더니 이번에는 훨씬 더 빠른 속도로, 그리고 거꾸로 그 말을 또 했다.

조명들이 켜졌다 꺼지고 기둥들이 사라졌으며, 남자들이 뭔가 알아들을 수 없는 소리를 거꾸로 읊조렸고, 우주가 그들 주위에 딱딱거리며 스스로 조립되더니 나타났다.

"이제 요점을 알겠소?" 슬라티바트패스트가 말했다.

"넋이 나갈 정도예요!" 아서가 말했다. "하지만 무슨 소리인지 알쏭달쏭해요."

"깜빡 졸았어요." 포드가 이때 시야에 나타나 말했다. "재미있는 거라도 있었어요?"

그들은 다시 한번, 괴로울 정도로 높은 절벽 가장자리에서 상당히 빠르게 비틀비틀 흔들리고 있는 자신들을 발견했다. 바람이 그들의 얼굴 쪽에서 휙 불어 만 저 너머로 갔다. 만에서는, 은하계 역사상 가장 거대하고 강력한 함대 중 하나의 잔해가 불타오르다가 아무렇지도 않게 다시 원형을 갖추었다. 하늘은 뾰로통한 분홍색이었고, 어두워지면서 좀 괴상한 색깔이 됐다가 파란색이 되었고, 위쪽은 까맣게 되었다. 연기가 하늘에서 도저히 믿을 수 없을 정도로 끔찍하게 너울거리면서 아래로 떨어져 내렸다.

온갖 사건들이 그들 곁에서 너무나 빠르게 거꾸로 펼쳐지는 바람에 그들은 뭐가 뭔지 도저히 알아볼 수 없었다. 잠시 후 거대한 전투 우주선이 '부' 소리를 내는 것처럼 뒤로 멀어져가자, 그제야 거기가 시작 부분이었음을 간신히 알아보았을 뿐이었다.

하지만 이제 모든 것이 속도가 너무 빨랐고, 비디오-촉감성-번짐 현상 때문에 수세기에 걸친 은하계 역사의 모든 것들이 흔들리며 지나쳐가는 사이 화면이 눈앞에서 빙글빙글 돌고 뒤틀리며 명멸했다. 소리는 그냥 가느다란 쇳소리뿐이었다.

하지만 고음으로 지저귀는 시간의 흐름이 유발하는 뭔가 다른 느낌이 분명히 존재했다.

간헐적으로 찰칵거리는 소리들이 속도가 빨라지면 각각의 찰칵 소리의 의미를 상실하고 차츰 지속성을 지니면서 점점 커지는 성조처럼 느껴지듯이, 개별적 인상들이 연속적으로 이어지자 지속되는 감정 같은 자질을 갖게 되었다. 아니, 감정이 아니었다. 그게 감정이라면, 전혀 감정적이지 않은 감정이었다. 그것은 증오, 무자비한 증오였다. 차가웠지만, 얼음처럼 차가운 게 아니라 벽처럼 차가운 감정이었다. 몰개성적이었지만, 군중들 사이에서 막무가내로 휘두르는 주먹처럼 몰개성적인 게 아니라 컴퓨터로 발행한 주차 딱지처럼 몰개성적이었다. 그리고 그건 치명적이었다——그러나 총알이나 칼날처럼 치명적인 게 아니라 고속도로를 막고 있는 벽돌 장벽처럼 치명적이었다.

그리고 점점 커지는 성조가 원래의 자질이 바뀌어 화음의 성격을 띠게 되듯이, 이 무감정한 감정도 점점 커져서 참을 수 없는, 이제까지 들어본 적도 없는 비명 소리가 되었다가 별안간 죄책감과 실패감의 비명 소리로 바뀌는 것만 같았다.

그러더니 모든 게 갑자기 정지했다.

그들은 고요한 어느 저녁, 조용한 언덕 위에 서 있었다.

해가 뉘엿뉘엿 지고 있었다.

그들 주위에는 부드럽게 굴곡을 이룬 녹색의 전원이 멀리까지 온화하게 펼쳐져 있었다. 새들이 자기들이 그 모든 것에 대해 생각한 바를 노래 부르고 있었고, 전체적으로 좋은 의견인 듯이 보였다. 멀지 않은 곳에서 아이들이 뛰노는 소리가 들렸고, 좀더 먼 곳에서 그 소리의 원천이 어스름한 저녁 빛 속에서 작은 마을의 윤곽선으로 드러나 보였다.

마을은 하얀 돌로 만든 꽤 야트막한 건물들로 이루어져 있는 것 같았다. 스카이라인은 부드럽고 기분 좋은 곡선을 이루고 있었다.

해가 이제 거의 다 저물었다.

어디선가 음악이 시작되었다. 슬라티바트패스트가 스위치를 잡아당기자 음악이 멈췄다.

목소리가 말했다. "이것은……." 슬라티바트패스트가 스위치를 잡아당기자 소리가 멈췄다.

"설명은 내가 직접 해주겠소." 그가 조용하게 말했다.

그곳은 평화로웠다. 아서는 행복한 기분이 되었다. 심지어 포드도 기분이 좋아진 모양이었다. 그들은 마을 쪽으로 조금 걸었고, 정보성 환각이 제공하는 풀밭은 발밑에서 기분 좋고 탄력 있게 느껴졌다. 그리고 정보성 환각이 제공하는 꽃들은 달콤하고 향기로운 냄새를 풍겼다. 오로지 슬라티바트패스트만 뭔가 두려워하는 듯, 다른 데 정신이 팔려 있었다.

그는 발길을 멈추고 하늘을 바라보았다.

갑자기 아서의 뇌리에, 이렇게 끝까지 다 왔으니, 아니 말하자면 방금 그들이 흐릿하게 경험한 그 무시무시한 공포의 근원인 처음까지 되돌아왔으니 이제 곧 뭔가 끔찍스러운 사태가 밀어닥칠 거라는 생각이 번뜩 들었다. 이렇게 목가적인 곳에 끔찍한 사태가 일어날 거라는 생각을 하니 괴로웠다. 그도 하늘을 올려다보았다. 하늘에는 아무것도 없었다.

"그들이 설마 여기를 공격하지는 않겠지요, 네?" 아서가 물었다. 지금 자기가 걷고 있는 것이 녹화된 영상에 불과하다는 건 잘 알고 있었지만, 그래도 불안하긴 마찬가지였다.

“여기를 공격할 만한 존재는 아무것도 없다오.” 슬라티바트패스트가 뜻밖에 감정이 복받쳐 떨리는 목소리로 말했다. “여기가 바로 모든 게 시작된 곳이라오. 바로 그곳이란 말이오. 여기가 크리킷이오.”

그는 하늘을 한참 응시했다.

하늘은, 한쪽 지평선에서 반대편 지평선까지, 동쪽에서 서쪽까지, 북쪽에서 남쪽까지, 철저하게, 완벽하게 새까맸다.

11

쿵쾅 쿵쾅.

위이잉.

"도움을 드릴 수 있어서 참으로 기쁩니다."

"입 닥쳐."

"감사합니다."

쿵쾅 쿵쾅 쿵쾅 쿵쾅 쿵쾅.

위이잉.

"미천한 문을 너무나 행복하게 해주셨어요."

"네 다이오드가 확 다 썩어버려라."

"감사합니다. 좋은 하루 되십시오."

쿵쾅 쿵쾅 쿵쾅 쿵쾅.

위이잉.

"문을 열어드릴 수 있다니, 얼마나 기쁜지 몰라요……."

"주둥아리 닥치지 못해."

"……그리고 훌륭하게 처리되었다는 걸 확인하고 문을 다시 닫는 일은 만족스럽지요."

"주둥아리 닥치라고 했지."

"제 말씀을 끝까지 들어주셔서 감사합니다."

쿵쾅 쿵쾅 쿵쾅 쿵쾅.

"흡."

자포드는 쿵쾅거리던 발걸음을 멈추었다. 순수한 마음 호를 며칠째 쿵쾅거리며 돌아다니고 있었지만, '흡' 이라고 한 문은 이게 처음이었다. 그는 지금 '흡' 이라고 말한 게 문이 아닐 거라고 확신했다. 그건 문들이 할 만한 종류의 말이 아니었다. 너무 간결했다. 게다가 문들이 그렇게 많지도 않았다. 그 소리는 마치 십만 명의 사람들이 한꺼번에 '흡' 이라고 말하는 소리 같았는데, 우주선에는 자기 외에는 아무도 없었기 때문에 자포드는 영문을 알 수가 없었다.

사위는 캄캄했다. 우주선에서 필수적이지 않은 시스템들은 거의 다 폐쇄되어 있었다. 우주선은 칠흑 같은 우주 공간 깊은 곳, 은하계의 멀찍한 변두리에서 한가로이 표류하고 있었다. 그러니 이 지점에 불쑥 나타나서 난데없이 '흡' 소리를 낼 십만 명의 사람들이 대체 누구란 말인가?

그는 주위를 둘러보고, 복도 위아래를 훑어보았다. 전부 시커먼 그늘에 뒤덮여 있었다. 문들의 희미한 분홍색 윤곽선들만이 암흑 속에서 번들거리다가 말을 하느라 깜박이곤 할 뿐이었다. 자포드는 문들이 말하는 걸 막으려고 온갖 방법을 써봤지만 소용이 없었다.

자포드가 불을 꺼둔 것은 자기 머리들이 서로 쳐다보지 못하게 하기 위해서였다. 왜냐하면 그것들은 현재 서로를 보고 싶어하지 않을 뿐만 아니라, 자포드가 자기 영혼을 들여다보는 실수를 저지른 이후 계속 그래왔기 때문이었다.

그 때 그 일은 정말 실수였다.

어느 날 밤 늦은 시각의 일이었다——당연한 얘기지만.

아주 힘든 하루를 보낸 날이었다——당연한 얘기지만.

우주선의 사운드 시스템에서는 구성진 음악이 흘러나오고 있었다——당연한 얘기지만.

그리고 그는, 당연한 얘기지만, 살짝 취한 상태였다.

달리 말해서, 발작적으로 영혼을 찾아 나설 만한 평상적인 조건들이 다 갖춰진 상황이었다. 하지만 그건, 그럼에도 불구하고, 명백한 실수였다.

지금 이 순간, 어두운 복도의 정적 속에 홀로 서서, 그는 그 순간을 기억해내고 몸을 떨었다. 그의 한쪽 머리는 이쪽을 보고 다른 쪽 머리는 저쪽을 보고 있었지만, 둘 다 자기가 바라보고 있는 방향으로 가면 안 된다고 생각하고 있었다.

그는 귀를 기울여보았지만 아무 소리도 들리지 않았다.

그저 '훕' 소리가 한 번 났던 것뿐이었다.

그 소리 하나 내려고 그 많은 사람들을 불러 모으기에는 좀 심하게 먼 거리가 아닌가.

그는 불안하게 브리지가 있는 쪽으로 천천히 걸어가기 시작했다. 그쪽에 가면 적어도 주도권을 쥐고 있다는 느낌을 가질 수 있을 테니까. 그는 다시 발걸음을 멈추었다. 이런 기분으로 주도권을 쥔다면 자기가 별로 주도권을 쥘 만한 인물이 못 된다는 생각이 들었다.

돌이켜 보면, 그 순간의 첫 번째 충격은, 자기한테 실제로 영혼이라는 게 있다는 깨달음에서 왔었다.

사실 그는 언제나 대충 자기한테도 영혼이 있을 거라고 생각을 하긴 했었다. 왜냐하면 남들이 가지고 있는 건 전부 가지고 있고, 어떤 건 두 개씩 갖고 있었으니까. 하지만 실제로 자기 내면 깊은 곳에 숨어 있던 그 영혼이라는 놈과 마주치자 질겁할 수밖에 없었다.

그 다음에는, 그 영혼이라는 놈이 자기 정도의 위상에 있는 사람이라면 천부적 권리로서 기대할 만한, 철두철미하게 멋진 물건이 아니라는 사실을 깨닫게 되고 말았다(이것이 두 번째 충격이었다). 그래서 그는 또 질겁을 했다.

그러고 나서 그는 자기 위상이 실제로 어떤 건지 새삼 다시 생각해보게 되었고, 그 바람에 새로운 충격이 온몸을 휩쓸어, 마시고 있던 술을 다 쏟아버릴 뻔했다. 그는 심각한 사태를 미연에 방지하기 위해 재빨리 술잔을 비워버렸다. 그리고 또 재빨리 한 잔을 더 들이켜 앞에 마신 술을 뒤따라 보냄으로써, 앞서 마신 술이 뱃속에서 잘 있는지 확인했다.

"자유." 그는 큰 소리로 말했다.

바로 이 순간 브리지 쪽으로 오고 있던 트릴리언이 자유라는 주제에 대해 몇 가지 열띤 연설을 늘어놓았다.

"자유는 감당이 안 돼." 그는 음침하게 말했고, 어째서 두 잔째 술이 처음 들어간 술의 안부를 전해주지 않는지 알아보려고 세 잔째 술을 후딱 마셔버렸다. 그는 두 사람의 트릴리언을 자신 없이 바라보다가, 오른쪽 트릴리언이 더 맘에 든다고 생각했다.

그는 술을 또 한 잔 다른 목구멍에다 쏟아 부었다. 이 술이 앞서 들어간 술을 밀어줌으로써 서로 힘을 합해, 두 번째에 들어간 술이 제 기능을 하도록 만들어주리라는 것이 그가 생각한 계획이었다. 그러면 세 잔의 술이 다 같이 소란의 근원을 찾아 나서서, 좋은 말로 잘 설득하고 여차하면 노래도 좀 불러줘서 그것을 진정시킬 터였다.

그는 네 잔째 술이 이런 임무를 다 잘 이해했는지 불안해져서, 계획을 좀더 잘 설명해주라는 뜻에서 다섯 잔째 술을 파견했고, 사기 진작 차원에서 여섯 잔째 술도 내려 보냈다.

"너 술을 너무 많이 마신다." 트릴리언이 말했다.

그의 머리들이 네 명의 그녀를 제대로 보려고 애쓰다 충돌했다. 그제야 트릴리언의 모습이 한 사람으로 제대로 보였다. 그는 포기하고서 항해도 표시 스크린을 쳐다보았고, 별들의 수가 엄청나게 많다는 사실에 깜짝 놀라고 말았다.

"흥분과 모험과 정말로 기막히게 신나는 일들이라." 그가 중얼거렸다.

"이봐." 그녀가 연민 어린 목소리로 말하고 그의 근처에 주저앉았다. "네가 좀 목표를 잃은 듯한 기분을 느낀다 해도 이해할 만한 일이야."

그는 트릴리언을 보고 놀라 자빠질 뻔했다. 무릎을 꿇고 앉는 사람은 처음 보았던 것이다. 자기가 자기 무릎 위에 앉다니.

"우와." 그가 말했다. 그는 술을 한 잔 더 마셨다.

"넌 네가 수년 동안 추구해온 임무를 완수했으니까."

"추구한 적 없어. 임무를 피해 다니려고 애썼지."

"어쨌든 완수했잖아."

그는 끙끙거렸다. 뱃속에서 굉장한 파티가 벌어지고 있는 모양이었다.

"그 덕분에 폐인이 된 거 같아." 그가 말했다. "이 꼴을 봐. 자포드 비블브락스, 어디든지 갈 수 있고 무엇이든지 할 수 있지. 이제까지 알려진 하늘에서 가장 훌륭한 우주선을 가지고 있고, 같이 있으면 만사가 술술 잘 풀리는 여자도 있고……."

"술술 잘 풀려?"

"내가 아는 한은 그래. 난 사적인 감정의 문제에는 별로 전문가가 아니라서……."

트릴리언은 눈썹을 치켜 올렸다.

"나는 말이야, 아주 멋진 남자인데다 원하는 건 뭐든지 할 수 있어. 그런데 원하는 게 뭔지 손톱만큼도 알 수가 없단 말이야." 그가 덧붙였다.

그는 잠시 아무 말도 하지 않았다.

"하나가 끝나면 다음으로 이어져야 하는데, 갑자기 다 끝장이 나버렸어." 그는 이렇게 보충 설명을 했다. 그리고 방금 한 말과 모순되게 술을 한 잔 더 마시더니 우아하게 의자에서 미끄러져 떨어졌다.

그가 곯아떨어져 있는 동안, 트릴리언은 우주선에 비치된 《은하수를 여행하는 히치하이커를 위한 안내서》를 보고 약간의 연구를 했다. 거기에는 술주정에 대한 소정의 충고가 실려 있었다.

'마음껏 즐겨보도록 하라. 행운이 함께하기를.' 거기에는 이렇게 씌어 있었다.

참조란에는 우주의 크기와 그에 대처하는 방법에 대한 항목이 기재되어 있었다.

그 다음에 그녀는 이국적인 휴양 행성이자 은하계의 불가사의 중 하나라는 '한 와벨' 행성에 대한 항목을 찾아보았다.

한 와벨 행성은 주로 근사하고 화려한 초호화판 호텔과 카지노들로 이루어진 세계로, 이 호텔과 카지노들은 전부 바람과 비의 자연 풍화 작용에 의해 형성되었다.

이런 일이 일어날 확률은 대략 무한분의 일이다. 어쩌다 이런 현상이 일어났는지에 대해서는 거의 알려진 바가 없다. 이 별을 연구하고 싶어 안달복달하는 지리물리학자, 개연성통계학자, 운석 분석가, 혹은 기이함 연구자들 중에는 거기 투숙할 만큼 부유한 사람이 한 명도 없었기 때문이다.

좋았어, 트릴리언이 생각했다. 그로부터 몇 시간 후 위대한 하얀색 운동화 우주선은 서서히 동력을 줄이면서 하늘에서 뜨겁고 눈부신 태양 아래로 하강해, 밝은 색깔로 채색된 모래밭의 우주 정거장을 향하고 있었다. 이 우주선은 지상에서 상당한 센세이션을 불러일으키고 있는 게 틀림없었고, 트릴리언은 한껏 기분을 내고 있었다. 자포드가 우주선 어딘가에서 이리저리 돌아다니며 휘파람을 부는 소리가 들려왔다.

"기분이 좀 어때?" 그녀는 우주선 전체에 전달되는 인터콤을 켜고 말했다.

"좋아." 그는 밝은 목소리로 말했다. "기차게 좋아."

"어디 있어?"

"목욕탕에."

"거기서 뭐해?"

"그냥 여기 있을 거야."

한두 시간 후 그 말이 진심이라는 게 확인되었고, 우주선은 해치웨이 한번 열어보지 못한 채 다시 하늘로 날아 올라갔다.

"헤이 호." 컴퓨터 에디가 말했다.

트릴리언은 참을성 있게 고개를 끄덕이고 두세 번 손가락을 탁탁 두들기다가 인터콤 스위치를 눌렀다.

"억지로 재미를 보는 일은 지금 별로 내키지 않는 모양이지."

"아마 그럴걸." 자포드가 어딘지 몰라도 아무튼 자기가 있는 자리에서 말했다.

"좀 신체적으로 도전적인 일을 하면 마음의 장벽을 걷는 데 도움이 되지 않을까."

"네가 생각할 수 있는 건 나도 다 생각해."

얼마 후 《은하수를 여행하는 히치하이커를 위한 안내서》를 다시 붙잡고 넘기던 트릴리언의 시선을 사로잡은 것은 '여가 선용을 위한 불가능한 일들'이라는 항목이었다. 순수한 마음 호가 어딘지 모를 방향을 향해 불가능한 속력을 내며 날아가고 있는 사이, 그녀는 뉴트리-매틱 음료 기계에서 꺼낸 도저히 못 먹을 음료를 홀짝이며 하늘을 나는 방법을 읽어 내려갔다.

《은하수를 여행하는 히치하이커를 위한 안내서》는 비행이라는 주제에 대해 다음과 같이 말하고 있다.

하늘을 나는 기술, 아니 그보다는 요령이라는 게 있다.

요령은 땅바닥을 향해 몸을 던지되 그 땅바닥이라는 목표물을 놓치는 것이다.

날씨 좋은 날을 골라서 한번 시도해보라고 여기에는 씌어 있다.

첫 부분은 쉽다.

요구되는 자질은 그저 체중을 전부 실어 앞으로 몸을 던지되, 아무리 아파도 상관하지 않겠다는 마음 자세뿐이다.

그러니까, 땅바닥을 놓치는 데 실패하면 굉장히 아플 거라는 얘기다.

대부분의 사람들은 땅바닥을 놓치는 데 실패하고, 정말로 제대로 노력할 경우에는 땅바닥을 놓치는 데 상당히 심하게 실패할 가능성이 상당히 높다.

그러니 난항은 바로 이 두 번째 부분, 즉 땅바닥을 놓치는 데 있다.

한 가지 문제는, 땅바닥을 우연히 놓쳐야 한다는 것이다. 의도적으로 땅바닥을 놓치려고 애써봤자 소용없다. 왜냐하면 놓치지 못할 테니까. 반쯤 떨어지다가 갑자기 정신을 다른 데 팔아야 하고, 그래서 더 이상 추락이라든가 땅바닥이라든가 실패할 경우에 겪게 될 크나큰 아픔 따위를 생각하지 말아야 한다.

주어진 찰나의 순간에 이 세 가지 문제를 잊고 다른 데 정신을 판다는 건 어렵기로 정평이 나 있는 일이다. 이 때문에 대부분의 사람들은 실패하고, 결국 이 기운차고 신나는 스포츠에 환멸을 느끼고 돌아선다.

그러나, 운이 몹시 좋아서 결정적인 순간에, 예를 들어 늘씬한 다리(종족 혹은 개인의 취향에 따라 촉수, 위족 등등)라든가 자기네 동네에서 폭탄이 터지는 것이라든가 아니면 갑자기 근처 나뭇가지를 따라 엄청나게 희귀한 딱정벌레가 기어가는 것이라든가 하는 따위에 정신을 팔게 되면, 완전히 땅바닥을 놓치고 그 몇 인치 위에 둥둥 떠 있는 놀라운 경험을 하게 될 것이다. 물론 약간 바보스러운 꼴로 보이겠지만 말이다.

이 순간이 바로 고도의 섬세한 집중력을 요하는 순간이다.

위아래로 흔들거리다 둥둥 떠다니고, 둥둥 떠다니다 위아래로 흔들흔들.

자기 몸의 무게 따위는 완전히 무시해버리고 그냥 더 높이 날아가도록 하라.

이 시점에서는 다른 사람이 하는 말은 듣지 않는 게 좋다. 도움이 될 가능성이 전혀 없으니까.

다른 사람들은 대체로 "이럴 수가! 설마 네가 하늘을 날고 있을 리가!" 따위의 말을 하기 마련이다.

이런 말을 절대 믿지 말아야 하는 건 기본이다. 그렇지 않으면 갑자기 그들의 말이 진실이 되어버리니까.

더 높이 더 높이 몸을 날리도록 하라.

몇 번 급격한 비상을 시도하도록 하라. 처음에는 살살 하고, 나중에는 규칙적으로 호흡하면서 나무 꼭대기 위로 날아가도록 하라.

절대 다른 사람한테 손을 흔들어서는 안 된다.

몇 번 이렇게 해보고 나면, 정신이 팔리는 순간을 찾아내는 일이 갈수록 쉬워진다는 걸 알게 될 것이다.

그러면 비행이며 속도며 기동성을 통제하는 방법에 대해 수많은 기교들을 터득하게 된다. 대체로 요령은, 원하는 바가 뭔지 지나치게 깊이 생각하지 않고 그냥 자기 일이 아닌 것처럼 소망이 이루어지게 내버려두는 데 있다.

그러면 제대로 착륙하는 법도 배우게 될 것이다. 착륙은 처음에는 틀림없이, 그것도 심하게 실패하게 되어 있다.

무엇보다 중요한, 정신이 팔리는 순간을 포착하는 것을 도와주는 사설 비행 클럽들도 있다. 이들은 놀라운 몸매나 의견을 지닌 사람들을 고용해서, 결정적인 순간에 덤불 뒤에서 펄쩍 뛰어나오게 하거나 몸매를 노출하고 자기 견해를 설명하게 한다. 진짜 히치하이커들 중에는 이런 클럽에 가입할 만큼 넉넉한 이들이 많지 않겠지만, 이런 클럽에서 임시로 일자리를 구할 수는 있을 것이다.

트릴리언은 갈망에 차서 이 글을 읽었지만, 아쉽게도 자포드의 현재 심리 상태는 하늘을 나는 시도를 하기에는 그다지 적당하지 않다는 결론을 내려야만 했다. 하늘을 나는 시도뿐 아니라, 산맥을 도보로 횡단한다거나 브란티스보간의 공무원에게 주소 카드 변경을 신청한다거나 하는 시도를 하기에도 적당하지 않았다. 이런 일들은 모두 '여가 선용을 위한 불가능한 일들'의 항목 아래 나열되어 있는 것들이었다.

그 대신 그녀는 우주선을 돌려 알로시마니우스 시네카로 날아갔다. 얼음과 눈, 마음을 아프게 하는 아름다움, 화들짝 놀랄 만한 추위로 이루어진 행성이었다. 리스카의 눈 평원에서 사스탄투아의 얼음 결정 피라미드 정상까지 올라가는 트레킹 길은 제트 스키와 시네카 스노하운드 한 팀을 데리고 가더라도 기나길고 험준했다. 그러나 정상에서 바라보는 풍경, 순결한 빙하의 평원, 은은히 빛나는 프리즘 산맥, 그리고 아득한 곳에서 천상의 빛처럼 춤추는 얼음의 빛들은, 처음에는 마음을 꽁꽁 시리게 얼렸다가 차츰차츰 풀어주어 이제까지 상상도 못했던 아름다움의 지평을 열어준다고 했다. 트릴리언은 차츰차츰 마음이 풀려, 이제까지 상상도 못했던 아름다움의 지평을 여는 경험을 좀 해도 괜찮겠다는 기분이 들었다.

그들은 낮은 궤도로 진입했다.

저 멀리 알로시마니우스 시네카의 은백색 아름다움이 펼쳐져 있었다.

자포드는 한쪽 머리는 베개 밑에 처박고 다른 머리로는 크로스워

드를 풀면서 밤늦게까지 침실에 처박혀 꿈쩍도 하지 않았다.

트릴리언은 이번에도 참을성 있게 고개를 끄덕이고, 상당히 높은 수까지 헤아린 다음에, 지금 제일 중요한 일은 자포드한테 말을 시키는 것뿐이라고 스스로를 타일렀다.

그녀는 주방의 로봇 자동 시스템을 모두 꺼버리고, 상상할 수 있는 최고로 훌륭한 식사를 준비했다. 섬세하게 기름을 바른 고기들, 향을 첨가한 과일들, 향기로운 치즈들, 훌륭한 알데바란의 포도주들.

그녀는 정성껏 준비한 식사를 자포드에게 들고 가서, 얘기를 좀 하자고 부탁했다.

"입 닥치고 꺼져." 자포드가 말했다.

트릴리언은 참을성 있게 고개를 끄덕였고, 심지어 훨씬 더 큰 숫자까지 헤아렸으며, 이어 음식 쟁반을 홱 던져버린 후 트랜스포트 방으로 가서 자포드의 삶에서 휙 트랜스포트해 나가버리고 말았다.

그녀는 변수를 프로그래밍하지도 않았다. 어디로 가야 할지 아무런 생각도 나지 않았다. 그녀는 그냥 가버렸다. 망망한 우주 속 아무 지점들이나 마구 골라서 행선지를 컴퓨터에 찍어 넣고 우주 속을 흘러 사라져버렸다.

"세상 어디라도 이것보다는 훨씬 나아." 그녀는 떠나면서 혼잣말을 했다.

"잘했네." 자포드는 혼자 중얼거렸다. 뒤로 돌아누웠지만, 끝내 잠은 오지 않았다. 다음 날 그는 그녀를 찾아 헤매는 게 아닌 척하면서 불안하게 우주선의 텅 빈 회랑들을 이리저리 서성였다. 이미 그녀가 우주선에 없다는 걸 알고 있으면서도. 그는 도대체 무슨 일이냐고 시끄럽게 따지는 컴퓨터를, 그 단말기에다 전기 재갈을 물려버림으로써 무시했다.

얼마 후 그는 불을 끄기 시작했다. 불을 켜놓아 봤자 볼 게 없었다. 아무 일도 일어날 리가 없었다.

어느 날 밤——이제 우주선 안에는 밤이 끝없이 계속되고 있었다——침대에 누워 있던 그는, 정신을 차리고 냉정하게 사태를 판단하기로 결심했다. 그는 벌떡 일어나 주섬주섬 옷을 입기 시작했다. 우주 어딘가에는 자기보다 더 비참하고 불쌍하고 버려진 느낌에 시달리는 누군가가 있을 거라는 생각이 들었던 것이다. 그는 이제부터 그 누군가를 찾아내야겠다고 결심했다.

브리지로 가는 도중에 어쩌면 그게 마빈일지도 모른다는 생각이 들어서, 그는 다시 침대로 돌아갔다.

명랑한 문들한테 욕설을 퍼부으며 컴컴한 회랑을 우울하게 쿵쾅거리고 다니다가 '훕' 소리를 들은 것은 이로부터 몇 시간 후의 일이었다. 이 소리는 그를 대단히 불안하게 만들었다.

그는 빳빳하게 긴장해 회랑 벽에 기대어 서서, 염력으로 코르크 마개 따는 기구를 구부리려는 사람처럼 미간을 잔뜩 찌푸렸다. 손가락을 벽에 대고 평상시와 다른 진동이 있는지 살펴보았다. 이제는 작은 소음들이 상당히 선명하게 들려왔고, 소리가 나는 방향도 감지할 수 있었다. 소리는 브리지 쪽에서 나고 있었다.

벽을 따라 손가락을 움직이던 그는 반가운 물건을 찾아냈다. 그는 그쪽으로 살금살금 더 다가갔다.

"컴퓨터?" 그는 숨소리를 섞어가며 나직하게 물었다.

"으음?" 제일 가까운 컴퓨터 단말기가 똑같이 숨죽인 목소리로 말했다.

"우주선에 다른 사람이 있나?"

"으음." 컴퓨터가 말했다.

"누구지?"

"으음 으음 으음." 컴퓨터가 말했다.

"뭐라고?"

"으음 으음 으음 으음."

자포드는 얼굴 하나를 두 손에 묻었다.

"이런 자르콘질할." 그는 혼잣말로 중얼거렸다. 그리고 회랑 저 너머 브리지 입구를 한참 쳐다보았다. 저 멀리 희미하게 보이는 브리지는, 좀더 뚜렷하고 목적 의식이 확실한 소음이 들려오는 곳, 바로 재갈을 물려놓은 단말기들이 있는 곳이었다.

"컴퓨터." 그는 다시 소리 죽여 말했다.

"으음?"

"내가 재갈을 풀어주면……."

"으음."

"잊지 말고 나보고 꼭 내 턱주가리에 주먹을 한 방 날리라고 말해줘."

“으음 으음?”

“어느 쪽 머리든. 자, 이것만 말해줘. 맞다는 한 번, 아니다는 두 번, 알았지? 위험한 놈들이냐?”

“으음.”

“그래?”

“으음.”

“방금 ‘으음’을 두 번 한 거 아니야?”

“으음 으음.”

“흐음.”

그는 실은 엉거주춤 뒤로 물러나고 싶은 사람처럼 마지못해 찔끔찔끔 복도 앞으로 전진했다. 실제로도 뒤로 물러나고 싶은 마음이 굴뚝같았다.

브리지로 통하는 문까지 이 야드밖에 남지 않은 지점에서, 돌연 문이 친절하게 인사를 할 거라는 무서운 사실을 깨달았다. 그는 딱 멈춰 서서 죽은 듯 꼼짝도 하지 않았다. 아무리 애써도 문들의 예의범절 음성 회로가 꺼지지 않아서 그는 결국 못 껐던 것이다.

브리지 쪽 진입로는 설계 단계부터 특별히 흥미진진하게 곡선을 그리도록 만들어졌기 때문에 시야에서 가려져 있었고, 그래서 몰래 들어갈 수 있기를 바랐던 터였다.

낙심한 그는 다시 벽에 기대어 서서 몇 마디 심한 말을 퍼부었다. 다른 쪽 머리가 그 말을 듣고 심한 충격을 받은 모양이었다.

그는 문의 희미한 분홍색 윤곽선을 뚫어져라 바라보다가, 회랑의

칠흑 같은 어둠 속에서 문의 센서 필드가 있는 곳을 간신히 찾아냈다. 이 센서 필드는 회랑 쪽으로 뻗어 나와, 문을 열어줘야 할 상대나 명랑하고 기분 좋은 말을 해줘야 할 상대를 문에게 알려주곤 했다.

그는 몸을 벽에 딱 붙이고 살살 문 쪽으로 다가가서, 아주아주 희미한 필드의 경계선을 스치지 않도록 가슴을 최대한 납작하게 했다. 숨을 꾹 참으며, 최근 며칠간 우주선 체육관의 가슴 확장 운동 기구로 감정을 풀지 않고 침대에 시무룩하게 누워 빈둥빈둥 시간을 보낸 것을 다행스럽게 생각했다.

이윽고 그는 이 시점에서 자기가 말을 해야 한다는 사실을 깨달았다.

그는 받은 숨을 여러 번 토한 후에, 최대한 빨리 최대한 작은 소리로 말했다. "문아, 지금 내 소리가 들리면 아주아주 작은 소리로 그렇다고 말해."

아주아주 작은 소리로 문이 중얼거렸다. "들려요."

"좋아. 잠시 후에 내가 문을 열어달라고 부탁할 거야. 문을 열어주면서 절대 즐거웠다고 말하지 마, 알았어?"

"알았어요."

"그리고 미천한 문을 몹시 행복하게 해주셔서 감사하다든가, 나를 위해 문을 열어주는 건 크나큰 기쁨이라든가, 일이 훌륭하게 처리되었다는 걸 알고 다시 문을 닫는 일은 만족스럽다든가 그런 말도 하면 안 돼, 알겠어?"

"알겠어요."

"그리고 좋은 하루를 보내라는 말도 하면 안 돼, 알았어?"

"잘 알겠어요."

"좋아." 자포드가 빳빳하게 긴장하면서 말했다. "지금 문을 열어줘."

문은 조용히 스르륵 열렸다. 자포드는 조용하게 스르륵 미끄러져 들어갔다. 문이 뒤에서 소리 없이 닫혔다.

"이렇게 하는 게 마음에 드시나요, 비블브락스 씨?" 문이 커다란 소리로 말했다.

그 순간 몸을 빙글 돌려 자기 쪽을 바라보는 일단의 하얀색 로봇들에게 자포드가 말했다. "내 손에 어마어마하게 강력한 킬-오-잽 블래스터 피스톨이 들려 있다고 상상하기 바란다."

소름끼치게 차디차고 야만적인 침묵이 흘렀다. 로봇들은 흉측한 죽은 눈동자로 그를 빤히 쳐다보았다. 그들은 꼼짝도 하지 않았다. 그들의 모습에서는 강렬하게 잔혹한 분위기가 느껴졌다. 특히 자포드는, 전에 한 번도 이들을 본 적이 없고 이들에 대해 아는 바도 전혀 없기 때문에 그런 느낌을 더욱 강하게 받았다. 크리킷 전쟁은 은하계의 고대사에 속하는 일이었다. 게다가 자포드는 대부분의 역사 수업 시간을 바로 옆 사이버큐비클에 있는 여자애와 어떻게 하면 섹스를 할까 궁리하는 데 보냈고, 그의 수업용 컴퓨터는 이 음모에 너무나 골몰한 나머지 결국 역사 회로들을 모조리 제거하고 대신 완전히 다른 사고 체계를 이식하고 말았다. 그 결과 결국 고철이 되어 '타락한 사이버맷' 요양원으로 보내졌지만. 하지만 자기 뜻과 상관없이 그놈의 기계와 사랑에 빠져버린 여자애도 그리로 따라 들어가고 말았다. 그 결과 자포드는 (a)그 여자애 근처에도 가보지 못했고 (b)이 순간 그에게 값으로 따질 수 없이 소중한 정보를 주었을 고대사의 한 시대를 완전히 놓쳐버리고 말았다.

그는 충격에 휩싸여 로봇들을 바라보았다.

뭐라고 이유를 설명할 수는 없었지만, 그들의 매끈하고 늘씬한 하얀 몸체는 깔끔하고 냉정한 악(惡)의 궁극적 화신처럼 보였다. 흉측하게 죽은 눈동자에서 강력하고 생명이 없는 두 다리까지, 그들은 단순히 살인만을 원하는 정신이 고안해 정교한 연산으로 배태한 산물이 틀림없었다.

로봇들은 뒤쪽 벽을 뜯어내, 우주선의 주요 내부 기기들 일부에 접근하는 통로를 확보해놓은 상태였다. 복잡하게 얽힌 잔해 사이로 자포드는 로봇들이 우주선 심장부를 향한 터널을 뚫고 있었다는 사실을 깨달았고, 그러자 훨씬 더 크고 불길한 충격에 휩싸이고 말았다. 우주선의 심장부란 곧 희박한 공기 속에서 참으로 신비한 경로로 생성된 불가능 확률 추진기의 심장부이며, 바로 순수한 마음 그 자체였던 것이다.

자포드와 가장 가까운 데 있는 로봇이, 자포드의 육체, 정신, 그리고 능력을 원자 하나까지 샅샅이 측정하려는 듯한 눈길로 그를 뚫어져라 쳐다보고 있었다. 그리고 로봇이 마침내 입을 열어 말했을 때, 그 말 속에서도 그런 인상이 적나라하게 풍겼다. 로봇이 뭐라고 말했는지로 넘어가기 전에, 이 지점에서 자포드가 바로 백억 년 만에 처음으로 이들의 목소리를 실제로 들은 살아 있는 유기체였다는 사실을 지적해둘 필요가 있다고 본다. 그가 옛날 역사 시간에 수업을 더 열심히 듣고 자기의 유기적 신체의 말을 좀 덜 잘 들었으면, 아마 이러한 영예로부터 더 큰 감동을 받을 수 있었을 텐데.

로봇의 목소리는 몸과 똑같이 차갑고 미끈하고 생명이 없었다. 세련된 쉰 소리까지 섞여 있었다. 보기만큼이나 나이 든 목소리였다.

목소리가 말했다. "네 손에 '킬-오-잽' 블래스터 피스톨이 들려 있단 말이지."

자포드는 처음에는 그게 무슨 말인지 몰라 잠시 멈칫했지만, 자기 두 손을 내려다보고는 아까 벽걸이에서 떼어 온 게 정말로 자기가 생각했던 바로 그 물건임을 깨닫고는 안도했다.

"그렇다." 그는 안도하는 듯한 동시에 조소하는 듯한 말투로 말했다. 상당히 고난도의 기술이었다. "네놈의 상상력에 너무 큰 부담을 주고 싶지는 않다, 로봇." 잠시 아무도 아무 말도 하지 않았고, 자포드는 로봇들의 목적은 대화가 아니라는 사실을 분명하게 깨달았다. 대화는 자기한테 달려 있었다.

"너희가 우주선을 주차해놓은 꼴을 안 보려야 안 볼 수가 없군." 그는 적절한 방향을 한쪽 머리로 가리키며 말했다. "내 우주선을 다 뚫어놓았으니."

부인할 수 없는 사실이었다. 차원 이동에도 예의가 있는 법인데 놈들은 규준을 모조리 무시하고 자기들 우주선을 무조건 자기들이 원하는 곳에 대놓아, 마치 빗 두 개가 서로 꽂혀 있듯이 순수한 마음 호와 서로 얽혀 있는 상태로 만들어놓았던 것이다.

이번에도 로봇들은 자포드의 말에 아무런 반응을 보이지 않았다. 그래서 자포드는 자기가 대화를 질문 형식으로 끌어가야만 대화가 진행되는 것이 아닐까 하고 생각했다.

"……안 그런가?" 그가 덧붙였다.

"그렇다." 로봇이 대답했다.

"어, 그렇군. 그래서 네놈 고양이들이 대체 여기서 뭘 하고 있는 거냐?" 자포드가 말했다.

침묵.

"이봐 로봇들, 네놈 로봇들이 여기서 뭘 하고 있는 거냐?" 자포드가 말했다.

"우리는 황금 가로장을 찾으러 왔다." 로봇이 쉰 소리로 말했다.

자포드는 고개를 끄덕였다. 그는 좀더 설명하게 하려고 권총을 흔들어댔다. 로봇은 이 몸짓을 이해하는 듯했다.

"황금 가로장은 우리가 찾고 있는 '열쇠'의 부품이다." 로봇이 계속 말했다. "크리킷 행성에서 우리 주인님들을 해방시킬 수 있는 열쇠 말이다."

자포드는 또 고개를 주억거렸다. 그리고 권총을 더 흔들어댔다.

간단하게 로봇이 말을 계속했다. "열쇠는 시간과 공간 속에서 해체되었다. 황금 가로장은 당신의 우주선을 추동하는 장치 속에 박혀 있다. 그것은 열쇠 속에서 재구성될 것이다. 우리 주인님들은 해방될 것이다. 우주의 구조 조정은 계속될 것이다."

자포드는 다시 고개를 끄덕거렸다.

"대체 무슨 소리를 하고 있는 거야?" 그가 말했다.

약간 괴로운 듯한 표정이 로봇의 전적으로 무표정한 얼굴을 스치고 지나가는 듯했다. 대화가 실망스럽다고 생각하는 모양이었다.

"멸절." 로봇이 말했다. "우리는 열쇠를 찾고 있다." 로봇이 되풀이해서 말했다. "우리는 이미 나무 기둥, 강철 기둥, 그리고 방풍유리 기둥을 손에 넣었다. 잠시 후 우리는 황금 가로장을 손에 넣을 것이다……."

"아니 그건 안 돼."

"손에 넣을 것이다." 로봇이 단언했다.

"안 된다니까. 그게 내 우주선의 추동력이란 말이다."

"잠시 후 우리는 황금 가로장을 손에 넣을 것이다……." 로봇은 했던 말을 참을성 있게 반복했다.

"그렇게는 안 된다니까." 자포드가 말했다.

"그런 다음에 우리는 파티에 가야 한다." 로봇은 정말로 심각하게 말했다.

"아." 자포드가 깜짝 놀라서 말했다. "나도 가도 되나?"

"안 된다." 로봇이 말했다. "우리가 당신을 총으로 쏠 테니까."

"오, 그래?" 자포드는 더 설명해보라고 권총을 흔들어댔다.

"그렇다." 로봇은 이렇게 말하더니 그에게 총을 쏘았다.

자포드가 너무나 심하게 놀라는 바람에, 로봇들은 그를 쓰러뜨리기 위해서 총을 한 번 더 쏴야만 했다.

12

"쉬잇." 슬라티바트패스트가 말했다. "잘 듣고 똑똑히 보시오."

고대 크리킷 행성에 이제 밤이 깊었다.

하늘은 캄캄하고 텅 비어 있었다. 단 하나의 빛이 인근 마을에서 흘러나오고 있었다. 기분 좋고 친근한 사람들 소리가 산들바람을 타고 평온하게 날아왔다. 그들은 나무 밑에 서 있었는데 어지러울 정도로 강한 향내가 온몸을 휘감았다. 아서는 쭈그리고 앉아 '정보성 환각' 이 제공하는 흙과 풀의 감촉을 느껴보았다. 손가락으로 훑어보았다. 흙은 묵직하고 비옥했으며, 풀은 탄탄했다. 어느 모로 보나 살기 좋은 곳이라는 인상을 갖지 않을 수가 없었다.

하지만 하늘은 지독하게 텅 비어 있었고, 아서의 눈에는 하늘이 이 목가적인 풍경——지금은 잘 보이지 않지만——에 소름끼치는 냉기를 드리우고 있는 것처럼 보였다. 그래도 이 정도야 익숙해지면 괜찮아질 문제였다.

그는 누군가 어깨를 툭툭 치는 손길을 느끼고 위를 올려다보았다. 슬라티바트패스트가 언덕 반대편 아래를 보라고 조용히 손짓했다. 아서가 그쪽을 바라보자, 희미한 빛들이 춤을 추고 흔들리면서 그들이 있는 쪽으로 서서히 움직여 오고 있었다.

그들이 가까워지자 소리도 들리기 시작했다. 그리고 그 희미한 빛들과 시끄러운 소리들은 언덕을 가로질러 집이 있는 마을 쪽으로 걸어가는 몇몇 사람들의 무리라는 게 곧 밝혀졌다.

그들은 나무 아래에 있는 관찰자들 아주 가까이로 걸어왔다. 나무들과 풀들 사이로 부드럽게 제멋대로 춤추는 등불들을 흔들면서, 정말로 노래까지 부르고 있었다. 만물이 참으로 더할 나위 없이 근사하다는 둥, 참으로 행복하다는 둥, 농장의 일이 얼마나 즐거운지 모른다는 둥, 아내와 아이들을 다시 만나러 집으로 가는 길은 상쾌하다는 둥, 그런 노래들이었다. 지저귀는 듯한 합창 후렴은 이맘때에는 꽃들이 특별히 향기로운데, 꽃 향기를 그렇게 좋아하던 개가 죽어서 정말 아쉽다는 요지였다. 아서는 하마터면, 어느 날 밤 벽난로 옆에서 다리를 올려놓고 앉아서 린다(비틀즈 멤버 폴 매카트니의 아내—옮긴이주)에게 콧노래를 불러주며, 인세 수입으로 다음에 뭘 살까, 아무래도 에식스 지방을 통째로 사는 게 좋겠다, 이런 생각을 하고 있는 폴 매카트니를 상상할 뻔했다.

"크리킷 행성의 주인들." 슬라티바트패스트가 묘지처럼 음침하게 숨을 쉬었다.

에식스 생각을 하고 있는데 곧장 이런 말이 따라 나오자 아서는 잠시 혼란스러워졌다. 그러자 그 상황의 논리가 이리저리 흩어진 그의 정신에 육중한 무게를 드리웠다. 하지만 그는 역시 노인의 말이 무슨 뜻인지 모르겠다는 결론을 내렸다.

"뭐라고요?" 그가 말했다.

"크리킷의 주인들이란 말이오." 슬라티바트패스트가 다시 말했다. 조금 전에 그의 목소리가 묘지처럼 음침하게 들렸다면 이번에는 아예 그 자신이 기관지염에 걸려서 저승에 간 사람처럼 보였다.

아서는 눈앞의 사람들을 바라보며 이 시점에서 주어진 이 정보를 어떻게든 이해해보려고 애썼다.

눈앞에 옹기종기 모여 있는 사람들은 외계인이 분명했다. 약간 키가 크고, 말랐고, 얼굴은 각이 진데다 거의 새하얗다시피 창백했지만, 그 외에는 대단히 기분 좋아 보이는 사람들이었다. 약간 변덕스러워 보이기는 했지만 말이다. 장거리 버스 여행을 할 때 같이 가고 싶은 종류의 사람들은 아니었다. 하지만 요점은, 그들이 그냥 보통의 좋은 사람들과 다르다면, 그건 그들이 덜 착해서가 아니라 오히려 지나치게 착해서라는 것이었다. 그런데 슬라티바트패스트는 왜 이 사람들을 보고 사슬톱을 들고 일하는 노동자들이 집에까지 일을 들고 가는 엽기적인 영화의 라디오 광고에나 어울릴 것 같은 음산한 말투를 쓰는 걸까?

게다가 이 크리킷이라는 관점도 좀 난도가 높았다. 아직 아서 자신이 알고 있는 크리켓이라는 경기와의 관계를 제대로 파악할 수가 없었다.

슬라티바트패스트는 마치 아서가 무슨 생각을 하고 있는지 아는 것처럼, 이 시점에서 생각의 흐름을 끊고 끼어 들어왔다.

"당신들이 알고 있는 크리켓이라는 경기는……." 이렇게 말하는 그의 목소리는 아직도 지하 세계의 통로에서 길을 잃고 헤매고 있는 듯했다. "종족 기억의 희한한 돌연변이에 불과하오. 종족 기억은 진정한 의미가 시간의 안개 속으로 사라진 뒤 영겁의 세월이 흐르고 나서도 심상들을 생생하게 간직할 수 있다오. 은하계의 모든 종족들 중에서 오로지 영국인들만이, 우주를 갈가리 찢은 역사상 가장 잔혹했던 전쟁의 기억을 되살려, 안타깝게도 다른 사람들이 보기에 대체로 불가해할 정도로 지루하고 아무 의미 없어 보이는 경기로 변환시킬 수 있었소."

"사실 나는 크리켓 경기를 꽤 좋아한다오." 그가 덧붙였다. "하지만 대부분의 사람들에게는 당신네 영국인들이 끔찍하게 천박한 취향의 소유자로 보이지요. 특히 작은 빨간 공이 위켓을 치는 부분 말이오. 그건 정말 못됐어요."

"음, 음." 아서는 자신의 인식 신경 세포들이 이 상황을 최선을 다해 처리하려 애쓰고 있음을 보여주기 위해, 사색적으로 미간을 찌푸리며 말했다.

"그리고 이 사람들……." 슬라티바트패스트가 목구멍 깊은 곳으로 기어 들어가는 목소리로, 그들 옆을 지나쳐 가고 있는 크리킷 사내들을 가리키며 말했다. "이 사람들이 바로 이 모든 전쟁을 시작한 사람들이오. 그리고 전쟁은 오늘 밤 다시 시작될 거요. 자, 이들을 따라가봐야 해요. 가서 이유를 알아봅시다."

그들은 나무 밑에서 살금살금 나와, 명랑한 사람들을 따라 어두운 언덕길을 내려갔다. 그들은 미행당하는 사람들이 눈치 챌까 봐 본능적으로 가만히, 살금살금 걸어갔다. 실제로는 녹화된 정보성 환각 사이를 걷고 있는 것에 불과했으므로, 튜닉을 입고 온몸에 청색 물감을 칠한다 해도 상관없는 일이었지만.

아서는 일행 중 한두 사람이 이제 다른 노래를 부르고 있다는 걸 알아챘다. 이 노래는 보드라운 밤 공기를 뚫고 그들의 귓전으로 지저귀듯 흘러 들어왔다. 달콤한 로맨틱 발라드였는데, 이 정도 노래면 매카트니가 켄트와 서식스 지방을 사들이고 아마 햄프셔에 대해서까지 상당한 입찰가를 제시할 수 있을 것이었다.

"당신도 틀림없이 잘 알고 있을 거요." 슬라티바트패스트가 포드에게 말했다. "이제 어떤 일이 일어나게 될까요?"

"저요? 몰라요." 포드가 말했다.

"어렸을 때 고대 은하계 역사를 배우지 않았소?"

"저는 자포드 바로 뒤의 사이버큐비클에 앉아 있었어요." 포드가 말했다. "아주 정신이 산만했어요. 상당히 놀라운 것들을 좀 배우기는 했지만."

이때 아서는 일행이 부르고 있는 노래에 이상한 점이 있다는 걸 알아챘다. 매카트니에게 윈체스터를 당당히 확보하게 해주고 테스트 밸리와 그 너머 뉴 포리스트의 풍작까지 의미심장하게 넘보게 했을 만한 중간의 여덟 소절은 가사가 좀 이상했던 것이다. 작사가는 애인을 만나는 곳을 지칭하면서 '달빛 아래서' 라든가 '별빛 아래서' 가 아니라 '풀밭 위에서' 라고 쓰고 있었다. 아서가 듣기에 이런 표현은 좀 산문적으로 느껴졌다. 그는 다시 당혹스러울 정도로 텅 빈 하늘을 올려다보았고, 자기가 이해를 못해서 그렇지 여기에는 대단히 중요한 의미가 있다는 선명한 느낌을 받았다. 그는 전 우주에 홀로 있는 듯한 기분을 느꼈고, 그래서 그렇다고 말했다.

"아니오." 슬라티바트패스트가 발걸음을 더 재촉하면서 말했다. "크리킷 사람들은 한 번도 '우주에 우리밖에 없다' 는 생각을 해본 적이 없소. 보다시피, 그들은 어마어마한 먼지 구름에 휩싸여 있다오. 그래서 하나의 태양과 자기들 세계가 전부였소. 그리고 그들은 은하계의 극동 경계에 위치하고 있지요. 먼지 구름 때문에 하늘에는 어차피 처음부터 볼 게 하나도 없었소. 밤이면 완전히 암흑이고 말이오. 낮에는 태양이 있지만, 똑바로 쳐다볼 수가 없어서 이 사람들도 절대 똑바로 쳐다보지 않소. 이쪽 지평선에서 저쪽 지평선까지 백팔십 도에 달하는 맹점이 있는 셈이지요.

이 사람들이 '우주에 우리밖에 없다' 는 생각을 어째서 하지 않았는가 하면, 오늘 밤까지 그들은 우주에 대해 전혀 몰랐기 때문이오. 바로 오늘 밤까지."

그는 자기가 한 말이 허공에서 여운을 남기든 말든 말을 계속했다.

"상상해보시오." 그가 말했다. "다른 가능성이 있다는 생각 자체를 못했기 때문에 '우리밖에 없다'는 생각을 한 번도 해보지 않았다는 걸 말이오."

그가 다시 앞으로 나아갔다.

"이번에는 좀 불안할 거요." 그가 덧붙였다.

그가 말하는 사이, 아무것도 보이지 않는 하늘 저 높은 곳에서 아주 가늘게 울부짖는 비명 소리 같은 게 들렸다. 그들은 깜짝 놀라서 위를 쳐다보았지만, 일이 초쯤은 아무것도 보이지 않았다.

아서는 곧, 크리킷 사람들도 그 소리를 들었지만, 어찌해야 할지 몰라 헤매고 있다는 걸 깨달았다. 그들은 경악에 휩싸여 주위를 둘러보고 있었다. 왼쪽, 아래쪽, 앞, 뒤, 심지어 땅바닥까지. 하지만 위를 쳐다보는 사람은 아무도 없었다.

몇 초 후 불타는 우주선의 잔해가 하늘에서 새된 비명을 지르며 추락해 그들이 서 있는 곳에서 반 마일쯤 되는 곳에 떨어졌을 때 그들이 보인 충격과 공포의 깊이는, 그 현장에 있지 않았던 사람은 결코 알 수 없는 것이었다.

어떤 이들은 순수한 마음 호에 대해 말할 때 숨을 죽이고, 어떤 이들은 비스트로매스 호에 대해서 그렇게 한다.

많은 사람들이 전설적인 거대 우주선 타이타닉 호에 대해 말하는데, 여기에는 충분히 그럴 만한 이유가 있다. 타이타닉 호는 지금으로부터 수백 년 전 아르트리파크토볼이라는, 거대한 조선(造船) 복합 공단인 소행성에서 건조된 웅장하고 호화로운 여객 우주선이다.

타이타닉 호는 센세이션을 일으킬 정도로 아름다웠고, 보는 사람이 휘청거릴 정도로 거대했으며, 역사에 남아 있는 그 어떤 우주선보다도 쾌적한 설비를 자랑했다(《실시간 전쟁에 대하여》 110쪽을 참조할 것). 하지만 이것은 불가능 확률 물리학의 초창기에 건조된, 비운의 우주선이었다. 이 우주선이 건조된 당시에는 이 난해하고 저주받은 학문 분야가 충분히 이해되지 못한 상태였다, 아니 전혀 이해되지 못하고 있었다.

설계자들과 기술자들은 순진하게도, 불가능 확률 자장의 프로토타입을 우주선에 장착하기로 결정했다. 이는, 그러니까, 우주선의 어떤 부품이 잘못되는 사태 자체가 무한히 불가능하도록 보장하는 장치였다.

그들이 알지 못했던 사실은, 불가능 확률 연산은 근본적으로 의사(擬似)-상호적이고 순환적인 본질을 지니고 있기 때문에, 무한히 불가능한 사태란 사실 거의 당장이라도 일어날 가능성이 대단히 높은 사태라는 것이었다.

레이저 조명을 받으며 로켓 발사탑에 기대어 은빛 아크투란 메가보이드 고래처럼 자리를 잡고 있던 타이타닉 호는 정말이지 끔찍이도 어여쁘기 그지없었다. 화려한 빛의 점과 바늘들이 깊은 행성 간 암흑을 뚫고 빛났다. 하지만 드디어 발사되었을 때, 이 호화 여객 우주선은 첫 번째 무선 통신 메시지도 끝마치기 전에, 그러니까 SOS를 보내던 중에 존재의 철저한 실패라는 불필요한 운명에 급작스럽게 맞닥뜨리고 말았다.

그러나, 요람기에 있던 한 과학 분야에 대재앙을 불러온 이 사건은, 다른 과학 분야에서는 어마어마한 약진의 발판이 되었다. 트라이-디 텔레비전으로 우주선 발사 장면을 본 시청자의 수는 당시의 실제 인구보다 더 많았고, 이 사실은 시청률 조사 과학이 이룩한 역사상 가장 위대한 업적으로 인정받고 있다.

이 시기에 있었던 또 한 가지 엄청난 미디어 이벤트는 몇 시간 후 이슬로딘스 별이 초신성이 된 것이었다. 이슬로딘스 주변에는 은하계의 주요 보험업자들 대부분이 살고 있다. 아니, 살고 있었다.

이 우주선들은 물론이고, 생각나는 다른 위대한 우주선들, 예컨대 은하 함대 전함들——GSS 용감무쌍 호, GSS 뻔뻔 호, 그리고 GSS 자살광기 호 등등——에 대해 얘기할 때 사람들은 경외감, 자긍심, 열성, 애정, 존경, 아쉬움, 질투, 분노 등등 대체로 잘 알려진 감정들을 섞어 말한다. 하지만 진짜 경악의 감정을 자아내는 우주선은 '크리킷 1호', 즉 크리킷 사람들이 건조한 최초의 우주선이다.

그것이 훌륭한 우주선이었기 때문은 아니다. 전혀, 전혀 그렇지 못했다.

그것은 고철이나 마찬가지인, 말도 안 되는 물건이었다. 그건 마치 남의 뒷마당에서 뚝딱뚝딱 만든 물건 같아 보였고, 실제로도 바로 뒷마당에서 뚝딱뚝딱 만든 물건이었다. 이 우주선의 놀라운 점은 잘 만들어졌다는 데 있는 것이 아니라(전혀 잘 만든 물건이 아니었다), 어쨌든 만들긴 만들었다는 사실 자체에 있었다. 크리킷 사람들이 세상에 우주 공간이라는 게 있다는 사실을 발견한 시점부터 이 첫 우주선을 발사한 시점까지 정확히 일 년의 시간이 걸렸을 뿐이다.

포드 프리펙트는 안전 벨트를 채우면서 몹시 고마운 기분이 들었다. 이건 정보성 환각인 만큼 철저히 안전할 것이기 때문이었다. 만약 이게 현실이라면, 그는 중국의 탁주를 모조리 준다 해도 이 우주선에는 절대 발을 들여놓지 않았을 터였다. "끔찍하게 엉성하군"이 그의 뇌리에 처음 떠오른 말이었고, "나 좀 내리면 안 될까?"가 그 다음에 떠오른 말이었다.

"이 우주선이 날긴 날아요?" 아서는 질끈 동여맨 파이프들과 꽃줄처럼 철사로 얼기설기 엮어놓은 우주선의 비좁고 답답한 내부를 열없이 바라보면서 말했다.

슬라티바트패스트는 난다고 장담했다. 또한 그 우주선은 철저히 안전하며, 이 비행이 대단히 교육적인 경험이 될 것이고 적잖이 괴로울 것이라고 했다.

포드와 아서는 그냥 마음 편하게, 괴로워도 참기로 마음을 먹었다.

"좀 미치면 어때?" 포드가 말했다.

그들 바로 앞에는, 물론 그들의 존재를 전혀 모르고 있는——여기에는 그들이 실제로 존재하는 게 아니라는 훌륭한 이유가 있었다——세 사람의 파일럿이 있었다. 그들은 이 우주선을 건조한 사람들이기도 했다. 그들은 바로 그날 건전하고 마음이 따뜻해지는 노래들을 부르며 언덕의 오솔길을 걸어 내려오고 있던 일행에 끼어 있었다. 그들의 뇌는 외계의 우주선이 바로 근처에 추락하는 바람에 아주 살짝 맛이 갔다. 그들은 여러 주 동안 불타버린 우주선 잔해에 매달려 최후의 비법 한 가지까지 추려내었고, 그러는 동안 내내 지저귀듯 우주선 해체의 목가를 불러댔다. 그들은 자기들만의 우주선을 건조했고, 그 결과물이 바로 이것이었다. 이것이 그들의 우주선이었고, 그들은 현재 바로 그 점에 대해 노래를 부르고 있었다. 성취와 소유의 두 가지 기쁨에 대한 노래였다. 합창은 약간 통렬한 슬픔을 말하고 있었다. 오랫동안 차고에 처박혀 작업하느라 아내와 아이들과 너무나 오래 떨어져 있어야 했기 때문이었다. 가족들은 그들을 몹시 그리워했으나, 늘 강아지가 얼마나 잘 자라고 있는지 따위의 즐거운 이야기들을 전하며 그들을 격려해주었다.

파우, 우주선이 소리를 내며 이륙했다.

그들은, 자신의 기능이 뭔지 정확히 알고 있는 우주선과 마찬가지로 포효하며 하늘로 비상했다.

"이럴 수가." 그들이 가속의 충격에서 간신히 회복되었을 무렵 포드가 말했다. 우주선은 행성 대기권 밖으로 치솟아 올라가고 있었다. "말도 안 돼." 그가 되풀이해 말했다. "이런 우주선을 일 년 만에 설계하고 건조하다니. 아무리 동기가 강력했다 해도 있을 수 없는 일이에요. 못 믿겠어요. 증명을 해보세요. 그래도 어차피 전 안 믿을 테지만." 그는 생각에 잠겨 고개를 가로저으며, 작은 현창을 통해 아무것도 없는 창공을 바라보았다.

이 여행은 한동안 별다른 일 하나 없이 지나갔고, 그래서 슬라티바트패스트는 빨리 감기를 해주었다.

그래서 아주 신속하게 그들은 태양과 고향 행성을 둘러싸고 바깥 궤도를 형성하고 있는, 속이 텅 빈 반구 모양의 먼지 구름의 경계 바로 밑에 다다랐다.

우주 공간의 질감과 농도에 서서히 변화가 일어나는 것 같았다. 암흑은 이제 그들을 지나쳐 물결치며 흘러가는 것만 같았다. 아주 차가운 암흑, 아주 공허하고 무거운 암흑, 크리킷의 밤하늘을 뒤덮고 있는 암흑이었다.

암흑의 냉기와 무게와 공허감이 서서히 아서의 심장을 움켜쥐었고, 그는 빽빽하게 장전된 총알처럼 공중에 떠 있는 크리킷 조종사들의 기분을 뼈아프게 공감할 수 있었다. 그들은 이제 자신들의 종족이 믿고 있던 역사 의식의 경계에 다다른 것이었다. 그들은 이제까지 아무도 사유해본 적이 없는, 아니 심지어 사유할 거리가 있다는 것조차 상상해보지 못한 한계 너머로 날아가고 있었다.

구름의 시커먼 암흑이 우주선에 다가와서 충돌했다. 선내에는 역사의 침묵이 깔려 있었다. 그들의 역사적 임무는 하늘 저 너머 어딘가에 다른 장소 다른 존재가 있는지를 알아보는 일이었다. 조난당한 우주선이 날아왔을 만한 곳, 어쩌면 다른 세계 말이다. 그게 크리킷의 하늘 아래서 살아온 편협한 마음에 아무리 불가해하고 낯선 생각일지라도.

역사는 힘을 모으고 또 한번의 타격을 준비했다.

암흑은 여전히 우주선을 툭툭 치며 흘러가고 있었고, 암흑을 에워싸고 있는 공허도 흘러갔다. 암흑은 점점 더 가까워졌고, 점점 더 짙어졌고, 점점 더 무거워졌다. 그러다가 돌연 자취를 감추어버렸다.

그들은 구름 밖으로 날아갔던 것이다.

그들은 보석처럼 빛나는, 무한한 먼지 같은 밤하늘의 별들을 보며 경악으로 휘청거렸고, 그들의 마음은 공포의 노래를 불렀다.

한동안 그들은 계속 비행했다. 은하계의 수많은 별들이 박힌 창공의 영역을 따라 꼼짝도 하지 않고 날았다. 은하계도 무한한 우주의 영역을 따라 꼼짝도 하지 않았다. 그러다가 그들은 우주선의 머리를 돌렸다.

"모조리 사라져줘야겠어." 크리킷 사람들은 고향으로 다시 돌아가면서 이렇게 말했다.

돌아가는 길에 그들은 평화, 정의, 윤리, 문화, 스포츠, 가족 생활과 다른 생명체들의 말살에 대해 아름다운 선율의 사색적인 노래들을 불렀다.

13

"이제 알 수 있을 거요. 어떻게 된 일인지." 슬라티바트패스트가 인공적으로 구축된 커피를 천천히 저으면서, 따라서 현실적 숫자들과 비현실적인 숫자들 사이의, 정신의 상호 인식과 우주의 상호 인식 사이의 소용돌이 같은 인터페이스를 휘저으면서, 그래서, 그의 우주선으로 하여금 시간과 공간의 개념 자체를 새로이 정의하게 하는, 내포된 주관성을 재구축한 모형들을 생성하면서 말했다.

"네." 아서가 말했다.

"알겠어요." 포드가 말했다.

"그런데 이 치킨 조각을 어떻게 해야 하는 거죠?" 아서가 말했다.

슬라티바트패스트는 근엄하게 그를 힐끗 쳐다보았다.

"그냥 만지작거려요. 만지작거리면 된다오."

그는 자기 치킨을 가지고 시범을 보여주었다.

아서도 따라 했다. 그랬더니 수학적 기능의 짜릿한 감촉이 치킨의 다리를 따라 느껴졌다. 사차원적인 움직임 같았지만, 슬라티바트패스트는 이것이 오차원 공간이라고 장담했다.

"하룻밤 사이에, 크리킷 행성의 전 인구는 매력적이고 즐겁고 지적인 존재에서……."

"……좀 변덕스럽긴 해도……." 아서가 중간에 추임새를 넣었다.

"……평범한 종족에서 매력적이고 즐겁고 지적인 존재로……." 슬라티바트패스트가 말했다.

"……변덕스럽고……."

"……광적인 종족 말살주의자들로 변신한 거라오. 우주라는 개념은 그들의 세계관에 들어맞지 않았다고 말할 수 있겠지요. 한마디로 그들은 그 개념 자체를 감당할 수가 없었던 거요. 그래서, 매력적으로, 즐겁게, 지적으로, 당신 말대로 변덕스럽게, 그들은 우주를 파괴하기로 결정한 거라오. 이번엔 또 뭐가 문젠가요?"

"이 포도주가 영 마음에 안 드네요." 아서가 킁킁거리며 포도주 냄새를 맡으면서 말했다.

"뭐, 그럼 돌려보내요. 그 속에 온갖 수학적 요소들이 다 들어 있어서 그렇다오."

아서는 그렇게 했다. 웨이터의 미소에 나타난 도상이 별로 마음에 들지 않았지만, 원래 아서는 그래프라는 걸 한 번도 좋아해본 적이 없었다.

"우리 어디 가는 겁니까?" 포드가 말했다.

"다시 정보성 환각의 방으로 가는 거라오." 슬라티바트패스트가 일어서서 종이 냅킨의 수학적 재현을 들고 입을 닦으며 말했다. "2부가 남았으니까."

14

"크리킷 사람들은, 그러니까 아시다시피, 그저 아주 다정하고 사람 좋은 사내들일 뿐이지요. 어쩌다 보니 세상 사람들을 다 죽이게 되었을 뿐입니다. 이런, 매일 아침 기분이 아주 똑같단 말이야. 빌어먹을." 크리킷 전범 재판의 재판관 위원회 의장인 대법관 '학객몹느'(학식 높고, 객관적이고, 몹시 느긋한) 팩이 말했다.

"아무튼 좋아요, 좋아." 그가 말을 이었다. 그는 두 발을 바로 앞에 놓인 벤치 위에다 올려놓고 흔들고 있었고, 잠시 말을 멈추고는 '의전용 해변 슬리퍼'에 붙어 있는 실 한 가닥을 떼어냈다. "그러니 이런 사람들과 은하계에서 공존하고 싶은 마음이 사실 별로 없을 겁니다."

이건 사실이었다.

은하계에 대한 크리킷의 공격은 전대미문의 일이었다. 수천 또 수천 대에 달하는 거대한 크리킷 전함들이 느닷없이 하이퍼 스페이스에서 점프해 나타나서는, 동시에 수천 또 수천에 달하는 주요 세계들을 공격했다. 처음에는 다음 공격을 준비하기 위한 주요 군수물자들을 노획하고, 그 다음에는 차분하게 이 세계들을 아예 자취도 없이 말살해버리는 식이었다.

은하계는 당시 전례 없는 평화와 번영을 누리고 있었기 때문에, 초원에서 강도를 당한 사람들처럼 비틀거렸다.

"그러니까, 이 사내들은 '편집증 환자' 라는 말입니다." 팩 법관이 울트라-모던 스타일의(이것은 백억 년 전의 일이므로, '울트라-모던' 이란 스테인리스스틸과 솔질로 마감한 콘크리트를 엄청 많이 썼다는 말로 통했다) 거대한 법정을 둘러보고는 다시 말을 이었다.

이것은 역시 사실이었고, 크리킷 사람들이 상상할 수 없는 속도로 이 새롭고 절대적인 목표——크리킷이 아닌 모든 것의 파괴——를 추구한 사태에 대해 이때까지 제시된 유일한 해명이기도 했다.

그리고 이는, 수천 대의 우주선을 건조하고 치명적인 하얀 로봇들을 수백만 대 제조하는 데 개입된 하이퍼테크놀로지들을 그들이 그토록 황당무계하게 빠른 시간 내에 터득할 수 있었던 이유에 대한 유일한 해명이기도 했다.

이는 그들과 조우한 모든 사람들의 심장을 공포로 얼어붙게 만들기에 충분했다. 그러나 그 공포의 수명은 지극히 짧았다. 공포를 느낀 사람의 수명이 지극히 짧았던 것이다. 이 로봇들은 야만적이고 단 한 가지 생각밖에 하지 않는 비행 전투 기기였다. 그들은 강력한 다기능 배틀클럽을 휘둘렀는데, 한쪽으로 휘두르면 건물들을 무너뜨릴 수 있고, 다른 방향으로 휘두르면 무서운 옴니-디스트럭토-오-잽 광선을 발사하며, 세 번째 방향으로 휘두르면 흉측한 수류탄 무기고를 아예 통째로 발사하는 무기였다. 소형 화기에서 대형 태양까지 없애버릴 수 있는 맥시-슬로타 하이퍼뉴클리어 기기들까지 다양했다. 수류탄을 배틀클럽으로 치기만 하는데도, 기록적인 정확성으로 몇 야드에서 수십만 마일에 달하는 거리에 있는 목표물을 맞힐 수 있었다.

"좋아요." 팩 법관이 다시 말했다. "그래서 우리가 이겼습니다." 그는 잠시 말을 멈추더니 작은 껌을 씹기 시작했다. "우리가 이겼어요." 그가 다시 말했다. "하지만 그건 별로 대단한 게 아닙니다. 중형 은하 대 소형 세계의 싸움이었으니까요. 그런데 이기는 데 얼마 걸렸지? 법정 서기관?"

"네?" 검은 옷을 입은 엄격한 젊은이가 기립하며 말했다.

"얼마 걸렸나, 젊은이?"

"이런 문제를 정확하게 대답하기란 약간 어렵습니다. 그러니까, 시간과 공간이……."

"마음 편하게 먹고, 그냥 대충 말해보게."

"저는 막연한 걸 별로 좋아하지 않아서요. 이렇게 중요한 문제에 대해서……."

"확 돼지기 전에 대충 말해보라니까."

법정 서기관은 그를 보고 눈을 껌벅거렸다. 대부분의 은하 법조계 사람들이 그렇듯, 팩 법관(아니면 지포 비브락 5×10^8——희한하게도 개인적으로 부르는 이름이 이렇게 알려져 있다——도 마찬가지였다)은 그에게 상당한 스트레스를 안겨주는 인물임이 틀림없었다. 팩 법관은 분명 비열하고 상스러운 작자였다. 그는 자기가 역사상 가장 훌륭한 법률적 사유 능력을 지녔기 때문에 무슨 짓이든 하고 싶은 대로 해도 된다고 믿고 있는 것처럼 보였고, 불행하게도 실제로 그렇게 믿고 있었다.

"저, 판사님, 아주 근사치로 대답하면, 이천 년가량입니다." 서기관은 불행하게 중얼거렸다.

"그런데 세상 뜬 인간이 얼마나 되더라?"

"이 무량대수쯤 됩니다." 서기관은 자리에 앉았다. 이 시점에서 수계(水計) 사진을 찍었다면, 그의 심기가 약간 부글부글 끓고 있었음을 알 수 있었을 것이다.

팩 법관은 다시 한번 법정을 둘러보았다. 전 은하 행정부의 최고위직 인사들이 모두 각자의 체질과 관례에 맞게 의례용 제복이나 신체를 차려입고 앉아 있었다. 잽-프루프 크리스털로 된 벽 뒤에는 크리킷인 대표자들이, 자신들에게 판결을 내리기 위해 이 자리에 모인 외계인들을, 혐오로 번들거리는, 차갑고 예의바른 눈길로 바라보며 서 있었다. 이것은 법의 역사상 가장 역사적인 순간이 될 터였고, 팩 법관도 그것을 잘 알고 있었다.

그는 씹던 껌을 뱉어 의자 밑에 붙였다.

"시체들이 되게 많이 나왔네." 그가 조용히 말했다.

법정의 우울한 침묵은 이 견해에 동조하는 듯했다.

"그러니까, 아까 말한 대로, 이 친구들은 아주 착하고 다정한 사내들에 불과하지만, 은하계에서 이들과 같이 사는 건 싫을 겁니다. 이 친구들이 계속 그런 짓을 하고 마음을 좀 느긋하게 먹는 것을 배우지 않는다면 말입니다. 안 그러면 계속 불안해서 어디 살겠어요, 안 그래요? 파우, 파우, 파우, 그들이 언제 또 쳐들어올지 모르는데? 평화로운 공존은 이미 물 건너간 얘기예요, 안 그래요? 누구 물 한 잔 갖다주쇼, 고맙수다."

그는 자리에 편안히 기대어 앉더니 사색적으로 물을 홀짝홀짝 마셨다.

"좋아요. 내 말 들어봐요, 들어봐. 그러니까, 이 친구들도 우주를 제 맘대로 생각할 권리가 있어요. 그러니까 자기네 견해에 따르면, 그러니까 우주가 그들에게 강요한 견해에 따르면 그들은 옳은 일을 한 거라. 미친 소리 같지만, 여러분도 동의하리라 믿어요. 이 치들의 믿음이라는 걸 보면……."

그는 법복 청바지의 뒷주머니에서 찾아낸 종잇조각을 들여다보았다.

"이 치들은 뭘 믿냐 하면…… '평화, 정의, 윤리, 문화, 스포츠, 가족 생활, 그리고 다른 생명체의 말살'을 믿는다고 하는군요."

그는 어깨를 으쓱했다.

"난 더 나쁜 얘기들도 많이 들어봤어요."

그는 사타구니를 사색적으로 긁었다.

"휘유우우우우." 그는 또 물을 한 모금 홀짝 마시더니, 잔을 들어 조명에 비추어 보고는 얼굴을 찡그렸다. 그가 잔을 흔들었다.

"이봐요, 이 물에 뭐 탔소?"

"어, 아닙니다, 판사님." 법정 안내원이 다소 불안하게 말했다.

"그러면 도로 갖고 가요." 팩 법관이 쌀쌀맞게 말했다. "뭘 좀 넣어 와요. 내가 다 생각이 있어."

그는 유리잔을 밀치더니 앞으로 몸을 숙였다.

"내 말을 들어봐요, 들어봐." 그가 말했다.

해결책은 천재적이었고, 다음과 같았다.

크리킷 행성은 영원히 슬로-타임의 덮개 속에 밀봉되도록 한다. 덮개 속에서 삶은 무한히 느리게 지속될 것이다. 모든 빛은 덮개 주위로 굴절되어, 크리킷 행성은 보이지도 않고 거기에 침투하는 것도 불가능하게 될 것이다. 바깥에서 자물쇠를 열지 않으면, 덮개 속에서 바깥으로 탈출하는 것은 궁극적으로 불가능할 것이다.

나머지 우주가 마침내 종말을 맞게 되면, 전체 피조물이 죽음의 낙하를 하게 되고(이것은 물론 우주의 종말이 화려한 요식업체의 이벤트가 되리라는 걸 몰랐을 때의 일이다) 생명과 물질의 존재가 끝장이 나게 되면, 그때 크리킷 행성과 태양은 슬로-타임 덮개에서 빠져나와, 원했던 대로 전 우주의 부재가 가져다준 황혼 속에서 외로이 존재하게 될 것이다.

자물쇠는 덮개 주위를 천천히 도는 소행성 위에 놓여 있을 것이다.

열쇠는 은하의 상징인 위킷 게이트가 될 것이다.

법정 안의 갈채가 잦아들 무렵, 팩 법관은 반 시간 전에 자기가 슬쩍 메모를 건네놓은 상당히 괜찮은 용모의 배심원과 함께 이미 센스-오-샤워에 들어가 앉아 있었다.

15

두 달 후, 지포 비브락 5×10^8은 유니폼 청바지를 짧게 자른 채, 판결문으로 벌어들인 어마어마한 봉급의 일부를 보석 해변에 누워 예의 상당히 괜찮은 용모의 배심원에게 콸락틴 에센스 마사지를 받는 데 쓰고 있었다. 그녀는 야가의 구름나라 너머에 있는 술피니아 출신이었다. 그녀는 레몬 실크 같은 피부를 갖고 있었고, 법조인들의 몸에 관심이 많았다.

"소식 들었어요?" 그녀가 말했다.

"위이이일라아아!" 지포 비브락 5×10^8은 이렇게 말했는데, 왜 그가 이렇게 말했는지를 정확히 이해하려면 바로 그 자리에 있었어야만 한다. 이런 이야기는 사실 정보성 환각의 테이프에는 나오지 않았고, 모두 풍문에 근거한 것이다.

"아니." 그로 하여금 '위이이일라아아!'라고 말하게끔 만든 일이 끝나고 나자, 그는 이렇게 덧붙였다. 그리고 원시적인 보드 행성의 세 태양 중 제일 큰 세 번째 태양의 광선을 더 잘 쬐기 위해서 몸을 살짝 굴렸다. 이제 태양들은 말도 안 되게 아름다운 수평선을 따라 살금살금 기어 올라가고 있었고, 하늘은 이제까지 알려진 가장 강력한 선탠 능력으로 번들거렸다.

향기로운 산들바람이 고요한 바다에서 한들한들 올라와, 해변을 따라 꼬리를 끌다가, 어디로 가야 할지 몰라 망설였다. 무슨 미친 생각이 갑자기 들었는지, 바람은 다시 해변으로 불어왔다. 그러더니 다시 바다로 둥둥 떠가는 것이었다.

"좋은 소식이 아니길 바라. 좋은 소식은 못 견딜 것 같거든." 지포 비브락 5×10^8이 중얼거렸다.

"당신의 크리킷 판결이 오늘 집행되었대요." 여자가 육감적으로 말했다. 그렇게 직설적인 이야기를 굳이 그렇게 육감적으로 말할 필요는 없었지만, 오늘은 워낙 그런 날이기 때문에 알면서도 일부러 과감하게 그렇게 말한 것이었다. "라디오에서 들었어요. 오일을 가지러 우주선으로 돌아갔을 때요."

"어허." 지포가 웅얼거리면서 머리를 다시 보석이 깔린 해변에 묻었다.

"무슨 일이 있었대요." 그녀가 말했다.

"으음?"

"슬로-타임 덮개가 잠기고 난 직후에요." 그녀가 말하더니, 콸락틴 에센스를 바르던 손길을 일순 멈추었다. "실종되어서 파괴된 줄 알았던 크리킷 전함 한 대가 알고 보니 그냥 실종된 것이었나 봐요.

나타나서 열쇠를 손에 넣으려고 했대요."

지포는 자리에서 벌떡 일어났다.

"뭐라고?" 그가 말했다.

"괜찮아요." 그녀는 빅뱅이라도 진정시켰을 만한 목소리로 이렇게 말했다. "아마 짤막한 전투가 있었던 모양이에요. 열쇠와 전함은 해체되고 폭발해서 시공간 연속체 속으로 사라져버렸대요. 영원히 소실된 게 틀림없어요."

그녀는 미소 지었다. 그리고 손가락으로 콸락틴 에센스를 좀더 덜어냈다. 그는 긴장을 풀고 다시 누웠다.

"조금 전에 했던 거 해줘." 그가 중얼거렸다.

"그거요?" 그녀가 말했다.

"아니, 아니, 그거." 그가 말했다.

그녀는 다시 시도했다.

"그거요?" 그녀가 물었다.

"위이이일라아아!"

역시 이번에도 여러분은 현장에 있었어야 안다.

향기로운 바람이 바다에서 또 둥둥 떠서 올라왔다.

마법사가 해변을 따라 돌아다니고 있었지만, 아무도 마법사를 찾지 않았다.

16

"영원히 소실되는 건 아무것도 없다오." 슬라티바트패스트가 말했다. 그의 얼굴은 로봇 웨이터가 치우려는 촛불의 불빛에 빨갛게 번들거리고 있었다. "물론 칼레즘 성당은 예외지만 말이오."

"뭐라고요?" 아서가 화들짝 놀라며 말했다.

"칼레즘 성당 말이오." 슬라티바트패스트가 말했다. "내가 '실시간 캠페인' 연구를 하던 중에……."

"무슨 연구요?" 아서가 다시 말했다.

노인은 말을 멈추고 생각을 정리했다. 제발 이 얘기는 이번이 마지막이 되었으면 하는 마음이 굴뚝같았다. 로봇 웨이터는 퉁명스러움과 비굴함이 절묘하게 교차하는 방식의 시공간 회로망을 따라 움직이며, 촛불을 홱 낚아채어 가져갔다. 그들은 청구서를 받았고, 누가 카넬로니를 먹었고 몇 병의 와인을 마셨는지에 대해 설득력 있는 논쟁을 했다. 그리고 아서가 희미하게 깨달은 바에 의하면, 그 덕분에 그들은 우주선을 성공적으로 주관적 공간에서 이끌어내어 낯선 행성의 주차 궤도에 올려놓는 데 성공했다. 웨이터는 이제 이 제스처 게임에서의 자기 역할을 어서 끝내고 주점을 치우고 싶었다.

"모든 걸 선명하게 깨달을 날이 올 거요." 슬라티바트패스트가 말했다.

"언제요?"

"금세 올 거요. 자, 좀 들어봐요. 시간의 흐름은 현재 아주 오염되어 있다오. 쓰레기들도 둥둥 떠다니고, 표류 화물이니 잡동사니들도 많소. 그리고 쓰레기들이 갈수록 더 물질계로 역류해 돌아오고 있소. 시공간 연속체의 소용돌이들 말이오."

"그렇다고 하더군요." 아서가 말했다.

"이제 우리 어디로 가는 건가요?" 포드가 식탁 의자를 조급하게 뒤로 밀치면서 말했다. "어서 빨리 갔으면 좋겠어요."

슬라티바트패스트가 느릿느릿, 계산된 목소리로 말했다. "크리킷의 로봇들이 열쇠 부품 전체를 손에 넣어서 슬로-타임 덮개를 열고 크리킷 행성에 있는 나머지 군대들과 미친 주인들을 해방시키는 일을 막으러 갑니다."

"무슨 파티 얘기를 하셨었잖아요." 포드가 말했다.

"그랬지요." 슬라티바트패스트가 말하고 고개를 푹 떨궜다.

그는 그 말을 한 게 실수였다는 걸 깨달았다. 파티라는 아이디어가 포드 프리펙트의 정신 세계에 기괴하고 불건전한 집착증을 만들어놓은 것 같았다. 슬라티바트패스트가 크리킷 행성과 주민들의 암울하고 비극적인 사연을 설명해줄수록, 포드 프리펙트는 점점 더 술이나 진탕 들이켜면서 여자들과 춤을 추고 싶어 미치는 것 같았다.

노인은 도저히 말하지 않을 수 없을 때까지는 파티 얘기를 하지 말걸 그랬다는 생각이 들었다. 하지만 이젠 어쩔 수 없었다. 이미 엎질러진 물이었고, 포드 프리펙트는 희생자한테 달라붙어 머리를 깨물어 먹고 우주선을 훔쳐 달아날 때까지 떨어지지 않는 아크투란 메가 거머리처럼 파티라는 생각에 딱 달라붙어 있었다.

"언제, 거기 가느냔 말이에요?" 포드가 열띤 목소리로 물었다.

"우리가 왜 거기 가야 하는지 당신에게 다 말해주고 난 다음에 갈 거라오."

"왜 가는지는 다 안단 말이에요." 포드가 말하고는, 두 손을 머리 뒤에 대고 의자에 기대어 앉았다. 그러더니 보는 사람으로 하여금 온몸을 꼬게 만드는 그 특유의 미소를 지어 보였다.

슬라티바트패스트는 은퇴 생활이 이보다는 훨씬 편할 줄 알았다.

그는 옥타벤트랄 히비폰을 연주하는 법을 배울 생각이었다. 그러나 그 자신도 알다시피, 그것은 기분은 좋아도 아무짝에도 쓸모없는 계획이었다. 그는 그 악기에 맞는 숫자의 입을 갖고 있지 않았으니까.

그는 또 적도 피오르드의 주제에 대한 기벽스럽고 무자비할 정도로 부정확한 논문을 써서, 그가 중요하다고 보는 한두 가지 문제에 대해 틀린 기록을 만들어놓을 계획이었다.

그런데 이게 뭔가. 꼬임에 넘어가 '실시간 캠페인'을 위한 아르바이트를 하게 되었고, 평생에 처음으로 진지하게 그 일에 몰입하고 있지 않은가. 그 결과, 급속히 노쇠하고 있는 몸을 이끌고 악과 맞서 싸우며 은하를 구하려 하는 꼬락서니가 되었다.

그 일은 정말 사람을 소진시키는 일이었다. 그는 땅이 꺼져라 한숨을 쉬었다.

"들어보시오." 그가 말했다. "실-캠에서……."

"뭐라고요?" 아서가 말했다.

"실시간 캠페인 말이오. 그것에 대해서는 나중에 얘기해주겠소. 나는 비교적 최근에 다시 존재하게 된 표류 화물 다섯 조각이 잃어버린 열쇠의 다섯 조각과 일치한다는 걸 알게 되었소. 정확하게 위치를 추적할 수 있었던 건 오직 두 개뿐이오. 나무 기둥과 은의 가로장. 나무 기둥은 당신의 행성에 나타났던 것이고, 은의 가로장은 무슨 파티 같은 데 있는 것 같소. 우리는 크리킷 로봇들이 그걸 찾아내기 전에 그것들을 가져와야 하오. 안 그러면 무슨 일이 일어날지 몰라요."

"싫어요." 포드가 단호하게 말했다. "우리는 술을 진탕 마시고 여자들하고 춤을 추러 파티에 가는 거예요."

"내가 지금 말한 모든 것을 이해하지 못했나요?"

"이해했어요." 포드가 말했다. 뜻밖에도 그는 갑자기 맹렬하게

화를 내고 있었다. "전부 다 완벽하게 이해했단 말이에요! 그래서 술이랑 여자가 남아 있는 동안, 술도 진탕 마시고 여자들하고 춤도 추고 싶어요. 선생님이 우리한테 보여준 사실들이 다 진짜라면……."

"진짜라면? 물론 진짜요!"

"……그렇다면 우리는 초신성 한가운데 있는 쇠고둥 꼬락서니라고요."

"뭐라고?" 아서가 다시 날카롭게 말했다. 그는 이때까지 대화의 의미를 하나라도 놓칠까 봐 전전긍긍하며 따라온 터였다. 그런데 이제 와서 무슨 소린지 이해를 못하다니 그럴 수는 없었다.

"초신성 한가운데의 쇠고둥 꼬락서니라고." 포드가 여세를 몰아 한번 더 말했다.

"쇠고둥하고 초신성이 대체 무슨 관계야?" 아서가 말했다.

"손톱만큼도 가망이 없단 말이야." 포드가 말했다.

그는 잠시 말을 멈추고 이 문제가 깨끗하게 해명되었는지 살펴보았다. 새삼 황당하다는 표정이 아서의 얼굴 위를 슬금슬금 기어가고 있는 걸 보니 별로 그렇지 못했다.

"초신성은, 빛의 절반 속도로 폭발해서 십억 개의 태양에 맞먹는 빛을 내며 타오르다가 붕괴해서 무지무지하게 무거운 중성자별이 되는 별이라고. 알겠어? 초신성에서는 살아남을 확률이 전혀 없어." 포드가 최대한 빨리, 최대한 분명하게 설명했다.

"알겠어." 아서가 말했다.

"그러니……."

"그런데 왜 하필 쇠고둥이야?"

"쇠고둥이 아닐 건 뭐야? 그런 건 상관없잖아."

아서는 수긍했고, 포드는 아까의 맹렬했던 기세를 회복하려 최대한 애쓰며 다시 말했다.

"요점은, 선생님이나 나, 그리고 아서——특히, 특히 아서——같은 사람들은 딜레탕트고 괴짜인데다, 게으름뱅이들이란 말입니다."

슬라티바트패스트는 얼굴을 찡그렸다. 반은 어리둥절해서였고, 반은 노여워서였다. 그는 말하기 시작했다.

"……." 그는 이렇게밖에 하지 못했다.

"우리는 강박관념 같은 것에 사로잡혀 있는 게 아니라고요." 포드가 고집을 세웠다.

"……."

"그리고 그게 바로 결정적인 요소예요. 강박관념 앞에 어디 장사 있나요. 그들은 정성을 쏟는데 우리는 그렇지 않잖아요. 그쪽이 이긴다고요."

"나는 수많은 것들에 정성을 쏟는다오." 슬라티바트패스트가 말했다. 그의 목소리는 떨리고 있었는데, 절반은 짜증이 나서였고, 절반은 자신이 없어서였다.

"예를 들면요?"

"글쎄." 노인이 말했다. "삶과 우주. 정말이지, 모든 것. 피오르드."

"그걸 위해서 죽을 수도 있어요?"

"피오르드 말이오?" 슬라티바트패스트가 놀라서 눈을 껌벅거렸다. "아니오."

"그거 보세요."

"솔직히, 지금 무슨 말을 하는지 잘 모르겠소."

"사실 아직 나도 무슨 관계가 있는지 잘 모르겠어." 아서가 말했어. "쇠고둥 말이야."

포드는 대화가 자기 맘대로 돌아가지 않는다는 걸 깨달았지만, 이 시점에서 쓸데없는 곁가지 얘기로 시간을 허비할 수는 없다고 굳게 다짐했다.

"내 말의 요지는, 우리는 강박적인 사람들이 아니라는 것이고, 그래서 도저히 못 당한다는 거야……." 그는 씩씩거리며 말했다.

"갑자기 생긴 쇠고둥에 대한 강박관념을 빼면 말이겠지." 아서가 끈질기게 물고 늘어졌다. "그건 아직도 이해가 안 된단 말이야."

"제발 쇠고둥은 좀 빼줄래?"

"네가 그러면 나도 그러지. 이 얘기를 꺼낸 건 너잖아." 아서가 말했다.

"실수였어." 포드가 말했다. "잊어버려. 하고 싶은 얘기는 이거야."

그는 앞으로 몸을 기울이더니 손가락 끝으로 이마를 괴었다.

"내가 무슨 말을 하고 있었더라?" 그가 힘없이 말했다.

"그냥 파티에나 갑시다." 슬라티바트패스트가 말했다. "이유야

뭐든 간에." 그는 일어서며 고개를 절레절레 흔들었다.

"내가 하려고 했던 얘기는 그게 아닌 것 같은데." 포드가 말했다.

설명할 수 없는 어떤 이유로, 텔레포트 큐비클이 목욕탕에 있었다.

17

시간 여행은 갈수록 위협이 되고 있었다. 역사가 오염되고 있었다.

《은하대백과사전》은 시간 여행의 이론과 실제에 대해 수많은 이야기를 써놓았지만, 대부분은 고급 초(超)수학을 4평생 동안 공부하지 않은 사람들은 한 글자도 알아들을 수 없는 것이었다. 그리고 시간 여행이 발명되기 전에는 4평생 동안 초수학을 공부한다는 것 자체가 불가능했기 때문에, 애초에 이런 개념이 어떻게 생겨났는가 하는 문제 자체에 대해 상당한 혼동이 있었다. 이 문제에 대한 한 가지 합리적인 설명은 시간 여행이, 그 본질상, 역사의 모든 시대에서 동시에 발명되었다는 것이었지만, 물론 이는 누가 봐도 명백한 사기였다.

문제는 역사의 상당 부분 또한 누가 봐도 명명백백한 사기라는 것이었다.

일례를 들어보자. 그것은 어떤 사람들한테는 별로 중요한 문제가 아닐지도 모른다. 하지만 또 어떤 사람들한테는 치명적인 문제가 될 수도 있다. 이 하나의 사건이 애초에 '실시간 캠페인'을 야기한 원인이라는 사실은 분명 의미심장하지 않은가? (애초가 아니라 마지막인가? 이는 역사가 어느 방향으로 흘러간다고 보는지에 따라 다르고, 이 역시 갈수록 정신 산란한 문제가 되어가고 있다.)

시인이 한 사람 있다, 아니 있었다. 이름은 랄라파, 그는 존재하는 가장 훌륭한 시로 전 은하에서 널리 인정받고 있는 〈롱랜드의 노래들〉을 썼다.

그 시는 말할 수 없이 아름답다/아름다웠다. 말하자면, 그 시에 대해 말하려고 하면 감정, 진실, 그리고 만물의 총체성과 아름다움에 대한 인식이 복받쳐 올라, 동네를 한 바퀴 산책하고 나서 오는 길에 잠깐 술집에 들러 퍼스펙티브('이성적 시각'이라는 뜻도 있음—옮긴이주)와 소다 칵테일을 한 잔 마셔야 한다는 얘기다. 그 시는 그 정도로 훌륭했다.

랄라파는 에파의 롱랜드에 있는 숲에서 살았다. 그는 거기서 살았고, 거기서 시를 썼다. 교육이나 수정액의 도움을 전혀 받지 않고, 말린 하브라 잎 위에 시를 썼다. 숲의 빛과 그것에 대한 자신의 생각들을 시로 썼다. 숲의 어둠과 그것에 대한 자신의 생각들을 시로 썼다. 자신을 떠난 여자와 그 일에 대한 자신의 정밀한 생각들을 시로 썼다.

그가 세상을 떠나고 오랜 세월이 흐른 뒤, 그의 시들이 발견되어

만인의 경탄을 자아냈다. 그 시들에 대한 소식이 아침의 햇살처럼 퍼져나갔다. 수세기에 걸쳐 그 시들은, 그것이 없었다면 더 어둡고 건조했을 수많은 사람들의 인생을 밝혀주고 촉촉하게 해주었다.

그러다가, 시간 여행이 발명되고 난 직후, 몇몇 대형 수정액 제조업체들은 그가 질 좋은 수정액을 쓸 수 있었다면 훨씬 더 좋은 시를 쓸 수 있지 않았을까, 그리고 수정액의 효과에 대해 한두 마디쯤 해주지 않았을까 생각하기 시작했다.

그들은 시간의 파동을 타고 여행해서 시인을 찾아냈고, 상황을 설명했고——어려움이 있었다——, 정말로 시인을 설득해냈다. 사실 어찌나 잘 설득했는지 시인은 그들 덕분에 어마어마한 부자가 되었고, 그토록 정밀한 시의 소재가 되도록 운명 지어졌던 여자는 끝까지 그를 떠나지 않았다. 사실 그들은 숲에서 이사를 나와 도시에서 상당히 훌륭한 보금자리를 얻었으며, 종종 미래로 가서 토크쇼에 출연해 재치를 빛내곤 했다.

그런데, 당연한 말이지만, 그는 결국 끝내 그 시들을 쓰지 못했다. 하지만 이 문제도 쉽게 해결되었다. 수정액 제조업체들은 훗날 출간된 시집과 말린 하브라 잎들을 산더미처럼 싸주면서 일주일 동안 그를 어딘가로 휴가를 보냈고, 그곳에서 그는 시집에 담긴 시들을 하브라 잎에다 베껴 쓰면서 일부러 이상한 실수들을 한 뒤 수정액으로 고치고 했던 것이다.

요즘 들어 그 시들이 갑자기 값어치가 없어졌다고 말하는 사람들이 많다. 그런가 하면 어떤 사람들은 그 시들은 예전과 똑같은 것이니 달라질 게 없다고 우긴다. 앞의 사람들은 그게 문제가 아니라고 한다. 문제가 뭔지는 정확하게 몰라도, 그건 아니라고 한다. 그들은 이런 종류의 사건들이 계속 일어나는 것을 방지하기 위하여 '실시간 캠페인'을 주창했다. 그들의 논거가 상당한 힘을 받은 것은, 캠페인을 주창한 지 일주일 후에 터져 나온 어떤 뉴스 때문이었다. 위대한 칼레즘의 대성당이 새로운 이온 정련소를 건설하기 위해 철거되었으며, 정련소 건설에 너무나 오랜 시간이 걸리기 때문에 이온 생산의 공기를 맞추기 위해서는 정련소 건설 착공을 과거로 너무나 많이 소급해야 하며, 따라서 이제 위대한 칼레즘의 대성당은 아예 건축조차 되지 않은 셈이 되어버렸다는 것이었다. 이 대성당의 사진이 박혀 있는 엽서들은 갑자기 어마어마하게 값이 뛰었다.

그리하여 역사의 상당 부분이 영원히 자취를 감추었다. 실시간 캠페인 주창자들은, 쉬운 여행이 국가 간의 차이를 잠식하고 태양계들 간의 차이도 잠식했다면, 이제는 시간 여행이 한 시대와 다른 시대의 차이를 잠식하고 있다고 주장한다. 그들은 말한다. '이제는 과거야말로 외국과 같다. 거기서도 모든 게 여기와 다를 게 없으니'라고.

18

아서는 다시 물질화했고, 여느 때와 다름없이 이리저리 휘청거리며 목과 심장과 사지를 마구 움켜쥐었다. 이 혐오스럽고 고통스러운 물질화 과정을 거칠 때마다 그는 절대로 이런 기분에 익숙해질 수는 없노라고 다짐했다. 그는 주위를 둘러보며 다른 사람들을 찾았다.

아무도 없었다.

그는 다시 한번 주위를 둘러보며 다른 사람들을 찾았다.

역시 없었다.

그는 눈을 감았다.

눈을 떴다.

주위를 둘러보며 다른 사람들을 찾았다.

그들은 끈질기게 부재 상태를 고집했다.

그는 다시 눈을 감았다. 이 완전히 무용한 짓을 한번 더 하기 전에 준비 운동을 하기 위해서이기도 했고, 또한 바로 이때, 즉 눈을 감고 있을 때에만, 두뇌가 눈을 뜨고 있을 때 본 광경을 제대로 인식할 수 있기 때문이기도 했다. 당황스럽게 찌푸린 표정이 아서의 얼굴을 가로질러 기어갔다.

그래서 그는 다시 눈을 뜨고 사실을 확인했고, 찌푸린 표정은 얼굴에 아예 붙박이로 자리를 잡았다.

말하자면, 찌푸린 주름이 더 깊어졌고, 아주 얼굴에 딱 달라붙어서 떨어지지 않았다. 이게 파티라면 아주 한심한 파티가 분명했다. 너무 한심해서 사람들이 이미 모두 자리를 뜬 양상이었다. 아서는 이런 쓸데없는 생각은 그만두기로 했다. 누가 봐도 이건 파티가 아니었다. 이것은 동굴, 아니면 미로, 아니면 터널 같은 것이었다——제대로 알아보기에는 너무 컴컴했다. 사방이 암흑, 축축하게 번들거리는 암흑이었다. 유일한 소리는 아서 자신의 숨소리였는데, 그 숨소리는 걱정스럽게 들렸다.

그는 아주 살짝 기침을 했다. 마치 자기 자신을 소개하듯이. 그러고는 자기 기침 소리의 가느다랗고 귀신 같은 메아리가, 무슨 거대한 미로 같은, 꼬불꼬불한 회랑들과 눈에 보이지 않는 방들을 지나, 그리고 또 다른 보이지 않는 회랑들을 지나 마침내 자신에게 돌아오는 소리에 귀를 기울였다. 마치 "네?" 하고 대꾸하듯이 말이다.

이 소리는 그가 낸 아주 작은 소음에 대한 답으로 돌아왔고, 그래서 아서는 불안해졌다. 그는 명랑한 곡조를 콧노래로 흥얼거리려 했지만, 그러한 곡조도 그에게 되돌아올 때는 공허하고 처량했으므로 그는 입을 다물었다.

아서의 마음은 슬라티바트패스트가 해준 이야기에서 나온 심상들로 갑자기 가득 찼다. 갑자기 어둠 속에서 하얀 살인 로봇들이 소리 없이 튀어나와 자신을 죽이는 광경이 눈앞에 보이는 듯했다. 그는 숨을 죽였다. 그들은 숨을 죽이지 않았다. 그는 다시 숨을 내쉬었다. 대체 뭘 예상해야 하는지도 알 수가 없었다.

그런데 누군가가, 아니 무언가가 그를 기다리고 있는 듯했다. 그 순간 갑자기 암흑 저 멀리에 으스스한 녹색 네온사인이 켜졌던 것이다.

네온사인은 말없이 이렇게 말하고 있었다.

'너는 길을 잃었다'.

네온사인이 꺼졌는데, 아서는 영 좋게 느껴지지 않았다. 네온사인이 어쩐지 경멸조의 화려한 제스처와 함께 꺼졌던 것이다. 그래서 아서는 이것이 자기 상상력의 우스꽝스러운 장난일 뿐이라고 스스로를 설득하려 했다. 네온사인이란 건 전기가 통하느냐 안 통하느냐에 따라 들어왔다 나갔다 하는 것이라고. 한 가지 상태에서 다른 상태로 변화하면서 경멸조의 화려한 제스처를 하는 네온사인이라는 건 있을 수 없다고 그는 자신을 타일렀다. 그럼에도 불구하고, 그는 목욕 가운을 입은 자기 몸을 두 팔로 꼭 감싸고서 덜덜 떨었다.

암흑 깊은 곳의 네온사인은 황당하게도 불쑥 다시 켜졌다. 이번에는 점 세 개와 쉼표뿐이었다. 이렇게.

'…'

오로지 녹색으로.

일이 초 동안 어리둥절해서 빤히 바라보던 아서는, 그것이 할 얘기가 더 있다는 뜻이라는 걸 알아차렸다. 문장이 완성되지 않았다는 뜻이었다. 거의 초인적인 현학을 발동하여 그는 좀더 사색해보았다. 아니, 최소한, 비인간적인 현학을.

그러고 나서 두 단어로 문장이 완성되었다.

'아서 덴트'.

그는 휘청거렸다. 다시 똑바로 보려고 그는 자세를 가다듬었다. 여전히 아서 덴트라고 씌어 있어서 그는 다시 비틀거렸다.

또다시 네온사인은 번쩍거리며 꺼졌고, 아서는 망막에서 펄쩍펄쩍 뛰는 자기 이름의 희미한 이미지만을 보며 어둠 속에서 멍하니 눈을 껌벅거리고 있었다.

'환영'. 네온사인은 이번에는 갑자기 이렇게 말했다.

잠시 후 이런 말이 덧붙었다.

'한다고 볼 수 없다'.

그간 아서의 주위를 배회하며 기회만 노리던 돌처럼 차가운 두려움이 이때다 하고 달려와서 그를 후려쳤다. 그는 두려움과 싸워 물리치려 했다. 그는 전에 텔레비전에서 어떤 사람이 보여주었던 대로 경계의 쪼그림 자세를 취했지만, 그 사람은 훨씬 더 튼튼한 무릎을 갖고 있음이 틀림없었다. 그는 쫓기는 사람처럼 암흑을 노려보았다.

"어, 안녕하세요?" 그가 말했다.

그는 침을 꿀꺽 삼키고 다시 한번, 이번에는 '어'를 빼고 더 큰 소리로 인사를 했다. 회랑 저 너머 아득한 곳에서, 누군가가 갑자기 베이스 드럼을 두들기기 시작한 모양이었다.

그는 몇 초간 그 소리에 귀를 기울이다가, 그게 그저 자신의 심장 박동 소리라는 걸 깨달았다.

그는 몇 초쯤 더 그 소리에 귀를 기울이다가, 그게 자신의 심장 박동 소리가 아니라는 걸 깨달았다. 회랑 저 너머에서 누군가 베이스 드럼을 두들기고 있었다.

이마에 송골송골 땀이 맺혔고, 잠시 후 땀방울들은 온몸에 힘을 주고서 이마에서 뛰어내렸다. 그는 경계의 쪼그림 자세가 흔들리지 않도록 바닥에 한 손을 댔다. 쪼그림 자세로 버티기가 힘들었던 것이다. 네온사인이 다시 바뀌었다. 이번에는 이렇게 씌어 있었다.

'놀랄 것 없다'.

잠시 후, 네온사인은 이렇게 덧붙였다.

'몹시, 몹시 겁에 질려라, 아서 덴트'.

또다시 반짝거리며 네온사인이 꺼졌다. 그리고 아서는 또다시 어둠 속에 홀로 남았다. 눈이 머리에서 튀어나올 것 같았다. 두 눈이 더 선명하게 보려고 애쓰느라 그러는 건지, 이 시점에 그에게서 달아나고 싶어서 그러는 건지 잘 알 수가 없었다.

"안녕하세요?" 그는 다시 말했다. 이번에는 거칠고 공격적인 자신감을 불어넣으려 애썼다. "여기 누구 있어요?"

아무 대답이 없었다. 전혀 없었다.

대답이 돌아오는 것보다 오히려 더 불안해져서, 아서는 이 무시무시한 '없음'으로부터 물러서기 시작했다. 뒤로 물러나면 물러날수록 점점 더 겁이 났다. 얼마 후 그는 이유를 알게 되었다. 그가 본 모든 영화들에서는, 주인공이 공포의 대상이 자기 앞에 있을 거라 생각하고 뒤로 물러나면 그 괴물이 오히려 뒤에서 덮치곤 했기 때문이다.

그래서 그는 바로 이 순간 뒤로 확 돌아섰다.

거기에도 아무것도 없었다.

그저 칠흑 같은 암흑뿐.

아서는 정말로 불안해져서, 그 암흑으로부터 물러나 자기가 처음에 있었던 자리로 돌아가기 시작했다.

잠시 그렇게 돌아가던 아서는, 자기가 물러나려 했던 자리가 어디인지는 몰라도 아무튼 자기가 그곳으로 다시 돌아가고 있다는 사실을 깨달았다.

그는 이게 몹시 바보 같은 짓이라고 생각하지 않을 수 없었다. 그는 차라리 돌아오던 길을 다시 돌아가는 게 낫겠다고 판단하고 다시 뒤로 돌아섰다.

두 번째 충동이 옳았다는 게 판명된 것은 바로 이때였다. 그의 등 뒤에 뭐라 말할 수 없이 흉물스러운 괴물이 조용히 서 있었기 때문이다. 아서의 온몸이 미친 듯이 흔들렸다. 피부는 이쪽으로 달아나려 하고 뼈다귀는 저쪽으로 달아나려 했으며, 뇌는 어느 쪽 귀로 기어 나가 도망치는 게 좋을까 결정하려고 안간힘을 쓰고 있었다.

"네놈이 나를 다시 볼 줄은 몰랐겠지." 괴물이 말했다. 전에 만나본 적도 없는 괴물이 이런 소리를 하다니, 진짜 이상하다는 생각이 아서의 뇌리를 어쩔 수 없이 스쳤다. 그가 이 괴물을 만나본 적이 없다는 증거는, 그가 밤마다 잠을 잘 잤다는 간단한 사실에서 찾을 수 있었다. 그건……그건……그건…….

아서는 괴물을 보고 눈을 껌벅거렸다. 괴물은 미동도 않고 가만히 서 있었다. 정말 어디서 본 것 같았다.

지금 자기가 보고 있는 물체가 바로 집파리를 육 피트 크기로 확대한 홀로그램이라는 걸 깨닫자 아서의 온몸에 무시무시한 냉기가 흘렀다.

그건 끔찍스럽게 실감 나는 입체 영상이었다.

영상은 사라졌다.

"아니면 차라리 이 모습으로 나를 더 잘 기억할지도 모르겠군." 돌연 그 목소리가 말했다. 깊고 텅 비고 악의에 찬 그 목소리는 사악한 의도를 품고 드럼통에서 뚝뚝 흘러내리는 타르 같았다. "토끼의 모습 말이지."

갑자기 땡 소리가 나더니, 그 컴컴한 암흑 미로 속의 아서 앞에 토끼 한 마리가 나타났다. 괴물처럼 거대하고, 끔찍하게 보드랍고 사랑스러운 토끼. 이번에도 영상이었지만, 보드랍고 사랑스러운 털 하나하나가 그 보드랍고 사랑스러운 모피에서 솟아나온 진짜 같았다. 아서는 그 보드랍고 사랑스럽고 깜빡거리지 않는 어마어마하게 큰 갈색 눈에 자기 얼굴이 비치는 걸 보고 화들짝 놀랐다.

목소리가 걸걸거렸다. "어둠 속에서 태어나 어둠 속에서 자라났지. 어느 날 아침 처음으로 밝은 새 세상으로 머리를 디밀었다가 돌로 만든 원시적인 도구라고 추정되는 미심쩍은 물건에 머리가 깨졌어.

네놈이 만든 거야, 아서 덴트. 그리고 네놈이 휘둘렀지. 내 기억에는, 상당히 세차게 휘둘렀어.

네놈은 내 가죽으로 흥미로운 돌멩이들을 넣어놓을 가방을 만들었지. 그걸 알게 된 건, 다음 세상에 파리로 태어났더니 네놈이 나를 쳐 죽였기 때문이었어. 이번에도. 다만 이번에는 내 전생의 가죽으로 만든 가방으로 쳐 죽였지만.

아서 덴트, 네놈은 잔인하고 무자비할 뿐 아니라 기가 막히게 요령이 없는 인간이야."

목소리는 잠시 아무 말도 하지 않았고, 아서는 입을 떡 벌리고 넋을 잃었다.

"네놈은 가방을 잃어버린 거 같은데, 지겨워졌나 보지?" 목소리가 말했다.

아서는 무기력하게 고개를 가로저었다. 그는, 사실 자기는 그 가방을 굉장히 좋아했고, 아주 잘 돌봐주면서 어디든 가지고 다녔다는 것, 그러나 여행을 할 때마다 불가해하게도 자기가 다른 가방을 갖게 되었다는 것, 정말 희한하게도, 방금 보니 지금 갖고 있는 가방은 영 질 나쁜 표범 가죽으로 만든 것처럼 보이는데, 이 가방은 여기가 어딘진 몰라도 아무튼 여기 오기 전에 그가 갖고 있던 가방이 아니며, 자기가 이런 가방을 고를 리 없으며, 이 속에 뭐가 들었는진 몰라도 그건 자기 것이 아니며, 원래 갖고 있던 가방을 정말 다시 찾았으면 좋겠다는 것, 물론 자기는 가방을, 아니 그러니까 가방의 원료를, 그러니까 토끼 가죽을 원래 주인에게서, 그러니까 지금 자기가 헛되이 말을 걸려 애쓰고 있는 이 토끼에게서 강제로 탈취한 건 정말 안타깝게 생각한다는 것을 말하고 싶었다.

하지만 결국 그의 입에서 실제로 나온 말은 '어읍' 뿐이었다.

"네놈이 발로 깔아뭉갠 도롱뇽하고 인사하시지." 목소리가 말했다.

정말로, 거대한 녹색 비늘을 지닌 도롱뇽이 아서와 함께 회랑에서 있었다. 아서는 돌아서서 캥캥 울부짖으며 뒤로 펄쩍펄쩍 뛰었고, 그러다가 자신이 토끼 한가운데에 있다는 사실을 깨달았다. 그는 다시 캥캥거렸지만, 어디로 뛰어야 할지 알 수 없었다.

"그것도 나였어." 음험하고 사악한 목소리가 계속 말을 이었다. "꼭 전혀 몰랐던 것처럼 구는데."

"몰랐던 것처럼?" 아서가 화들짝 놀라며 말했다. "몰랐던 것처럼이라고?"

"환생에서 흥미로운 건 말이야, 대부분의 사람들, 대부분의 영혼들이 환생이 실제로 자기한테 일어나고 있다는 걸 모른다는 거야." 목소리가 쉿소리를 내며 말했다.

그는 자기 말이 효과를 보일 때까지 기다렸다. 아서에 관한 한 이미 상당한 효과가 있는 게 분명했다.

"남들은 몰라도 나는 알았어." 목소리가 씩씩거렸다. "그 말은, 어쩌다 보니 의식하게 되었다는 거야. 차츰차츰. 점진적으로."

누군지 몰라도, 그는 잠시 말을 멈추고 숨을 돌렸다.

"내가 도저히 모를 수가 없지, 안 그래?" 그가 외쳤다. "똑같은 일이 일어나고, 일어나고, 또 일어나는데 어떻게 몰라! 세상에 태어날 때마다 아서 덴트한테 잡혀서 죽었단 말이야. 어느 세계에서든, 누구로 태어나든, 언제든, 내가 자리를 잡을 만하면 아서 덴트가 나타나서 푸식, 나를 잡아 죽이는 거야.

도저히 모를 수가 없지. 기억을 환기하는 장치 같았지. 일종의 표시 말이야. 빌어먹을, 굉장한 비밀 누설이었다고!

내 영혼은 생명체의 세계로 또 한번 용감하게 모험을 떠났다가 별 소득 없이 아서 덴트의 손에 종말을 맞은 후 저 세상으로 돌아가면서 이렇게 중얼거리곤 했지. '이상하네. 내가 제일 좋아하는 호수로 팔짝팔짝 뛰어가고 있을 때 나를 치어 죽인 그 남자가 낯이 익은걸…….' 그리고 점차 나는 퍼즐 조각을 맞추게 되었어. 바로 너 덴트, 나를 한두 번도 아니고 여러 번 죽인 살인자!"

그 목소리의 메아리가 회랑 위아래로 부딪치며 포효했다. 아서는 믿을 수가 없어, 머리를 절레절레 흔들며 말없이 싸늘하게 서 있었다.

"바로 그 순간이었어, 덴트!" 목소리가 새된 비명을 질렀다. 이제

열에 들뜬 증오가 절정에 달하고 있었다. "바로 그 순간, 마침내 나는 깨달았단 말이다!"

아서의 눈앞에서 돌연 커다랗게 벌어진 그 형체는 형언할 수 없이 흉측했다. 아서는 헉 하고 숨을 몰아 쉬며 공포로 꼬르륵거리기 시작했다. 하지만 그것이 얼마나 흉측했는지 한번 말로 설명해보도록 하겠다. 그건 거대하게 펄떡거리는 축축한 동굴이었고, 거대하고 끈적거리고 거칠고 고래 같은 괴물이 그 주위를 굴러다니며 괴물처럼 새하얀 묘석들을 따라 스르륵 미끄러지고 있었다. 동굴 끝저 높은 천장에는 거대한 돌기가 솟아나 있었고 그것을 사이에 두고 두 개의 무시무시한 동굴들이 이어졌으며, 이들 동굴은…….

불현듯 아서 덴트는, 지금 자기가 바라보고 있는 것이 자기 입이라는 것을 깨달았다. 그리고 지금 주목해야 할 것은, 바로 무기력하게 입 안으로 던져 넣어지고 있는 생굴이라는 것도.

그는 휘청휘청 뒷걸음질을 쳤다. 비명을 지르며 눈길을 돌렸다.

그가 다시 보았을 때 그 끔찍스러운 영상은 사라지고 없었다. 회랑은 캄캄했고, 짧은 순간, 조용했다. 그는 오로지 자신의 생각들만 벗하며 홀로 있었다. 아서 자신의 생각들이란 게 어찌나 기분 나쁜 놈들인지, 그보다는 차라리 시시콜콜 참견하는 샤프론을 한 사람 데리고 다니는 게 더 나을 것 같았다. 다음에 들려온 시끄러운 소리는 나지막하고 육중한 벽이 옆으로 굴러가는 소리였지만, 그래봤자 눈앞에 드러난 건 그 뒤에 있는 시커먼 무(無)뿐이었다. 아서는 쥐가 컴컴한 개집을 들여다보는 것과 아주 흡사한 심정으로 어둠 속을 들여다보았다.

그러자 다시 목소리가 들려왔다.

"우연이었다고 말해, 덴트." 목소리가 말했다. "그게 우연이었다고 어디 한번 말해보란 말이다!"

"그건 우연이었어." 아서가 재빨리 말했다.

"아니야!" 고래고래 외치는 대답이 돌아왔다.

"맞아." 아서가 말했다. "맞단 말이야……."

"그게 우연이었으면, 내 이름은 아그라작이 아니게!" 목소리가 말했다.

"그러면 너는 그게 네 이름이라고 주장하려는 것이군." 아서가 말했다.

"그래!" 아그라작은 방금 자기가 상당히 정교한 이론이라도 발전시킨 것처럼 씩씩거리며 말했다.

"그래도 미안하지만 그건 우연이었어." 아서가 말했다.

"이리 와서 그 소리 한 번 더 해봐!" 갑자기 간질 발작이라도 하는 듯이 목소리가 울부짖었다.

아서는 걸어 들어가서 '그건 우연이었다'고 말했다, 아니 적어도, '그건 우연이었다'고 말할 뻔했다. 그가 '우연'이라는 단어를 말하려는 순간에 불이 들어와 방금 그가 들어선 장소를 밝혀주는 바람에 혀가 삐끗했다고나 할까.

그곳은 증오의 대성당이었다.

그곳은 단순히 뒤틀린 정도가 아니라 아주 완전히 맛이 간 정신의 소산이었다.

그곳은 거대했다. 공포스러웠다.

그곳에는 조각상도 있었다.

조각상 얘기는 조금 있다 하겠다.

광막한, 불가해하리만큼 광막한 실내는 산맥 내부를 깎아 만든 것처럼 보였는데, 이는 실제로 산맥 내부를 깎아 만들었기 때문이었다. 거기 서서 넋을 놓고 바라보고 있는 아서에게는 방 전체가 멀미가 날 정도로 빙글빙글 돌고 있는 것 같았다.

실내는 새까맸다.

새까맣지 않은 부분도 있었는데, 차라리 새까만 게 낫겠다 싶었다. 왜냐하면 형언할 수 없는 세부 장식들은 소름끼치게도, 울트라바이올런트Ultra Violent에서 인프라데드Infra Dead(자외선ultraviolet과 적외선infrared에서 일부를 폭력적인이라는 뜻의 violent와 죽었다는 뜻의 dead로 바꾸어 말장난을 한 것—옮긴이주)에 이르는, 차마-눈뜨고-볼-수-없는 색채들의 스펙트럼에서 뽑아온 색깔들——간(肝) 같은 보라색, 질색한 라일락색, 고름 같은 노란색, 불에 덴 사람 색, 꼬질꼬질한 녹색——로 채색되어 있었기 때문이었다.

이러한 색깔들로 채색된 형언할 수 없는 세부 장식들은 프랜시스 베이컨(기괴한 그림들을 그린 20세기의 영국 화가—옮긴이주)이라도 입맛이 떨어질 정도로 끔찍한 이무기돌(고딕 건축에서 낙숫물받이로 만들어 붙인, 기괴한 괴물 형상들—옮긴이주)들이었다.

이무기돌들은 벽마다, 기둥마다, 서까래마다, 성가대 자리마다 붙어서 모조리 안쪽, 즉 조각상을 바라보고 있었다. 조각상 얘기는 조금 있다 하기로 하자.

이무기돌들이 프랜시스 베이컨의 입맛을 뚝 떨어뜨릴 정도였다면, 그 조각상은 이무기돌들의 얼굴 표정으로 보아 이들의 비위를 심하게 상하게 하는 게 틀림없었다. 이들이 살아서 점심을 먹을 수 있다면 말이다. 물론 이들은 살아 있는 존재가 아니니, 누가 점심을 갖다 바쳐도 먹지 않을 터였다.

기념비적인 벽들을 빙 둘러 세워져 있는 것은, 아서 덴트에게 희생당한 사람들을 기념하기 위한 석판들이었다.

추모 대상자들의 이름 중 어떤 것들에는 밑줄이 그어져 있었고, 어떤 것들에는 별표가 쳐져 있었다. 예컨대 도살당해 어쩌다가 아서의 입에 스테이크가 되어 들어간 암소의 경우에는 그냥 이름만 새겨져 있었고, 아서가 직접 잡았으되 별로 맛이 없다고 생각해서 한쪽으로 밀어놓고 안 먹은 생선의 경우에는 밑줄 두 개, 별표 세 개, 그리고 피 흐르는 비수로 장식돼 있었다. 요점을 분명하게 하기 위해서였다.

그중에서도 가장 심란한 것은——조각상을 빼고 하는 말이다. 지금 조각상 쪽으로 차츰차츰 다가가고 있으니까——이 모든 사람들과 생물들이 계속 반복해서 죽어간 한 사람이라는 매우 분명한 함의였다.

그리고 아무리 부당해도, 어쨌든 이 사람이 무지무지하게 화가 나고 짜증이 나 있다는 것 또한 분명했다.

사실 이렇게 말해야 옳을 것 같다. 그는 우주에서 전례 없는 짜증의 절정에 달해 있다고 말이다. 그것은 서사적 규모의 짜증이요, 짜증의 활활 타오르는 뜨거운 불길이요, 전 시간과 공간을 무한한 분노로 아우르는 짜증이었다.

그리고 이 짜증은 이 흉물스러운 장소의 한가운데에 위치한 조각상에서 궁극의 재현을 성취하고 있었다. 바로 아서 덴트의 조각상, 그것도 몹시 지독하게 추악한 조각상이었다. 오십 피트 높이였지만, 마지막 일 인치까지 소재에 대한 모욕으로 가득 차 있었다. 일 인치로 돼 있다 해도 기분 나쁠 그런 종류의 조각상이 오십 피트 크기로 세워져 있으면 어떤 모델이라도 기분이 상하지 않을 수 없다. 코 바로 옆에 있는 작은 여드름부터 목욕 가운의 한심한 재단까지, 조각가는 아서 덴트의 모든 면모를 신랄하게 공격하고 추악하게 표현하고 있었다.

아서는 고르곤으로, 사악하고 탐욕스럽고 게걸스럽고 피에 굶주린 괴물로, 순진무구한 한 사람인 우주를 무자비하게 살육하는 존재로 묘사돼 있었다.

예술적 영감의 발작에 의해 예술가가 조각상에 붙여놓은 서른 개의 팔은, 각기 토끼 뇌를 깨부수고 있거나, 파리를 잡고 있거나, 닭뼈를 뽑고 있거나, 머리카락에서 벼룩을 잡고 있거나, 아니면 아서가 첫눈에 잘 알아볼 수 없는 어떤 짓들을 하고 있었다.

그의 수많은 다리들은 대체로 개미들을 밟아 죽이고 있었다.

아서는 손으로 눈을 가렸고, 그 미친 형상으로 인한 서글픔과 공포 때문에, 고개를 푹 떨어뜨린 채 천천히 좌우로 흔들었다.

그가 다시 눈을 떴을 때 눈앞에는, 인간인지 생물인지 뭔지 간에, 그가 그동안 내내 살육해온 그 존재가 형체를 드러내고 있었다.

"흐흐흐흐흐흐흐흐르르르르르아아아아아흐흐흐흐흐!" 아그라작이 말했다.

그인지 그것인지 아무튼 아그라작은 미친 뚱보 박쥐 같은 형상이었다. 그는 천천히 아서 주위를 뒤뚱거리며 돌더니, 굽은 발톱으로 아서를 쿡쿡 찔렀다.

"이봐……." 아서가 항변했다.

"흐흐흐흐흐흐흐흐르르르르르아아아아흐흐흐흐흐흐흐흐!" 아그라작이 설명했고, 아서는 하는 수 없이 그냥 수긍했다. 이 흉물스럽고 기괴한 폐물/폐인 같은 유령이 어쩐지 좀 무서웠기 때문이었다.

아그라작은 시꺼멓고, 퉁퉁 붓고, 주름이 자글자글하고, 가죽 같았다.

박쥐 날개는 강인하고 남성답게 퍼덕거리며 허공을 가르는 것이 아니라 불쌍하게 부서져서 허우적거리고 있었기 때문에 오히려 더 무서웠다. 가장 무시무시한 건 아마 그 수많은 육체적 학대를 당하고도 여전히 살아 있다는 것이었으리라.

그는 세상에서 제일 경이로운 수집품 같은 치아를 지니고 있었다.

이빨들은 전부 다른 동물들한테서 뽑아온 것 같았는데, 입 주위에 어찌나 기괴한 각도로 붙어 있는지 그걸로 뭘 씹으려 하다가는 자기 얼굴 절반을 찢는 건 물론이고 한쪽 눈알까지 빠지게 할 것 같았다.

세 개 달린 눈알은 하나같이 작고 강렬하고 쥐똥나무 덤불에 걸려 있는 물고기만큼이나 제정신이 아닌 게 분명했다.

"나는 크리켓 경기를 구경하러 갔었어." 그는 쉰 소리로 말했다.

이 말은 액면 그대로 정말 말도 안 되는 얘기라서 아서는 숨이 막힐 뻔했다.

"이 몸을 갖고 갔다는 게 아니야!" 그 생물이 말했다. "이 몸을 갖고 간 게 아니라고! 이건 내 마지막 육신이야. 내 마지막 삶이야. 이건 내 복수의 육신이야. '아서-덴트를-죽일 테야' 육신이라고! 내 마지막 기회야. 이걸 얼마나 힘들게 쟁취했는데."

"하지만……."

"나는 크리켓 경기에 갔었다고!" 아그라작이 울부짖었다. "난 심장이 약했어. 하지만 나는 아내에게 말했지. 대체 크리켓 경기에서 무슨 일이 일어날 수 있겠냐고 말이야. 그런데 경기를 구경하다가 무슨 일이 일어났는지 알아?

내 바로 앞에, 두 사람이 지극히 사악하게도 허공에서 불쑥 나타났단 말이야. 내 불쌍한 심장이 충격을 받아 꼴깍 넘어가기 전에 내가 마지막으로 본 건 바로, 두 놈 중 하나가 수염에 토끼뼈를 끼운 아서 덴트라는 것이었어. 이게 우연이야?"

"응." 아서가 말했다.

"우연이라고?" 그 존재가 부러진 날개를 고통스럽게 파닥거리며 비명을 질렀고, 그 바람에 특히 고약한 이빨이 그의 오른 뺨을 찢어 작은 상처를 냈다. 피하고 싶으면서도 어쩔 수 없이 더 자세히 살펴보게 된 아서는 아그라작의 얼굴 대부분이 비뚤비뚤한 시커먼 반창고로 뒤덮여 있다는 걸 알게 되었다.

아서는 불안하게 뒷걸음질을 쳤다. 그리고 수염을 잡아당겼다. 그는 아직도 수염에 토끼뼈가 끼워져 있음을 깨닫고는 공포에 질리고 말았다. 그는 토끼뼈를 빼서 던져버렸다.

"이봐, 이건 그냥 운명이 너한테 빌어먹을 장난을 치는 거야. 아니 나한테. 나한테. 순전히 우연이란 말이야."

"대체 나한테 무슨 원한이 있는 거야, 덴트?" 고통스럽게 뒤뚱거리는 걸음으로 다가오면서 그 생물이 윽박질렀다.

"원한 없어." 아서가 박박 우겼다. "정말이야, 없다니까."

아그라작은 유리알 같은 눈동자로 그를 빤히 바라보았다.

"전혀 원한이 없는 사람하고 인연을 맺는 방법치고는 희한하지 않아? 만날 때마다 죽이다니. 내가 보기엔, 아주 괴상한 사교적 상호 작용이야. 그리고 내가 보기엔, 순 거짓말이야!"

"하지만 이봐." 아서가 말했다. "정말 미안해. 심각한 오해가 있었던 것 같아. 나는 가야 해. 시계 있어? 우주를 구하는 데 힘을 보태야 한단 말이야."

그는 더 멀리 뒷걸음질을 쳤다.

아그라작은 더 가까이 다가왔다.

"어떤 때는, 그래, 어떤 때는 나도 포기하고 싶었어." 생물체는 씩씩거렸다. "그랬어. 돌아오지 않을 거라고 결심했지. 저승에 머무르겠다고. 그런데 어떻게 됐는지 알아?"

아서는, 자신은 전혀 모르며 알고 싶지도 않다는 뜻으로 고개를 아무렇게나 마구 흔들어댔다. 그는 뒷걸음질을 치다가 차갑고 시커먼 돌벽에 닿았다는 걸 알게 되었다. 누구라고 굳이 말할 필요도 없는 그 누군가가 헤라클레스 같은 힘을 발휘해, 그 돌을 아서 자신의 침실용 슬리퍼 모양으로 흉물스럽게 깎은 게 틀림없었다. 아서는 끔찍스럽게 패러디된 자기 자신의 형상이 탑처럼 치솟아 있는 모습을 올려다보았다. 그는 아직도 자기 손들 중 하나가 뭘 하고 있는 건지 잘 알 수가 없었다.

"내 뜻과 달리 물질계로 질질 끌려 올라왔어." 아그라작이 끈질기게 말을 이었다. "이번에는 한 다발의 피튜니아 꽃이었지. 이 말을 해야겠군. 그릇에 담겨 있었어. 특별히 행복했던 짧았던 삶은 그렇게 시작됐어. 그릇에 담긴 채, 특히 음침한 행성의 표면에서 삼백 마일 위에 떠 있었다고. 그릇에 담긴 피튜니아가 오래 살기는 좀 힘든 환경이 아니냐고 생각하겠지. 그래 맞아. 그 삶은 몹시 빨리 끝장이 났지. 삼백 마일 밑으로 추락해서 말이지. 그것도, 내 영혼의 동생인 고래 한 마리를 작살내면서 말이야."

그는 새삼스러운 증오로 활활 타오르는 눈길로 아서를 노려보며 말했다.

"떨어지면서, 호화스러워 보이는 하얀 우주선을 쳐다볼 수밖에 없었어. 그런데 그 호화스러워 보이는 하얀 우주선 현창을 내다보고 있는 게 누구였는지 알아? 아서 덴트 네놈이었다고. 우연이란 말이야?!!"

"그래!" 아서가 소리를 질렀다. 그는 다시 한번 위를 올려다보고, 아까부터 알쏭달쏭하게 했던 팔은 저주받은 운명의 피튜니아들을 제멋대로 존재하게 만들고 있다는 것을 깨달았다. 이건 쉽사리 분간할 수 있는 개념이 아니었다.

"나는 가야 해." 아서가 고집을 피웠다.

"가고 싶으면 가. 내가 널 죽인 후에." 아그라작이 말했다.

"아니, 그래선 도움이 안 돼." 아서가 자기 슬리퍼를 조각한 돌의 험준한 경사를 기어 올라가기 시작하면서 설명했다. "나는 우주를 구해야만 하거든. 은의 가로장을 찾아내는 게 핵심이라고. 죽어서 하기는 좀 힘든 일이지."

"우주를 구한다고!" 아그라작이 경멸을 담아 말했다. "나한테 이런 사악한 테러를 가하기 전에 그런 생각을 하지 그랬어! 네놈이 스타브로뮬라 베타에 있을 때, 누가……."

"나는 거기 간 적 없는데." 아서가 말했다.

"……네놈을 암살하려고 했는데 네놈이 피했어. 그 총알이 누구를 맞혔는지 알아? 근데 너 방금 뭐라고 그랬어?"

"난 한 번도 거기 간 적 없다고." 아서가 되풀이해 말했다. "대체 무슨 소리를 하는 거야? 나는 가야만 해."

아그라작은 그만 말을 잃었다.

"틀림없이 가봤을 거야. 다른 데서도 다 그랬지만, 거기서의 내

죽음도 네놈 때문이었단 말이야. 죄 없는 구경꾼이었는데!" 그는 덜덜 떨었다.

"그런 데는 들어본 적도 없어." 아서가 주장했다. "그리고 누가 나를 암살하려 한 적도 없고. 물론 너 빼고 말이야. 혹시 내가 나중에 거기 가게 되나? 그런 거 같아?"

아그라작은 얼어붙은 논리의 공포 같은 것을 느끼며 눈을 껌벅거렸다.

"네가 스타브로물라 베타에 안 가봤다고……아직?" 그가 속삭였다.

"응." 아서가 말했다. "그런 데는 들어보지도 못했어. 못 가본 게 틀림없어. 그리고 앞으로도 갈 계획이 없어."

"오, 걱정 마. 앞으로 가게 될 테니까." 아그라작은 흐느끼는 목소리로 중얼거렸다. "꼭 가게 될 거야. 이런, 뒈질!" 그는 비틀거리면서, 거대한 증오의 대성당을 광적으로 둘러보았다. "널 여기로 너무 빨리 불러들였어!"

그는 비명을 지르며 절규하기 시작했다. "뒈지게 빨리 불러들였단 말이야!"

갑자기 그는 다시 힘을 모으더니, 악에 받친 증오의 시선을 아서에게 돌렸다.

"그래도 네놈을 죽일래!" 그는 울부짖었다. "논리적으로 불가능한 일이라도 죽어라 부딪쳐볼 거야! 이 산맥 전체를 폭파해버릴 거야!" 그는 비명을 질렀다. "어디 여기서 살아 나갈 수 있나 보자고,

덴트!"

그는 고통스럽게 뒤뚱뒤뚱 절뚝거리며 작은 검은색 제단처럼 보이는 곳으로 황급히 달려갔다. 이제 어찌나 고래고래 소리를 지르는지 얼굴 전체가 끔찍하게 찢겨 나가고 있었다. 자기 조각상의 발 부분에 앉아 있던 아서는 그 유리한 고지에서 뛰어 내려와, 사분의 삼쯤 미쳐버린 생물을 말리러 뛰어갔다.

그는 그 생물 위로 달려들어, 그 해괴한 생물체를 제단 위에 쓰러뜨렸다.

아그라작은 다시 비명을 질렀고, 잠시 미친 듯이 온몸을 퍼덕였으며, 광기에 젖은 눈으로 아서를 바라보았다.

"네가 무슨 짓을 했는지 알아?" 그는 고통스럽게 게거품을 물고 헐떡거렸다. "잘한다, 넌 또 나를 죽였어. 그런데 대체 나한테서 원하는 게 뭐야? 피야?"

그는 짤막하게 경련하듯 온몸을 퍼덕이고 부르르 떨더니, 푹 쓰러지면서 제단 위에 있는 커다란 빨간 버튼을 쿡 눌렀다.

아서는 공포와 두려움으로 화들짝 놀랐다. 처음에는 자기가 저지른 짓을 보고 경악했기 때문이었지만, 나중에는 시끄러운 사이렌 소리와 벨 소리가 뭔가 굉장히 급박한 응급 사태를 경고했기 때문이었다. 그는 허둥지둥 사방을 둘러보았다.

유일한 출구는 들어온 문뿐인 것 같았다. 그는 그리로 미친 듯이 달려갔다. 가는 길에 질 나쁜 인조 표범 가죽 가방은 던져버렸다.

그는 미궁 속에서 아무 데로나 되는 대로 미친 듯이 달렸다. 경적이며 사이렌이며 벨 소리며 번쩍거리는 불빛이 점점 더 바짝 좇아오는 것 같았다.

느닷없이, 모퉁이 하나를 돌자 눈앞에 빛이 있었다.

번쩍거리는 빛이 아니었다. 대낮의 햇살이었다.

19

우리 은하에서 오직 지구에서만 크리킷(혹은 크리켓)이 놀이에 적합한 주제로 다루어지며, 이 때문에 사람들이 지구를 외면한다고들 하지만, 이건 우리 은하에만 적용되는 이야기이며, 또 더 구체적으로 말하면 우리 차원에서만 적용되는 이야기다. 더 높은 차원들에서는 사람들이 좀 재미를 봐도 좋다고 생각하고 있으며, 환차원적으로 수십억 년에 달하는 세월 동안 브로키안 울트라 크리켓이라는 경기를 즐겨온 것이다.

적나라하게 말하자면, 사실 이건 아주 못된 경기이지만, 고차원에 가본 사람이라면 저 위에 있는 종족들이야말로 쳐 죽여 마땅한 훨씬 더 못된 이교도 집단이라는 것을 잘 알 것이다. 그리고 현실에 대고 정확한 각도로 미사일을 쏘아대는 방법이 발명되는 대로, 꼭 그렇게 죽임을 당해야 마땅하다.

《은하수를 여행하는 히치하이커를 위한 안내서》에는 이렇게 씌어 있다.

이것은 《은하수를 여행하는 히치하이커를 위한 안내서》가 한산한 거리를 걷다가 강도를 당한 사람들을 무조건 고용해서 써준다는 또 다른 증례다. 특히 오후에 길거리로 나오면, 그때는 정규 직원들이 다 점심 먹으러 가고 없기 때문이다.

여기에는 아주 심오한 요점이 있다.

《은하수를 여행하는 히치하이커를 위한 안내서》의 역사는 이상주의와 투쟁과 절망과 열정과 성공과 실패와 무지무지하게 긴 점심시간으로 점철되어 있다.

《안내서》가 처음에 어떻게 시작되었는지는, 대부분의 회계 기록과 함께, 시간의 안개 속으로 사라져버리고 말았다.

어디로 사라졌는지에 대한 다른, 그리고 갈수록 기가 찬 이론들을 알고 싶다면 다음을 읽어보도록 하라.

현전하는 이론들 대부분은, 헐링 프루트미그라는 초대 편집자를 언급하고 있다.

헐링 프루트미그는 《안내서》를 창설하고 정직과 이상주의라는 근본 원칙을 수립했으나 나중에 파산했다고 한다.

빈곤과 내면의 탐구로 점철된 수년의 세월을 보내면서, 그는 친구들의 조언을 구했고, 불법적 심리 상태로 어두운 방에 앉아 있었고, 이런저런 음침한 생각들을 하면서 실행에 옮길 가능성들을 가늠해보며 살다가 '분둔의 성스러운 점심 먹는 승려들' (이들의 주장은, 점심은 인간의 한시적 하루에서 중심을 차지하고 있으며, 인간의 한시적 하루는 인간의 영적 삶에 상응하기 때문에, 점심은 (a) 인간의 영적 삶의 중심으로 간주되어야 하며 (b)대단히 훌륭한 식당에서 먹어줘야 한다는 것이었다)과 우연한 만남을 가진 후《안내서》를 재창설했고, 정직과 이상주의라는 근본 원칙을 어디 보관할 만한 곳 아무 데로나 치워버렸고,《안내서》를 전례 없는 상업적 성공으로 이끌었다.

그는 또 편집자들의 점심 식사가 향후《안내서》의 역사에서 결정적인 역할을 할 수 있도록――이는 그 후 실제적인 사무가 모두, 대체로 우연히 근처를 지나가던 행인들에 의해 처리된다는 뜻이었다. 지나가던 사람이 오후에 직원들이 다 점심을 먹으러 가고 텅텅 빈 사무실에 한번 들어와 봤다가 할 만한 일이 있으면 해줬던 것이다――대대적으로 개발하고 발전시키기 시작했다.

이후 얼마 지나지 않아《안내서》는 어사 마이너 베타 행성의 메가도도 출판사에 인수되었다. 이로써《안내서》는 상당히 든든한 재정적 기반을 갖게 되었고, 덕분에 네 번째 편집자인 릭 루리 2세는 전례 없는 대규모 점심 식사 계획을 실천에 옮길 수 있게 되었다. 그것은 너무나 굉장한 규모여서, 자선 단체 후원을 위한 점심 식사 행사 등을 시작한 최근의 편집자들의 노력은 그에 비하면 샌드위치 정도로 초라해 보인다.

사실, 릭은 결코 공식적으로 편집장 자리에서 물러나지 않았다. 그저 어느 날 늦은 오전 시간에 사무실에서 나간 뒤 다시는 돌아오지 않았을 뿐이다. 그 후로 한 세기가 족히 흘렀지만, 《안내서》의 스태프 중에는 아직도, 편집장이 단순히 햄 크루아상을 먹으러 잠깐 나갔으며 언제라도 돌아와서 오후의 일거리를 마칠 것이라는 낭만적인 환상을 버리지 못한 사람들이 많이 있었다.

엄격하게 말하자면 릭 루리 2세 이후의 편집장들은 모두 편집장 대우의 직함으로 임명되었고, 릭의 책상은 그가 떠났을 당시 그대로 보존되어 있었다. 다만 '릭 루리 2세, 편집장, 실종, 신물이 난 것으로 추정' 이라고 쓰인 작은 명패가 덧붙여졌을 뿐이다.

몇몇 입이 험하고 전복적인 정보원들은 릭이 '이중 장부' 분야에서 《안내서》가 벌이고 있던 비범한 첫 번째 실험에서 사망했을 거라는 설을 흘리기도 했다. 이 사건에 대해서는 알려진 바가 거의 없으며, 떠도는 이야기도 거의 없다. 《안내서》가 회계 부서를 설립한 행성은 하나같이 얼마 후 전쟁이나 천재지변으로 소멸했다는, 전적으로 우연적이며 무의미한 사실을 주목하거나 어쩌다 알아차린 사람들은 모두 무조건 소송을 당해서 산산조각으로 깨지기 십상이었다.

전혀 관계가 없지만 흥미로운 사실 한 가지는, 새로운 초공간 우회로 건설을 위해 지구 행성이 파괴되기 이틀 내지 사흘 전, 지구에서는 UFO 관측 사례가 놀랄 만큼 늘어났었다는 것이다. 로즈 크리켓 경기장 상공뿐 아니라, 서머싯의 글래스턴베리에서도 UFO가 나타났던 것이다.

글래스턴베리는 예로부터 고대의 왕들과 마녀의 주술, 목초지에 새겨진 선들, 사마귀 치료 등으로 유명한 곳이었고, 당시 《안내서》의 새로운 재정 기록 보관소 부지로 선정되어 있었다. 그리고 십 년간의 재정 기록들이 도시 외곽에 있는 마법의 언덕으로 옮겨진 지 불과 몇 시간 뒤에 보고인들이 도착했던 것이다.

이 모든 사실은 몹시 기이하고 불가해하지만, 그럼에도 불구하고 고차원에서 행해지는 브로키안 울트라 크리켓 경기 법칙의 기이함과 불가해함은 타의 추종을 불허한다. 전체 경기 규칙은 엄청나게 방대하고 복잡해서, 이것이 한 권의 책으로 엮였던 것은 역사상 단 한 번뿐이다. 하지만 결국 그 책은 중력장 붕괴를 일으켜 블랙홀이 되어버렸다.

그러나 아주 짤막하게 정리하자면 경기의 법칙은 다음과 같다.

규칙 1 : 최소한 다리 세 개를 더 길러야 한다. 별로 필요하지는 않지만, 관중이 재미있어하니까.

규칙 2 : 탁월한 브로키안 울트라 크리켓 선수를 딱 한 명만 찾아내라. 그를 몇 번 복제하라. 그러면 지루하게 선수를 선발하고 훈련시키는 엄청난 양의 시간을 절약할 수 있다.

규칙 3 : 당신의 팀과 상대 팀을 거대한 경기장에 몰아넣고 주위에 높은 담을 세우라. 이렇게 하는 것은, 이 경기가 다수의 관중을 위한 스포츠이기는 하지만, 진행되는 경기를 보지 못하는 좌절감으로 인해 관중이 실제로 벌어지는 경기보다 훨씬 더 흥미진진한 상상을 즐길 수 있도록 해주기 위해서다. 방금 따분한 경기를 보고 나온 관객보다 방금 스포츠 역사상 가장 극적인 사건을 놓쳤다고 믿고 있는 관객이 훨씬 더 인생을 긍정적으로 바라보기 마련이다.

규칙 4 : 각양각색의 스포츠 장구들을 벽 너머의 선수들을 향해 아주 많이 던지도록 하라. 아무것이나 던져도 된다——크리켓 배트, 베이스큐브 배트, 테니스 총, 스키, 붙잡고 신나게 휘두를 수 있는 것이면 무엇이든지 된다.

규칙 5 : 선수들은 이제 주워 건네줄 만한 것이면 아무것이나 무조건 주워다가 근처에 늘어놓으면 된다. 그러다 어떤 선수가 다른 선수한테 '히트'를 얻으면, 그에게 당장 달려가 안전 거리 밖에서 사과를 해야 한다.

사과는 간결하고 진심 어린 어조로 전달해야 하며, 의도를 최대한 극명하게 전달하기 위해 메가폰으로 해야 한다.

규칙 6 : 제일 먼저 이기는 팀이 승자가 된다.

희한한 일이지만, 고차원에서 이 경기의 인기가 높아질수록, 실제로 경기가 벌어지는 횟수는 줄어들게 되었다. 대부분의 팀이 규칙의 해석을 두고 상대 팀과 항구적인 전쟁 상태에 들어갔기 때문이다. 차라리 잘된 일이라고 할 수밖에 없는데, 왜냐하면 길게 볼 때 한없이 길게 늘어지는 브로키안 울트라 크리켓 경기보다는 차라리 제대로 전쟁을 한판 하는 쪽이 정신적 손상이 훨씬 적기 때문이다.

20

숨을 헐떡거리며 산등성이를 따라 전속력으로 질주해 내려가던 아서는, 느닷없이 산 전체가 발밑에서 아주아주 살짝 움직이는 듯한 느낌을 받았다. 우르릉거리는 울부짖는 듯한 소리, 아니 아주 희미하게 흔들리는 움직임이었다. 그리고 등 뒤에서, 머리 위에서, 혀로 핥는 듯한 뜨거운 열기가 느껴졌다. 그는 미칠 듯한 공포에 질려 내달렸다. 땅이 미끄러져 내리기 시작했고, 그는 별안간 이제까지 한 번도 경험해보지 못한, '산사태' 라는 말의 강력한 힘을 느꼈다. 그 말은 항상 그냥 '단어' 에 불과했었는데, 이제 그는 땅이 미끄러져 내리는 건 정말 기괴하고 구역질나는 일이라는 사실을 돌연, 무시무시하게 의식하게 된 것이다. 땅은 제멋대로 미끄러져 내리고 있었다. 아서는 공포와 전율로 속이 뒤집어지는 것 같았다. 땅이 미끄러져 내렸고, 산이 깎였다. 아서는 발을 헛디뎌 넘어졌다가, 일어났다가, 다시 미끄러져 넘어졌다가, 또 냅다 달렸다. 산사태가 시작되었다.

돌멩이들, 바위들, 돌덩어리들이 서툰 꼭두각시들처럼 아서 옆으로 껑충껑충 달려갔다. 하지만 꼭두각시들보다 훨씬, 훨씬 더 컸고, 훨씬, 훨씬 더 딱딱하고 무거웠고, 거기에 잘못 얻어맞으면 죽을 가능성이 훨씬, 무한히, 높았다. 아서의 눈은 추락하는 돌들과 함께 춤을 추었고, 두 발은 춤추는 땅과 발맞추어 춤을 추었다. 그는 마치 달리기가 무시무시하게 땀이 나는 질병이나 되는 것처럼 내달렸고, 심장은 쿵쾅거리는 주위 지형의 광기에 발맞추어 펄떡거렸다.

이 상황의 논리, 즉 의도와 달리 아그라작을 한 번 더 박해하게 되는 기나긴 여정에서 향후 발발할 것으로 예고된 사건이 정말 발발하려면 그가 여기서 당연히 살아남게 되어 있다는 생각은, 이 당시 아서의 정신이나 마음에 전혀 발을 붙이지 못했고, 덕분에 그가 자제력을 발휘하도록 영향력을 행사하지도 못했다. 죽음의 공포는 그의 마음속에서, 발밑에서, 머리 위에서 그를 사로잡았고, 심지어 머리카락 끝을 마구 잡아당기고 있었다.

별안간 그는 다시 발이 걸려 넘어졌고, 그 여파로 상당히 세차게 앞으로 고꾸라졌다. 하지만 땅바닥에 떨어지려는 바로 그 순간, 그는 개인적인 시간의 척도로 재었을 때 십 년 전에 아테네 공항의 수하물 찾는 곳에서 잃어버렸던 작은 남색 여행 가방이 바로 눈앞에 있는 걸 발견했고, 너무 놀란 나머지 완전히 땅바닥을 놓치고 허공에 둥둥 떠버리고 말았다. 그의 뇌가 노래를 불렀다.

그가 하고 있는 행위는 바로 나는 것이었다. 아서는 놀라서 주위를 둘러보았지만, 그게 바로 자기가 하고 있는 행위라는 데에는 의심의 여지가 없었다. 그의 몸 중 어느 부위도 땅에 닿아 있지 않았다. 돌덩어리들이 그의 주변 공기를 마구 가르고 있는 와중에 그는 허공에 둥실 떠 있었다.

게다가 이제는 조종도 좀 할 수 있었다. 그는 별로 힘도 들이지 않고 눈을 껌벅거리면서 더 높은 허공으로 날아올랐다. 그러자 이제 돌덩어리들은 저 밑에서 공기를 가르며 떨어져 내리게 되었다.

그는 강렬한 호기심으로 아래를 내려다보았다. 그와 부들부들 떨고 있는 땅덩어리 사이에는 이제 거의 삼십 피트에 달하는 텅 빈 공기가 자리 잡고 있었다. 물론 텅 비었다는 건, 공기 중에 별로 오래 머물지 않고 중력의 철권에 의해 아래로 떨어져 내리는 돌덩이들을 빼고 하는 말이다. 그런데 중력의 법칙은 갑자기 아서에게 안식일을 주기로 한 모양이었다.

그 즉시, 자기 보존 본능이 인간의 마음속에 주입하는 본능적 교정 능력이 발동해, 절대 중력에 대해 생각하지 말아야 한다는 생각이 아서를 스쳤다. 왜냐하면 그가 생각을 하는 순간, 중력의 법칙은 날카롭게 그가 있는 쪽을 바라보고는 대체 그 위에서 무슨 생각을 하고 있는 거냐고 따지기 시작할 테고, 그랬다가는 모든 게 갑자기 끝장이 나고 말 테니까.

그래서 아서는 튤립을 생각했다. 어려웠지만, 그래도 어쨌든 튤립을 생각했다. 튤립 아래쪽의 기분 좋고 단단한 둥근 곡선을 생각했고, 다채로운 색깔들을 생각했고, 지구상에서 자라는, 아니 자라났던 전체 튤립 중에서 풍차 주위 일 마일 반경 내에서 자라는 튤립들이 차지하는 비율은 얼마나 될까 생각했다. 얼마 후 이런 생각들은 위험스러울 정도로 지겨워졌고, 그는 몸 아래의 공기가 점점 사라지는 느낌을 받았다. 생각하지 않으려고 노력하고 있던 추락하는 돌덩어리들의 경로 쪽으로 자신이 슬금슬금 떨어져 내려가고 있는 것 같았다. 그래서 그는 잠시 아테네 공항을 생각하며, 아주 쓸모 있는 짜증에 대략 오 분간 사로잡혔다. 이 짜증 나는 생각이 끝나갈 무렵, 그는 자신이 지표로부터 약 이백 야드 위에서 둥실둥실 떠다니고 있다는 걸 깨닫고 깜짝 놀랐다.

잠시 어떻게 하면 다시 그 생각을 해볼까 궁리했지만, 머지않아 그는 그쪽 생각은 외면하기로 하고, 차라리 지금 상황을 꾸준히 살펴보는 게 좋겠다고 생각했다.

그는 하늘을 날고 있었다. 이제 어떻게 해야 하나? 그는 다시 땅바닥을 보았다. 뚫어져라 쳐다본 건 아니고, 어쩌다 생각 없이 보는 시선, 지나치는 시선으로 보려고 최선을 다했다. 싫어도 눈에 들어오는 것이 한두 가지 있었다. 한 가지는 화산 분출이 이제 대충 끝나간다는 것이었다. 꼭대기 바로 밑에 분화구가 하나 있었는데, 거대한 동굴 속의 대성당과, 아서 자신의 조각상과, 슬프게도 계속 학대받은 아그라작이 있던 자리에서 암반이 꺼진 자리인 모양이었다.

또 한 가지는 아테네 공항에서 잃어버렸던 예의 여행 가방이었다. 여행 가방은 멋진 자태를 뽐내며, 기진맥진한 돌덩어리들 사이에 보란 듯이 앉아 있었다. 누가 봐도 돌덩어리에 맞은 것 같지는 않았다. 어째서 이렇게 되었는지는 알 수 없었지만, 이 수수께끼는 가방이 그 자리에 있다는 희한한 사실 자체에 묻혀 빛을 잃었다. 사실 그는 수수께끼를 캐고 싶은 생각도 별로 없었다. 요점은 그 가방이 거기 있다는 것이었다. 그리고 질 나쁜 인조 표범 가죽 가방은 온데간데없이 사라진 게 분명했다. 오히려 잘된 일이었다. 설명할 수 있는 일인지는 모르겠지만.

그는 그 가방을 주워 올려야 한다는 사실에 직면했다. 지금 그는 이름도 기억 못하는 행성의 이백 야드 상공을 날고 있었다. 하지만 그의 옛 인생에서 아주 작은 한 부분을 차지했던 그 물건이 그렇게 애처롭게 앉아 있는 걸 도저히 못 본 척할 수 없었다. 가루가 되어버린 고향 별의 잔해로부터 수억 광년 떨어진 이곳에 그것을 두고 갈 수가 없었다.

게다가, 만일 그가 잃어버린 상태 그대로라면 가방에는 우주에 살아남은 유일한 진짜 그리스 올리브 오일이 한 깡통 들어 있을 터였다.

천천히, 조심스럽게, 일 인치씩 위아래로 흔들거리면서 그는 하강하기 시작했다. 땅바닥으로 떨어지는 초조한 종이 한 장처럼 부드럽게 좌우로, 그네를 타듯이 움직이면서.

꽤 잘 진전되어서 그는 기분이 좋아졌다. 공기는 그의 몸을 떠받쳐주면서도, 옆으로 길을 살살 터주었다. 이 분 후, 그는 가방에서 불과 이 피트 위를 떠다니고 있었다. 몇 가지 힘든 결정들에 맞닥뜨린 것이었다. 그는 그곳에서 부드럽게 둥실둥실 흔들렸다. 그는 얼굴을 찌푸렸다. 물론, 최대한 가볍게 찡그리려 최선을 다했지만.

가방을 주워 든다 치자. 그걸 들고 날아갈 수 있을까? 짐의 무게 때문에 땅바닥으로 끌려 내려가는 건 아닐까?

땅바닥에 있는 물건에 손을 대기만 해도, 그를 공중에 붙들어두고 있는 이 신비스러운 힘이——뭔지는 몰라도——사라져버리는 건 아닐까?

차라리 이 시점에서 이성을 찾고 공중에서 내려와, 일이 조끔 다시 땅바닥에 발을 딛는 게 좋을까?

그렇게 하면, 그 다음에 다시 날 수 있을까?

하늘을 나는 느낌을 받아들이고 나자 어찌나 고요하고도 황홀한지, 그는 그런 기분을 상실하는 걸——아마도 영원히——견딜 수 없을 것만 같았다. 이런 걱정이 들자, 그는 살짝 위로 흔들리며 올라갔다. 그저 그 느낌을 맛보고 싶어서였다. 놀라운, 그리고 전혀 힘이 들지 않는 그 느낌을. 그는 위아래로 흔들거리며 둥둥 떠다녔다. 그리고 살짝 급강하를 시도해보았다.

급강하하는 느낌은 기가 막히게 좋았다. 두 팔을 앞으로 쭉 뻗고, 머리카락과 목욕 가운을 나부끼며, 그는 하늘에서 급강하했다가 지표면 이 피트 상공에서 활공하며 다시 급상승했다. 그리고 한참 올라가서 다시 정지해 고도를 유지했다. 가만히 그냥 그 자리에 떠 있었다.

멋졌다.

아서는 깨달았다. 바로 이것이 가방을 낚아채는 방법이라는 것을. 급강하해 내려가서 위로 방향을 트는 순간 가방 손잡이를 붙잡으면 될 것이다. 그러면 가방을 가지고 올라갈 수 있을 것이다. 좀 뒤뚱거리게 될지는 몰라도 붙잡을 수 있다는 확신이 섰다.

그는 한두 번 더 급강하와 급상승을 연습해보았다. 갈수록 점점 더 좋아졌다. 얼굴에 부딪치는 공기, 신체가 휙 튀면서 쉭 소리를 내는 느낌, 이런 느낌을 느껴본 건 그러니까, 그가 기억할 수 있는 한, 세상에 태어난 이래로 처음인 것 같았다. 그는 산들바람을 타고 표류하며 전원 풍경을 구경했다. 하지만 풍경은 상당히 한심스러웠다. 버려지고 유린된 풍경이었다. 아서는 더 이상 쳐다보지 않기로 했다. 그냥 내려가서 가방을 주워 든 다음에……그는 가방을 주워 들고 나서는 어떻게 해야 할지 전혀 몰랐다. 그래서 일단 가방을 주워 들고, 나머지는 그때 가서 생각하기로 했다.

그는 풍향을 계산하고, 바람에 몸을 부딪친 후 빙글 방향을 바꾸었다. 그는 바람 위에 올라타 있었다. 아서 자신은 몰랐지만, 이때 그의 몸은 후들리고 있었다.

그는 기류 밑으로 고개를 처박고, 잠수하며——공기 중으로 낙하했다.

아서의 몸을 따라 세차게 공기가 흘러갔고, 그는 스릴을 즐겼다. 땅이 불안하게 뒤뚱거리더니, 생각을 정리한 듯 말쑥한 자세로 일어나서 그를 반가이 맞더니 가방을 건네주었다. 가방의 플라스틱 손잡이가 그를 향해 올라왔다.

절반쯤 내려갔을 때 느닷없이 위험한 순간이 찾아왔다. 그는 자기가 정말로 이런 짓을 하고 있다는 걸 더 이상 믿을 수 없게 되었고, 그래서 하마터면 정말로 비행을 하지 못하게 될 뻔했던 것이다. 하지만 그는 다행히 제때 정신을 차렸고, 매끄럽게 손을 뻗어 가방 손잡이를 잡고는 다시 상승하려 했다. 그러나 그때 그는 느닷없이 쿵 떨어졌고, 그만 타박상과 찰과상을 입은 채로 돌바닥에서 오들오들 떠는 신세가 되어버렸다.

그는 금세 휘청거리며 일어서서 절망적으로 주위를 돌아다녔고, 비탄과 낙담의 고뇌에 가득 차 여행 가방을 덜렁거렸다.

그의 두 다리는 갑자기 전처럼 바닥에 딱 달라붙어버린 것만 같았다. 육신은 말 잘 안 듣는 감자 포대처럼 땅바닥에서 쿵쾅거리며 비틀거리기만 했다. 마음은 가볍기가 꼭 납이 잔뜩 든 자루 같았다.

현기증으로 몸이 질질 끌리고 어기적거리고 속이 메슥거렸다. 절망에 휩싸여 달리려 했으나, 별안간 다리에서 힘이 다 빠진 기분이 들었다. 그는 발이 걸려 나뒹굴고 말았다. 그 순간, 자기가 들고 있는 가방 안에는 그리스 올리브 오일 깡통뿐 아니라 면세 허가 품목인 그리스산 포도주도 한 병 들어 있다는 생각이 퍼뜩 들었다. 이 깨달음과 함께 기분 좋은 충격이 몸을 휩쓰는 바람에, 그는 자기가 다시 날고 있다는 사실을 한 십 초간 전혀 알지 못했다.

그는 안도감과 기쁨과 순전한 육체적 쾌감으로 환호성을 지르며 좋아했다. 그는 공중에서 급강하를 하고, 원을 그리며 돌고, 급정거를 하고, 소용돌이치듯 빙글빙글 돌았다. 그러다가 장난스럽게 상승 기류를 깔고 앉아 여행 가방 속을 살피기 시작했다. 그는 철학자들이 숫자를 세는 동안 바늘 위에서 기쁨의 춤을 추는 천사들의 심정을 알 것 같았다. 그는 기쁨에 젖어 큰 소리로 너털웃음을 터뜨렸다. 여행 가방 속에는 진짜로 올리브 오일과 포도주가 들어 있었을 뿐 아니라 깨진 선글라스, 모래가 잔뜩 찬 사각 수영복, 산토리니의 풍경이 그려진 구겨진 엽서 몇 장, 커다랗고 흉물스러운 수건, 흥미로운 돌멩이 몇 개, 그리고 사람들의 주소가 적힌 종잇조각 여러 장도 들어 있었던 것이다. 이 사람들을 다시는 만나지 않아도 된다고 생각하니 안심이 되었다. 물론 그 이유는 상당히 슬픈 것이었지만 말이다. 그는 돌멩이들을 땅바닥에 버리고, 선글라스를 끼고, 종잇조각들을 바람에 날렸다.

십 분 후, 구름을 타고 한가롭게 떠돌아다니던 그의 등골에 커다랗고 말도 못하게 방탕한 칵테일 파티가 와서 부딪쳤다.

21

이제까지 열렸던 파티들 중에서 가장 길고 파괴적인 파티는 이제 사 세대에 접어들고 있었지만, 아직도 파티장을 떠날 생각을 하는 사람은 아무도 없었다. 시계를 들여다본 사람이 있기는 했지만 그건 이미 십일 년 전의 일이었고, 그 일은 결코 그 다음 행동으로 이어지지 않았다.

파티장의 몰골은 하도 기가 차서 눈으로 직접 봐야만 믿을 수 있는 광경이었지만, 특별히 믿을 필요가 없다면 굳이 가서 보지 않기 바란다. 기분이 좋지 않을 테니까.

최근에 구름 속에서 뻥뻥거리고 터지는 소리가 들리거나 번쩍거리는 불빛이 보이곤 했는데, 이에 대한 한 가지 이론은, 쓰레기를 보고 대머리 독수리들처럼 몰려든 카펫 청소업체들의 군단이 전쟁을 벌였다는 것이다. 하지만 파티에서 들은 얘기를 믿어서는 안 되는 법이고, 이 파티에서 들은 얘기는 더더욱 믿을 게 못 된다.

한 가지 문제——갈수록 심해질 수밖에 없는 문제인데——는, 파티 참석자들은 모두 애초에 파티장을 떠날 생각이 없었던 손님들의 자식들이거나 손자들이거나 아니면 증손자들이어서, 선택교배와 유전자 퇴행 등등이 제대로 작동했다는 것이다. 그래서 현재의 파티 참석자들은 완전히 열렬한 파티광들이거나, 헛소리나 찍찍 하는 바보들이거나, 그도 아니면, 사실 점점 더 많아지고 있듯이, 두 가지 다였다.

어느 쪽이든, 유전학적으로 말해서, 세대를 거듭해 내려갈수록 점점 더 파티장을 떠날 확률이 낮아진다.

그리하여 다른 요소들이 작동하게 된다. 예컨대, 술이 떨어지게 되는 시기 같은 것이다.

그런데, 당시에는 좋은 생각처럼 보였던 어떤 것들 때문에(끝이 안 나는 파티의 문제점은, 파티에서나 좋은 생각으로 통하는 일들이 계속 좋은 생각으로 통한다는 사실이다), 그 시점은 여전히 멀고 멀어 보인다.

당시에는 좋은 생각처럼 보였던 것들 중 하나는 파티가 떠야 한다는 것이었다. 파티들이 '떠야' 한다는 평범한 의미에서가 아니라, 정말 문자 그대로의 의미에서 말이다.

오래전 어느 날 밤, 일 세대 손님들 중 항공 기술자 몇 명이 술에 취해 건물에 기어 올라가서는, 이걸 고치고, 저걸 파고, 또 다른 걸 몹시 세게 뚝딱거리며 만져댔다. 다음 날 아침 떠오른 태양은 자기가 지금 햇살을 비춰주고 있는 물건이, 아직 날아가는 데 서툰 새끼 새처럼 나무 꼭대기 위로 둥실 떠오른, 행복한 술주정뱅이들이 가득한 건물이라는 걸 깨닫고 화들짝 놀라버렸다.

그뿐만 아니라, 그 뜨는 파티는 상당량의 무기로 무장하고 있었다. 포도주 상인들과의 치사한 싸움에라도 말려들 경우에 대비해 힘을 갖고 있는 게 좋겠다고 파티 참석자들이 생각했기 때문이었다.

정규 칵테일 파티에서 시간제 공습 파티로 전환하는 건 간단한 일이었고, 밴드가 알고 있는 모든 곡을 여러 해 동안 이미 수없이 반복해 연주한 시점에서 절실하게 필요한, 파티의 짜릿한 흥미와 활력을 더하는 데도 그만이었다.

그들은 약탈을 했고, 공습을 했고, 도시들을 통째로 인질로 잡고서 치즈 크래커, 아보카도 소스, 갈비 요리, 술을 더 내놓으라고 요구했다. 이런 식음료들은 이제 둥둥 떠다니는 탱크를 통해 파이프로 공급되었다.

그러나 술이 언제 떨어질 것인가 하는 문제는 결국 언젠가는 당면하게 될 문제였다.

둥둥 떠다니는 파티 아래의 행성은, 처음 그들이 둥둥 떠다니기 시작했을 때와는 전혀 달랐기 때문이다. 행성은 이제 아주 엉망진창이었다.

파티는 행성의 상당 부분을 공격하고 습격했으며, 어느 누구도 반격할 생각을 하지 못했다. 파티가 워낙 상상도 할 수 없는 방식으로 휘청거리며 하늘을 휘젓고 다녔기 때문이다.

그것은 정말 지옥 같은 파티였다.

그리고 누군가의 등골에 부딪치면 지옥 같은 아픔을 주는 파티이기도 했다.

22

아서는 뜯겨져 나온 강화 콘크리트 판 위에 누워 고통으로 버둥거리고 있었다. 구름이 그를 찰싹찰싹 치고 지나갔다. 그의 뒤쪽에서 희미하게 들려오는 맥없는 파티 소리가 그를 어리둥절하게 했다.

아서는 그 소리의 정체를 금방 알아차릴 수 없었다. 일단 〈나는 자글란 베타 행성에 한쪽 다리를 두고 왔네〉라는 노래를 아서가 모르기 때문이기도 했고, 또 밴드가 노래를 아주 아주 피곤하게 연주하고 있기 때문이기도 했다. 어떤 이들은 사분의 사 박자로 연주했고, 어떤 이들은 사분의 삼 박자로 연주했으며, 또 어떤 이들은 일종의 파이 눈〔目〕 박자인 πr^2 박자로 연주하기도 했다. 최근 얼마나 잠을 잤는지에 따라 다 달랐던 것이다.

아서는 축축한 공기 속에 심하게 헐떡거리며 누워 있었고, 몸 구석구석을 느끼며 어디를 다쳤는지 살펴보려 애썼다. 손을 댈 때마다 고통이 찾아왔다. 얼마 후 아서는 손이 아파서 그렇다는 걸 깨달았다. 손목을 삔 모양이었다. 등도 아팠지만, 심하게 다치지는 않았다는 사실에 만족하기로 했다. 타박상을 좀 입고 약간 심리적으로 충격을 받았지만, 그렇지 않다면 오히려 이상한 일이 아닌가. 대체 건물이 구름 속에 떠서 뭘 하고 있는 건지 아서는 이해할 수가 없었다.

하지만 생각해보면, 자기가 지금 여기서 뭘 하고 있는지를 설득력 있게 해명하는 것도 상당히 어려운 일일 터였다. 그래서 아서는 그 자신과 건물이 서로를 그냥 있는 그대로 받아들이는 편이 좋겠다고 생각했다. 그는 누워서 위를 올려다보았다. 연한 색이지만 얼룩이 진 돌판들이 아서 뒤쪽에 서 있었다. 제대로 된 건물이었다. 그는 건물을 빙 둘러 튀어나와 있는 돌출 부위 같은 데 뻗어서 누워 있는 모양이었다. 그건 파티 건물이 토대를 세웠던 땅바닥으로서, 아래쪽이 해체되지 않도록 건물이 날아오르면서 함께 달고 올라간 것이었다.

아서는 불안하게 일어섰고, 돌출 부위 너머의 발밑을 바라보고는 별안간 현기증으로 속이 메슥거렸다. 아서는 몸을 벽에 딱 붙였다. 안개와 땀으로 온몸이 축축했다. 그의 머리는 자유형으로 헤엄을 치고 있었지만, 그의 배는 접영을 하고 있었다.

혼자 힘으로 여기까지 올라왔음에도 불구하고, 그는 그 무시무시한 높이에서 떨어진다는 건 생각도 하기 싫었다. 뛰어내려서 운을 시험해보는 짓을 할 생각은 전혀 없었다. 그는 가장자리 쪽으로는 일 인치도 움직이지 않을 생각이었다.

여행 가방을 움켜쥔 채 아서는 입구를 찾을 수 있을까 하는 희망을 안고서, 벽을 따라 살금살금 걸어가보았다. 올리브 오일 깡통이 크나큰 위안이 되어주었다.

모퉁이를 돌면 입구가 있을까 하고 제일 가까운 모퉁이 쪽으로 가보았지만 입구는 없었다.

건물이 별로 안정감 없이 제멋대로 날고 있어서, 아서는 무서워 토할 것만 같았다. 잠시 후 그는 여행 가방에서 타월을 꺼내어 뭔가를 했는데, 그건 은하계를 히치하이크로 여행할 때 꼭 가져가야 하는 유용한 물건들 중에서 타월이 어째서 지고지상의 위상을 차지하고 있는지를 다시금 확인시켜주는 일이었다. 아서는 자기가 하는 짓이 자기 눈에 보이지 않도록, 수건을 머리에 둘렀다.

두 발은 땅의 가장자리를 따라 살금살금 움직였다. 쭉 뻗은 두 팔은 벽을 따라 살금살금 움직였다.

마침내 그는 모퉁이에 다다랐다. 손으로 모퉁이 너머를 더듬다가 그는 뭔가에 맞닥뜨렸다. 너무 충격이 커서 그는 하마터면 곧장 추락해버릴 뻔했다. 그건 다른 사람의 손이었던 것이다.

두 손은 서로 꼭 맞잡았다.

아서는 다른 손으로 머리에 두른 수건을 벗어버리고 싶은 마음이 굴뚝같았으나, 그 손은 이미 올리브 오일과 포도주와 산토리니 엽서들이 든 여행 가방을 들고 있었다. 게다가 가방을 내려놓고 싶은 마음은 전혀 없었다.

아서는 흔히 말하는 '자아'와 만나는 순간을 경험했다. 느닷없이 뒤로 돌아 자기 자신을 살펴보며 생각하는 순간들 말이다. '나는 누구인가? 나는 지금 무슨 일을 하고 있는가? 내가 지금까지 성취한 일은 무엇인가? 나는 잘 하고 있는가?' 아서는 아주 살짝 끙끙거렸다.

손을 빼려고 애써봤지만, 뺄 수가 없었다. 다른 손이 너무 꼭 잡고 있었던 것이다. 살금살금 모퉁이 쪽으로 더 가까이 가는 수밖에 도리가 없었다. 그는 모퉁이를 돌아 몸을 기울이고는, 수건을 벗어 버리려고 고개를 흔들었다. 이 행위가 저쪽 손의 소유자에게 뭐라 형언할 수 없는 감정을 불러일으킨 모양으로, 상대는 비명을 질렀다.

수건이 얼굴에서 벗겨져 나가자, 아서는 자신의 두 눈이 포드 프리펙트의 눈을 들여다보고 있다는 걸 깨달았다. 그 뒤에는 슬라티바트패스트가 서 있었고, 그들 뒤로는 현관 진입로와 닫혀 있는 커다란 문이 보였다.

두 사람은 모두 벽에 바짝 붙어 서 있었고, 주위를 에워싼, 속이 보이지 않을 정도로 두터운 구름을 둘러보는 그들의 시선은 공포로 험악해져 있었다. 그들은 꿈틀거리고 흔들거리는 건물에 붙어 있느라 안간힘을 썼다.

"엿먹을 광자(光子) 같은 놈아, 그동안 대체 어디 있었던 거야?" 공황 상태에 빠진 포드가 씩씩거렸다.

"어, 뭐 그냥." 아서는 말을 더듬었다. 그 일을 어떻게 간단하게 설명할지 도저히 알 수가 없었다. "여기저기. 넌 여기서 뭐 하고 있어?"

포드는 이글거리는 눈빛으로 아서를 쏘아보았다.

"술을 안 가져오면 안 들여보내 준다잖아." 그가 씩씩거리며 말했다.

빽빽한 파티 인파 속으로 끼어들면서 아서가 처음 발견한 건, 시끄러운 소리, 질식할 것만 같은 열기, 자욱한 담배 연기 사이로 이리저리 돌출한 다채로운 색깔들, 바스러진 유리 조각, 담뱃재, 먹다 떨어뜨린 아보카도로 얼룩진 카펫, 그리고 아서의 포도주병을 보고 "새로운 즐거움, 새로운 기쁨"이라고 중얼거리며 덤벼든 번쩍거리는 옷을 입은 익수룡 한 떼를 제외한다면, 바로 천둥신과 수다를 떨고 있는 트릴리언이었다.

"우리 밀리웨이스에서 만난 적 없어요?" 천둥신이 말했다.

"당신이 망치를 들고 있었던 그 사람인가요?"

"그래요. 나는 여기가 훨씬 더 좋아요. 훨씬 덜 근엄하고, 훨씬 더 위험스럽지요."

어떤 흉측한 쾌감의 비명이 방을 갈랐다. 행복하고 소란스러운 생물들이 빽빽하게 들어차 있어서 방 바깥의 차원은 전혀 육안으로 볼 수가 없었다. 빽빽한 군중은 다들 명랑하게 아무도 못 듣는 소리를 서로 고래고래 외쳐대고 있었고, 가끔씩 아슬아슬한 상황들을 맞기도 했다.

"재미있어 보이네." 트릴리언이 말했다. "방금 뭐라고 했어, 아서?"

"대체 어쩌다 여기에 왔느냐고 물었어."

"우주 속에서 아무렇게나 흘러 다니는 점들이 되었었어. 아 참, 토르하고 인사했어? 이분은 천둥을 만드신대."

"안녕하세요?" 아서가 말했다. "굉장히 재미있는 일이겠네요."

"안녕하세요." 토르가 말했다. "사실 재미있는 일이지요. 술 있어요?"

"어, 아니요……."

"그럼 가서 한 잔 가져오지 그래요."

"이따가 봐, 아서." 트릴리언이 말했다.

갑자기 뇌리를 스친 생각이 있어서, 아서는 쫓기는 사람처럼 주위를 둘러보았다.

"자포드는 여기 없지, 응?" 아서가 말했다.

"안녕. 이따 봐." 트릴리언이 단호하게 말했다.

토르는 칠흑처럼 까만 눈으로 그를 노려보았다. 수염도 빳빳하게 일어서 있었다. 그리고 방 안에 조금 남아 있던 희미한 빛이 온 힘을 다해 잠시 그의 헬멧에 달린 뿔 근처로 가서 사악하게 번득거렸다.

그는 어마어마하게 큰 손으로 트릴리언의 팔꿈치를 붙들었고, 이 두박근들은 두 대의 폴크스바겐이 주차를 하는 것처럼 서로 꼬여서 꿈틀거렸다.

그는 트릴리언을 데리고 갔다.

"불멸의 존재라는 건 뭐가 재미있냐 하면 말이지요……." 그는 이렇게 말했다.

"우주라는 게 뭐가 재미있냐 하면 말이지요……." 아서는 슬라티바트패스트의 말을 엿들었다. 그는 분홍색 이불을 갖고 싸움을 하다가 패색이 짙어진 듯 보이는 커다랗고 덩치 큰 생물을 앞에 두고 말하고 있었다. 그 생물은 노인의 깊은 눈동자와 은빛 수염을 황홀하게 바라보고 있었다. "무지무지하게 재미가 없다는 겁니다."

"재미가 없어요?" 그 생물은 상당히 주름지고 핏발이 선 눈동자를 껌벅거리며 말했다.

"그래요." 슬라티바트패스트가 말했다. "기가 막힐 정도로 재미가 없지요. 말문이 막힐 정도로 재미가 없어요. 우주에는 너무나 많은 게 있지만, 정말 별게 없어요. 통계를 하나 인용해볼까요?"

"어, 글쎄요……."

"인용하게 해줘요. 그 통계들도 기가 딱 막히게 재미가 없거든요."

"잠깐 좀 실례했다가 돌아와서 나머지 이야기를 들을게요." 그녀는 슬라티바트패스트의 팔을 톡톡 두들기더니, 치마를 공중부양선처럼 치켜들고는 헐떡거리는 군중 속으로 사라져갔다.

"그녀는 절대 떠나지 않을 줄 알았는데." 노인이 투덜거렸다. "이리로 오시오, 지구인……."

"아서예요."

"우리는 은의 가로장을 찾아야만 하오. 여기 어디 있을 거요."

"좀 마음 편하게 쉬면 안 되나요?" 아서가 말했다. "오늘 하루는 정말 힘들었다고요. 마침 트릴리언도 여기 있고요. 어떻게 왔는지는 얘기하지 않더군요. 뭐 그건 별로 중요하지 않지만."

"우주에 닥친 위험을 생각해요……."

"우주는 한 삼십 분 동안 내버려둬도 혼자 잘할 만큼 큰데다 나이도 들었잖아요." 아서가 말했다. "알았어요. 돌아다니면서, 그걸 본 사람이 있는지 찾아볼게요." 아서는 슬라티바트패스트의 불안이 눈덩이처럼 불어나는 걸 느끼고 이렇게 덧붙였다.

"좋아요, 좋아, 좋아." 슬라티바트패스트가 말했다. 그는 직접 군중 속으로 들어갔는데, 지나치는 사람마다 그를 보고 마음 편하게 먹으라고 말했다.

"어디서 가로장 본 적 있어요?" 아서는 누군가가 말을 걸어주기를 열렬히 기다리고 서 있는 듯한 작은 남자한테 물어보았다. "은으로 만들어진 건데, 우주의 미래에 엄청나게 중요한 물건이에요. 길이는 한 이 정도 돼요."

"아니요." 열렬하게 시들한 반응을 보이며 작은 남자가 말했다. "하지만 한잔하면서 더 얘기해주세요."

포드 프리펙트는 온몸을 꼬며 꿈틀거렸고, 거칠고 발광하는, 그리고 음탕하지 않다고는 말할 수 없는 춤을 추었다. 상대는 마치 머리에 시드니 오페라 하우스를 통째로 이고 있는 듯한 여자였다. 그는 시끄러운 소리를 뚫고 여자와 대화를 나눠보려는 헛수고를 하고 있었다.

"그 모자 마음에 드네요!" 그는 고래고래 악을 썼다.

"뭐라고요?"

"그 모자 마음에 든다고요!"

"저는 모자 안 쓰고 있는데요."

"뭐, 그럼 그 머리가 마음에 들어요."

"뭐라고요?"

"머리가 마음에 든다고요. 흥미로운 골격 구조예요."

"뭐라고요?"

포드는 자기가 한창 하고 있는 복잡한 동작들 사이로 어깨를 으쓱해 보이는 데 성공했다.

"춤을 정말 잘 춘다고 했어요." 그가 소리쳤다. "고개를 조금만 덜 끄덕이면 좋겠어요."

"뭐라고요?"

"그냥 당신이 고개를 숙일 때마다……." 포드가 말했다. "……이야!" 포드는 곧 이렇게 덧붙여야 했다. 상대가 "뭐라고요?"라고 말하면서 고개를 숙이자 앞으로 튀어나온 두개골의 날카로운 끝이 포드의 이마를 쪼았던 것이다.

"우리 별은 어느 날 아침 폭발해서 산산조각이 났어요." 아서가 말했다. 뜻밖에도 지금 그는 예의 작은 남자에게 자신의 인생담을, 그러니까 최소한 편집발췌요약본으로 들려주고 있었다. "그래서 이런 옷차림을 하고 있는 거예요. 폭발한 우리 별에 내 옷가지가 다

있거든요. 파티에 오게 될 줄은 몰랐어요."

작은 남자는 열심히 고개를 주억거렸다.

"그러다가 우주선에 던져지다시피 했어요. 여전히 목욕 가운 차림이었지요. 보통 우주복을 입을 거라고 생각하잖아요, 왜. 그러고 나서 곧 저는 우리 별은 애초에 쥐떼들을 위해 건설되었다는 걸 알게 되었어요. 제 기분이 어땠을지 상상해보세요. 그때 저는 총도 맞고 다니고 폭발도 당했어요. 사실, 말도 안 되게 자주 총을 맞고, 모욕을 당하고, 규칙적으로 해체당하고, 홍차도 뺏겼다고요. 심지어 얼마 전에는 늪에 추락해서, 축축한 동굴에서 오 년 동안이나 살아야 했어요."

"아." 작은 남자는 흥분에 들뜬 기색이 역력했다. "그래서 환상적인 시간을 보내셨나요?"

아서는 음료를 마시다가 심하게 사레가 들리는 바람에 캑캑거리고 기침을 했다.

"정말 근사한 기침이에요." 작은 남자는 깜짝 놀란 기색이었다. "제가 따라 해도 괜찮을까요?"

그러더니 작은 남자는 그야말로 희한하고 화려한 기침을 발작처럼 하기 시작했다. 아서는 너무나 놀라서 다시 숨이 넘어갈 듯이 기침을 하기 시작했는데, 그건 이미 그가 하고 있던 일이었기 때문에 그는 몹시 헷갈렸다.

두 사람은 함께 폐가 터져 나가라 이중창으로 기침을 했고, 족히 이 분쯤 계속되었을 때에야 아서는 기침하며 침 튀기는 짓을 가까스로 그만둘 수 있었다.

"정말 활력이 샘솟는군요." 작은 남자는 숨을 헐떡거리고 눈물을 닦으며 말했다. "정말 흥미진진한 인생을 살고 계시는군요. 너무나 고맙습니다."

그는 두 손으로 아서를 붙잡아 따뜻하게 흔들고는 군중 속으로 성큼성큼 걸어갔다. 아서는 놀라서 고개를 흔들었다.

젊어 보이는 남자가 그를 향해 다가왔다. 갈고리 입과 등잔 코와 작은 유리알 같은 광대뼈를 지닌, 호전적으로 보이는 부류였다. 그는 검은 바지에, 배꼽 비슷한 데까지 단추를 풀어 젖힌 검은 실크 셔츠를 입고 있었다. 물론, 아서도 요즘 만나는 사람들의 해부학적 골격을 마음대로 생각해서는 안 된다는 걸 이제 잘 알고 있었다. 그 남자는 또 목 근처에 좀 겁나 보이는 금색 장신구들을 주렁주렁 걸고 있었다. 검은 가방도 하나 들고 있었는데, 그 속에 뭐가 들었는지 주목받는 걸 자신이 좋아하지 않는다는 것을 다른 사람들이 알아줬으면 하는 기색이 역력했다.

"어이, 거기, 방금 당신 이름을 들은 거 같은데?" 그가 말했다.

이건 예의 열렬하고 작은 남자한테 아서가 여러 번 말해준 정보였다.

"네. 아서 덴트라고 하는데요."

남자는 밴드가 아무렇게나 음침하게 연주하고 있는 곡들 중에서 아무 리듬에나 맞춰 살짝 몸을 흔들며 춤을 추고 있는 듯했다.

"아, 그저 당신을 만나고 싶어하는 사람이 저기 산에 있기에." 그가 말했다.

"만났어요."

"아, 굉장히 급한 거 같더라고요."

"네, 만났어요."

"아, 당신이 알아야 할 것 같아서요."

"알아요. 만났거든요."

사내는 잠시 말을 멈추고 작은 껌을 씹었다. 그러더니 아서의 등을 툭툭 쳤다.

"알았어요." 그가 말했다. "됐어요. 그냥 하는 말이에요, 됐죠? 잘 자요. 행운을 빌어요. 상도 타고."

"뭐라고요?" 이 시점에서 완전히 황당해진 아서가 말했다.

"뭐, 타든 말든. 당신 하는 일 하고. 당신 하는 일 잘하고." 그는, 씹고 있는 게 뭔지는 몰라도 씹으며 시끄럽게 딱딱거렸고, 뭔가 막연하게 극적인 몸짓을 해 보였다.

"왜요?" 아서가 말했다.

"그럼 잘 못하면 되잖아!" 남자가 말했다. "누가 신경이나 쓴대? 누가 빌어먹을 신경이나 쓴대?" 남자의 얼굴에 성난 피가 솟구치는 듯했고, 남자는 고래고래 악을 쓰기 시작했다.

"차라리 확 미치지그래?" 그가 말했다. "저리 가. 등짝에서 떨어지라고, 이 새끼야. 꺼져!!!"

"아, 알았어요. 가요." 아서가 황급히 말했다.

"진심이야." 남자는 날카로운 파문을 일으켜놓고 군중 사이로 사라졌다.

"방금 저 사람 왜 저래요?" 아서는 자기 뒤에 서 있던 여자에게 물었다. "왜 나보고 상을 타라는 거예요?"

"그냥 연예계에서 하는 말이에요." 여자가 어깨를 으쓱해 보였다. "방금 어사 마이너 알파 오락성 환각 협회의 연례 시상식에서 상을 하나 받았거든요. 그는 부드럽게 그 얘기로 넘어갈 수 있기를 바랐는데, 당신이 그 얘기를 꺼내지 않아서 못 했잖아요."

"오." 아서가 말했다. "저런, 그 말을 못 해줘서 미안하네요. 무슨 상이었는데요?"

"각본에서 쓸데없이 '제기랄' 이라는 단어를 제일 많이 쓴 작가한테 주는 상이었어요. 아주 큰 영예거든요."

"그렇군요." 아서가 말했다. "그럼 뭘 받게 되는데요?"

"로리라는 거예요. 그저 커다란 화분처럼 생긴 까만 받침 위에 올려져 있는 은으로 된 물건이에요. 방금 뭐라고 했어요?"

"난 아무 말도 안 했는데. 그저 그 은인가 뭔가 하는 것에 대해서 막 물어보려던 참……."

"아, 난 당신이 '훕' 이라고 한 줄 알았어요."

"뭐라고요?"

"'훕' 이라고요."

사람들이 파티에 찾아오기 시작한 지도 벌써 몇 년째였다. 다른 세계에서 온 세련된 불청객들 말이다. 그리고 얼마 전부터는 파티에 참석한 사람들도 저 아래 보이는 자신들의 세계를 바라보며, 그 세계가 아주 조금, 아주 미세한 차이지만, 전처럼 재미가 없다고 생각하기 시작했다. 폐허가 된 도시들, 황폐해진 아보카도 농장들, 그리고 시들어빠진 포도 농장들, 어느새 새로 생긴 끝없이 광막한 사막들, 비스킷 부스러기나 그보다 더 나쁜 쓰레기들로 가득 찬 바다를 보면 그런 생각이 들었던 것이다. 어떤 이들은 파티 전체를 우주 여행을 할 만하게 만들어서 공기가 좀 깨끗하고 머리가 좀 덜 아플 만한 다른 행성으로 떠나버리면 어떨까 생각하기도 했다.

이미 절반쯤 죽은 행성 표면에서 간신히 먹고사는, 영양실조에 걸린 몇 안 되는 농부들이 이 말을 들으면 엄청나게 기뻐했을 터였다. 하지만 그날, 파티가 비명을 질러대며 구름 속에서 튀어나오자 또 치즈와 포도주 공습이 시작되는 줄 알고 핼쑥하게 공포에 질려 하늘을 올려다본 농부들은, 파티가 한동안은 정체 상태에 빠질 것이며 금세 끝장이 날 것이라는 사실을 분명하게 알 수 있었다. 손님들이 모자와 코트를 챙겨 들고 흐린 눈을 비비며 지금 바깥은 시간이 어떻게 되었나, 계절은 어떻게 되었나 보려고 밖으로 나올 때가 임박했던 것이다. 손님들은 불에 타고 유린당한 이 땅에 택시라는 게 갈 데가 있나 주섬주섬 알아볼 터였다.

파티는 절반쯤 뚫고 들어온 기괴한 하얀 우주선과 끔찍하게 포옹하며 서로 얽혀 있었다. 파티와 우주선은 다 같이 괴기스러운 무게는 아랑곳하지 않고 이리저리 기울어지고, 흔들리고, 하늘에서 빙글빙글 공중제비를 돌고 있었다.

구름이 둘로 갈라졌다. 대기가 포효하며 뛰어올랐다.

파티와 크리킷 전함은, 함께 얽히고 꼬여 있는 모습이 마치 두 마리 오리 같았다. 한 오리는 다른 오리한테 세 번째 오리를 만들어주려고 애쓰고 있었고, 두 번째 오리는 아직 세 번째 오리를 낳을 준비가 되지 않았다고 해명하는 양상이었다. 두 번째 오리는 세 번째 오리를 낳는다 해도, 하필이면 다른 오리들 다 놔두고 이 첫 번째 오리를 추정상의 아버지로 두고 싶은지 확신하지 못했고, 더구나 이렇게 나느라 한창 바쁜 중에 그런 짓을 하고 싶은지도 잘 모르겠다는 눈치였다.

하늘은 노래를 불렀고, 분노와 노여움에 차 비명을 질러댔으며, 땅에다가 충격파를 마구 던졌다.

그런데 별안간 훕 소리와 함께 크리킷 우주선이 자취를 감추었다.

파티는, 문에 기대고 있다가 느닷없이 문이 열리는 바람에 중심을 잃은 사람처럼 무기력하게 하늘을 가르며 허둥댔다. 파티는 공중 부양 제트 엔진들에 의존해 이리저리 뒤뚱거리고 왔다 갔다 했다. 제대로 중심을 잡으려 할수록 오히려 잘못된 방향으로 갔다. 파티는 비틀거리며 다시 하늘을 가로질렀다.

한동안 이런 비틀거림이 계속되었지만, 이런 식으로 한없이 계속할 수는 없는 노릇이라는 건 누가 봐도 명백했다. 파티는 이제 치명상을 입었다. 재미는 이미 다 사라져버렸다. 가끔 허리가 부러진 사람들이 피루엣을 추었지만, 그걸로 진실을 가릴 수는 없었다.

이 시점에서는 땅을 피하려 애쓰면 애쓸수록 마침내 충돌하는 순간의 충격이 더욱 커질 터였다.

파티장 안에서도 상황이 별로 좋지 않았다. 사실, 끔찍스럽게 좋지 못했고, 사람들은 기분이 너무나 나쁜 나머지 재미가 없다고 악을 쓰고 있었다. 크리킷 행성의 로봇들이 다녀갔다.

로봇들은 '각본에서 쓸데없이 제기랄이라는 말을 가장 많이 쓴 작가한테 주는 상'을 압수하고, 대신 그 자리에 참혹한 학살의 현장을 남겨두었다. 아서는 로리 상에 아깝게 떨어진 후보만큼이나 구역질이 났다.

"우리도 남아서 도와주고 싶은 마음이 굴뚝같지만, 안 그럴 거야." 포드는 참혹하게 훼손된 유해들을 뚫고 지나가면서 이렇게 외쳤다.

파티는 또다시 기우뚱했고, 이 때문에 흡연 구역의 폐허 쪽에서 열에 달뜬 비명 소리와 신음 소리가 터져 나왔다.

"우리는 가서 우주를 구해야 해, 알겠어?" 포드가 말했다. "형편없는 변명처럼 들린다면, 그게 맞아. 아무튼, 우리는 여길 뜨는 거야."

그는 문득 땅바닥에 굴러다니는 따지 않은 술병을 하나 발견했다. 기적적으로 깨지지 않고 남아 있었다.

"우리가 이걸 좀 가져가도 되겠어요?" 그가 말했다. "여러분한테는 별로 필요 없을 거 같은데."

그는 감자 칩도 한 봉지 챙겼다.

"트릴리언?" 아서는 충격에 젖어 힘이 다 빠진 목소리로 외쳤다. 연기가 피어오르는 쓰레기 속에서는 아무것도 볼 수 없었다.

"지구인, 우리는 가야 하오." 슬라티바트패스트가 불안하게 말했다.

"트릴리언?" 아서가 다시 외쳤다.

일이 초쯤 후, 트릴리언이 휘청거리며, 비틀거리며 시야에 모습을 나타냈다. 새로 사귄 친구 천둥신(神)을 부축하고 있었다.

"이 여자는 오늘 나하고 지내기로 했어." 토르가 말했다. "발할라에서 아주 굉장한 파티를 하고 있거든. 우리는 그리로 날아가서……."

"이런 와중에 대체 어디 갔었어요?" 아서가 말했다.

"위층에." 토르가 말했다. "아가씨 무게를 달고 있었지. 비행은 좀 까다로운 문제라서, 바람을 계산해야 하고……."

"여자는 나하고 같이 갈 거예요." 아서가 말했다.

"이봐, 나는……." 트릴리언이 말했다.

"아니, 우리랑 같이 가는 거야." 아서가 말했다.

토르는 서서히 이글이글 타오르는 눈길로 그를 노려보았다. 신성(神性)이라는 것에 대해 주지시키고 싶은 모양이었는데, 적어도 그건 청결과는 전혀 상관이 없었다.

"여자는 나하고 같이 가." 그는 조용히 말했다.

"어서 오시오, 지구인." 슬라티바트패스트가 초조하게 다그치며 아서의 소매를 잡아당겼다.

"어서요, 슬라티바트패스트." 포드가 초조하게 다그치며 노인의 소매를 잡아당겼다. 슬라티바트패스트는 텔레포트 기구를 가지고 있었다.

파티는 기우뚱거리며 흔들렸고, 모든 사람들이 따라서 이리저리 휘청거렸지만, 토르와 아서는 예외였다. 아서는 천둥신의 검은 눈동자를 부들부들 떨며 노려보고 있었다.

천천히, 놀랍게도, 아서는 한없이 작아 보이는 두 주먹을 쥐고 들어 올렸다.

"어디 맛 좀 볼래?"

"아이고, 무서워 죽겠네. 뭐라고 하셨나?" 토르가 으르렁거렸다.

"뭐라고 했냐면……." 아서가 말했다. 목소리가 떨리는 건 도저히 어쩔 수 없었다. "맛 좀 보겠느냐고 했다!" 그는 우스꽝스럽게 주먹을 촐랑촐랑 흔들어 보였다.

토르는 믿을 수 없다는 표정으로 그를 바라봤다. 이윽고 그의 콧구멍에서 한 가닥 연기가 피어올랐다. 콧구멍 속에서는 아주 작은 불길도 보였다.

그는 허리띠를 꽉 붙들었다.

그러더니 가슴을 커다랗게 부풀렸는데, 그건 셰르파 한 부대쯤 거느리지 않고는 자기 정도 되는 사내를 거스르는 건 생각도 말라는 뜻이 분명했다.

그는 허리띠에 묶여 있던 망치의 손잡이를 끌렀다. 그러더니 손에 망치를 들고 어마어마한 강철 망치머리를 드러냈다. 이렇게 함으로써 그는 전봇대를 갖고 다닌다는 오해를 말끔히 씻어버렸다.

"나한테 주먹 맛을 보고 싶냐고 했냐?" 그는 강물이 제철소를 따라 흐르는 듯한 쇳소리를 내면서 말했다.

"그래." 아서가 말했다. 그의 목소리는 갑자기 놀랄 만큼 힘차고 호전적으로 변했다. 그는 다시 주먹을 촐랑촐랑 흔들어 보였다. 이번에는 진심이었다.

"밖에 나가서 한판 붙을래?" 아서는 토르를 향해 쌀쌀맞게 쏘아붙였다.

"좋았어!" 토르는 성난 황소처럼 포효하더니(아니, 사실은 '성난 천둥신처럼' 그랬다. 이게 훨씬 더 인상적이다) 밖으로 나갔다.

"좋았어." 아서가 말했다. "이제 녀석은 처리됐네요. 슬라티바트패스트, 우리를 여기서 빨리 내보내줘요."

23

"그래, 좋아." 포드가 아서에게 외쳤다. "그래, 나는 겁쟁이다, 어쩔래. 중요한 건 내 목숨이 아직 붙어 있다는 거지." 그들은 다시 비스트로매스 호에 타고 있었다. 슬라티바트패스트도 타고 있었다. 트릴리언도 타고 있었다. 조화와 일치는 타고 있지 않았다.

"흠, 하지만 나도 살아 있어, 안 그래?" 아서는 모험과 분노로 핼쑥해진 얼굴을 하고 이렇게 대꾸했다. 아서의 눈썹은 둘이 서로 주먹다짐이라도 하고 싶은 것처럼 펄떡펄떡 위아래로 뛰고 있었다.

"너는 하마터면 뒈질 뻔했잖아." 포드가 폭발했다.

아서는 찬바람을 일으키며 슬라티바트패스트를 향해 돌아섰다. 슬라티바트패스트는 우주선 갑판의 조종석에 앉아, 병 바닥에 남아 있는 무언가를 깊은 생각에 잠겨 뚫어져라 쳐다보고 있었다. 아서가 보기에는 도저히 뭔지 파악할 수 없는 물건이었다. 그는 노인에게 항변했다.

"제가 한 말을 저 녀석이 한마디라도 알아들었다고 생각하세요?" 복받치는 감정으로 목소리를 파르르 떨면서 그가 말했다.

"모르겠소." 슬라티바트패스트가 약간 딴 데 정신이 팔린 듯한 말투로 말했다. "아는지 모르는지, 나 자신도 잘 모르겠소." 그는 슬쩍 위를 쳐다본 뒤 덧붙였다. 그는 새삼스럽게 열렬한가 하면 또 새삼스럽게 당혹스러운 표정으로 기기를 뚫어져라 들여다보았다. "우리한테 다시 한번 설명을 해주겠소?" 그가 말했다.

"그러니까……."

"지금은 말고. 끔찍한 사건들이 임박했어요."

그는 병 바닥의 가짜 유리를 톡톡 쳤다.

"우리는 파티에서 좀 한심하게 행동했소. 안타깝지만. 그리고 우리의 유일한 희망은 이제 로봇들이 열쇠로 자물쇠를 여는 걸 막는 데 달려 있소. 대체 어떻게 막을 수 있을지, 그걸 모르겠단 말이오." 그가 중얼거렸다. "일단 거기 한번 가보는 수밖에 없을 것 같구려. 별로 마음에 드는 생각이라고는 할 수 없소만. 십중팔구 시체가 될 테니 말이오."

"그나저나 트릴리언은 대체 어디 있어요?" 아서는 짐짓 염려하는 척하며 이렇게 말했다. 그가 화가 났던 건, 더 빨리 탈출할 수 있었는데 자기가 천둥신하고 한판 붙는 바람에 못 했다고 포드가 신경을 긁었기 때문이었다. 아서의 견해는——그럴 가치가 있다고 생각되면 아무나 붙잡고 피력하는 견해였다——, 그건 기막히게 용감하고 지혜로운 일이었다는 쪽이었다.

그런데 지금 대체적인 분위기는, 아서 자신이 어떻게 생각하건 냄새나는 들개 콩팥만큼도 신경 쓰지 않는다는 식으로 흘러가고 있었다. 그러나 정말로 마음 아픈 건, 당사자인 트릴리언이 이렇게도 저렇게도 반응하지 않고 무심하게도 어딘가로 황황히 가버렸다는 사실이었다.

"그런데 내 감자 칩은 어디 갔어?" 포드가 말했다.

"둘 다 정보성 환각의 방에 있소. 당신 친구인 젊은 아가씨는 은하계 역사의 문제점들을 좀 파악하고 싶은 모양입디다. 나는 감자 칩이 그녀에게 도움이 되리라고 생각했다오." 슬라티바트패스트가 올려다보지도 않고 말했다.

24

하지만 감자 칩 따위로 중대한 문제들이 하나라도 해결될 수 있을 거라고 믿는다면 큰 실수다.

예를 들자면, 옛날에 '스트리테락스 행성의 사일라스틱 갑옷 악마'라고 불리는 말도 안 되게 호전적인 종족이 있었다. 그 종족 이름이 그거였다. 그 종족이 자랑하는 군대의 이름은 몹시 소름끼치는 것이었다. 다행스럽게도 이 종족은 이제까지 우리가 마주친 그 어떤 생물체보다도 더 오랜 과거에——이백억 년 전——살았는데, 이때는 은하가 젊고 생생해서, 싸울 만한 가치가 있는 아이디어는 모두 새로운 것들이었다.

싸움은 '스트리테락스 행성의 사일라스틱 갑옷 악마' 종족이 몹시 잘하는 일이었다. 그리고 워낙 잘하는 일이다 보니 싸움을 아주 많이 했다. 적들(즉, 다른 사람들 모두)과 싸웠고, 자기네끼리 서로 싸웠다. 그들의 행성은 철저히 폐허가 되었다. 행성 표면은 버려진 도시들로 가득 찼고, 주위는 버려진 무기들이 가득했으며, 그 주위에는 또 사일라스틱 갑옷 악마 종족이 살면서 시시한 일들로 서로 싸워대는 깊디깊은 벙커들이 있었다.

이 종족과 싸우려면, 제일 좋은 방법은 그냥 세상에 태어나는 것이었다. 그들은 누가 태어나는 걸 좋아하지 않았고, 심지어 몹시 비위 상하는 일이라고 여겼다. 그리고 이 종족이 성이 나면 꼭 다치는 사람이 생겼다. '인생을 뭐 그렇게 피곤하게 산담' 하고 생각할지 모르지만, 그 종족은 정력이 어마어마하게 샘솟았던 모양이다.

사일라스틱 갑옷 악마 종족을 다루는 최선의 방법은 그냥 자기 혼자 방에 가둬두는 것이다. 그러면 머지않아 자기 자신을 죽도록 패고 있을 테니까.

결국 그들은 이 문제를 해결하지 않으면 안 되겠다는 결론을 내렸고, 평범한 사일라스틱 직장(경찰, 경호원, 초등학교 선생 등등)에 무기를 소지하는 사람은 과잉 호전성을 발산하기 위해 매일 적어도 사십오 분간 감자 자루에 주먹질을 해야 한다는 법을 공포했다.

한동안 이 방법은 효과가 좋은 것처럼 보였다. 그러던 어느 날 어떤 사람이, 감자 자루를 때리는 대신 총으로 쏘면 훨씬 더 효율적이고 시간이 덜 들지 않겠느냐는 생각을 해냈다.

이 방법은 온갖 물건을 총으로 쏘는 일에 대한 열정을 다시 일깨웠고, 그들은 몇 주 만에 처음으로 발발할 예정인 전쟁을 생각하며 흥분에 들떴다.

'스트리테락스 행성의 사일라스틱 갑옷 종족'의 또 다른 업적은 최초로 컴퓨터가 충격을 받게 만드는 데 성공했다는 것이다.

그것은 학타르라는 이름을 가진, 우주 출신의 거대한 컴퓨터였다. 오늘날까지도 이제까지 제조된 가장 강력한 컴퓨터로 기억되고 있는 학타르는 자연적인 두뇌처럼 만들어진 최초의 컴퓨터였다. 즉, 신경 세포 하나하나가 전체 두뇌의 패턴을 내포하고 있었기 때문에 훨씬 더 유연하고 상상력이 풍부한 사고를 할 수 있었고, 덕분에 충격을 받을 수도 있었다.

'스트리테락스 행성의 사일라스틱 갑옷 종족'은 스터의 끈질긴 가르 전사들과 정기적으로 전쟁을 하고 있었는데, 보통 때와 달리 전쟁에서 별로 즐거움을 찾지 못하고 있었다. 쿨젠다의 방사능 늪과 프라즈프라가의 불의 산맥을 죽도록 돌아다니며 적을 추적해야 했기 때문이었다. 갑옷 종족은 이 두 지역의 지형에 익숙지 못했다.

게다가 자자지크스타크의 '목졸라 스틸레탄'들이 이 난투극에 뛰어드는 바람에 갑옷 종족은 카프락스의 감마 동굴들과 발렌구텐의 얼음 폭풍 속에서 새로운 전선을 형성해 싸우지 않을 수 없게 되었다. 이렇게 되자 갑옷 종족은 이만하면 참을 만큼 참았다고 생각하고서 학타르에게 궁극적 무기를 설계해달라고 주문했다.

"궁극적이라니, 무슨 뜻입니까?" 학타르가 말했다.

이 질문에 스트리테락스 행성의 사일라스틱 갑옷 종족은 "빌어먹을 사전을 찾아봐"라고 대답하고 다시 난투극에 뛰어들었다.

그래서 학타르는 궁극적 무기를 설계했다.

그것은 초공간 접속 상자가 장착된 아주아주 작은 폭탄으로서, 활성화되면 모든 태양의 핵을 다른 태양들의 핵들과 동시에 연결해 전 우주를 어마어마한 초공간의 초신성 상태로 만들어버릴 수 있었다.

사일라스틱 갑옷 종족은 감마 동굴들 중 하나에 박혀 있는 '목졸라 스틸레탄' 들의 무기 쓰레기장을 날려버리는 데 이 폭탄을 써보려고 했지만, 폭탄은 제대로 작동하지 않았다. 그들은 끔찍하게 화가 나서 컴퓨터한테 불평을 했다.

학타르는 그런 생각 자체에 충격을 받았다.

그는 자신이 이 궁극적인 무기 문제에 대해 줄곧 생각하고 있었다는 것, 그걸 폭파시키지 않을 때 발생할 수 있는 결과들 중에는 그걸 폭파시킬 때 발생할 수 있는 결과들보다 더 나쁜 건 없다는 것, 그래서 자신이 폭탄 설계에 일부러 소소한 결함을 만들었다는 것을 설명하려고 노력했다. 그리고 바라건대 관련자들 모두가 냉철하게 잘 생각해서…….

사일라스틱 갑옷 종족은 이 견해에 동의하지 않았으며, 결국 컴퓨터를 폐기해버리고 말았다.

훗날 그들은 이 문제를 재고해서, 결함이 있는 폭탄도 제거해버렸다.

그들은 잠시 쉬었다가 다시 스턱의 끈질긴 가르 전사들과 자자지크스타크의 목졸라 스틸레탄들을 박살내 없애버리려 들었고, 결국 전적으로 새로운 방식을 발명해 스스로 폭사해 멸망하고 말았다. 이 사건으로 은하계의 다른 종족들은 모두 깊은 안도의 한숨을 내쉬었는데, 특히 가르 전사들과 스틸레탄들과 감자들이 기쁨에 겨워 날뛰었다.

트릴리언은 크리킷의 사연은 물론 이 모든 내력도 다 보았다. 사색에 잠겨 정보성 환각의 방을 나온 그녀는, 나오자마자 그들이 한 발 늦었다는 사실을 깨닫게 되었다.

25

비스트로매스 호가 크리킷의 밀봉된 행성계 주위 궤도를 따라 영원히 외로운 길을 걷고 있는 일 마일 반경의 소행성 위 작은 절벽 꼭대기에서 객관적 존재로 반짝이며 모습을 나타냈음에도 불구하고, 승객들은 이제는 자신들이 막을 수 없는 역사적 사건의 목격자가 되는 것말고는 달리 아무것도 할 일이 없다는 걸 잘 알고 있었다.

하지만 그들은 그런 역사적 사건을 둘이나 목도할 줄은 몰랐다.

그들은 절벽 끝에서 추위와 외로움과 무기력에 시달리며 저 아래서 벌어지는 행위들을 지켜보았다. 전방으로 백 야드, 아래로 백 야드밖에 떨어지지 않은 곳에서 광선 검들이 허공을 가르며 섬뜩한 반원을 그렸다.

그들은 눈이 멀 것만 같은 이 사건을 뚫어져라 쳐다보았다.

우주선의 확장된 장력 덕분에 그들은 그곳에 서 있을 수 있었다.

쉽사리 속아주는 정신의 성향을 이번에도 이용한 덕분이었다. 자그마한 별똥별에서 추락한다든가, 숨을 쉴 수 없다든가 하는 문제들이 간단하게 '다른 사람의 문제'가 되었던 것이다.

하얀 크리킷 전함들은 소행성의 황폐한 회색 절벽들 사이에 꽂혀 주차하고 있었는데, 반원의 빛에 따라 나타났다가 그늘 속으로 사라졌다가 했다. 단단한 암석이 드리우는, 비뚤비뚤하고 새까만 그림자들은 반원의 광선들이 휩쓸고 지나갈 때마다 미친 듯한 광기의 안무를 따라 춤을 추었다.

열한 개의 하얀 로봇들은 행진을 하며, 위킷 열쇠를 흔들리는 빛 한가운데로 운반하고 있었다.

위킷 열쇠는 재건되었다. 각각의 구성 요소들은 반짝이며 빛을 발했다. 힘과 권력을 상징하는 강철 기둥(혹은 마빈의 다리), 번영을 상징하는 황금 가로장(혹은 무한 불가능 확률 추진기의 심장), 과학과 이성을 상징하는 방탄 유리 기둥〔혹은 아르가부톤의 정의의 홀(笏)〕, 은 가로장(혹은 심각한 각본에서 쓸데없이 '제기랄'이라는 말을 가장 많이 쓴 작가에게 수여되는 로리 상), 자연과 영성을 상징하는 재건된 나무 기둥(혹은 영국 크리켓의 죽음을 상징하는 불타버린 크리켓 기둥의 잔해인 애시즈 트로피).

"이 시점에서 우리가 할 수 있는 일은 아무것도 없나요?" 아서가 초조하게 말했다.

"없다오." 슬라티바트패스트가 한숨을 쉬었다.

아서의 얼굴을 스친 낙심의 표정은 완전히 실패작이었다. 게다가 그늘 아래에 서 있었기 때문에, 아서는 붕괴하는 낙심의 표정을 마음 놓고 안도의 표정으로 슬쩍 바꾸어버렸다.

"저런." 그는 말했다.

"우리에겐 무기가 없소." 슬라티바트패스트가 말했다. "바보처럼."

"빌어먹을." 아서가 아주 차분하게 말했다.

포드는 아무 말도 하지 않았다.

트릴리언도 아무 말 하지 않았지만, 그 침묵은 유별나게 사색적이고 독특했다. 그녀는 소행성 너머의 텅 빈 우주 공간을 뚫어져라 쳐다보고 있었다.

소행성은 크리킷의 사람들, 즉 크리킷의 주인들과 살인 로봇들이 살고 있는 행성계를 밀봉하고 있는 슬로-타임 덮개를 둘러싼 먼지 구름 주위를 돌고 있었다.

무기력한 일행은 크리킷 로봇들이 자신들의 존재를 알고 있는지 아닌지 확인할 길이 없었다. 그저, 로봇들이 알고는 있지만, 상황을 따져 볼 때 당연히, 두려워할 게 아무것도 없다고 느끼는 모양이라고 추정할 뿐. 로봇들은 역사적인 사명을 띠고 있었고, 구경꾼들은 경멸의 대상에 불과했다.

"끔찍하게 무기력한 기분이네요, 그렇죠?" 아서가 말했지만, 다른 사람들은 다 그의 말을 못 들은 척했다.

로봇들이 다가가고 있는 빛의 구역 한가운데에 사각형의 틈새가 나타났다. 틈새가 점점 또렷하게 모양을 갖춰나가더니, 곧 육 제곱 피트 정도 되는 사각형의 땅이 천천히 위로 부상하고 있다는 게 분명해졌다.

동시에 그들은 다른 움직임을 인식했다. 하지만 그것은 거의 눈치 채지 못할 정도로 미약해서, 잠시 동안 실제로 움직임이 있는지 없는지도 분명치 않았다.

그러다가 움직임이 분명해졌다.

소행성이 움직이고 있었다. 깊은 심연으로부터 천천히, 저 심연에서 낚시꾼이 끌어당기고 있기라도 한 것처럼, 무정하게 먼지 구름 쪽으로 서서히 움직여가고 있었다.

그들은 정보성 환각의 방에서 이미 겪어보았던 구름 속으로의 여행을 현실에서 되풀이하게 된 것이었다. 그들은 침묵 속에서 얼어붙은 듯 꼼짝도 하지 않았다. 트릴리언은 얼굴을 찌푸렸다.

한 시대가 지나가는 것 같았다. 소행성 끝이 막막하고 보드라운 먼지 구름 속으로 끌려 들어가는 동안, 시간은 빙글빙글 돌며 끔찍하게 느리게 흘러가는 것만 같았다.

그리고 곧 그들은 춤추는 얄팍하고 불투명한 안개 속에 에워싸였다. 그들은 막막하게, 끝없이, 그 속을 뚫고 흘러갔다. 희미한 형체들과 알아볼 수 없는 윤생체(輪生體)들이 곁눈질로 조금 보일락 말락 할 뿐이었다.

먼지 구름은 눈부신 빛의 광선마저 흐리게 했다. 빛나는 빛의 광선들은 무수한 먼지 알갱이들에 부딪쳐 반짝거렸다.

트릴리언은 또다시, 얼굴을 찌푸리고 혼자만의 생각에 잠겨 눈앞을 바라보았다.

그리고 그들은 먼지 구름 밖으로 나왔다. 일 분이 걸렸는지 삼십 분이 걸렸는지 확실히 알 수 없었지만, 그들은 구름 밖으로 나와 새로운 적막함에 휩싸였다. 우주 자체가 눈앞에서 사라져버린 듯한 광막한 어둠이었다.

그리고 이제 만사의 진행이 아주 빨라졌다.

지상 삼 피트 높이로 솟아 올라온 네모 상자 속에서 눈이 멀어버릴 듯한 광선들이 폭발하듯 사방으로 퍼져 나왔다. 그리고 그 속에서 더 작은 방탄 유리 상자가 튀어나왔다. 상자 속에서는 눈부신 빛깔들이 춤을 추고 있었다.

상자에는 깊은 홈들이 패어 있었는데, 세 개의 홈은 세로로, 두 개는 가로로 돼 있는 것으로 보아 위킷 열쇠를 꽂는 자리임이 분명했다.

로봇들은 자물쇠로 다가가 열쇠를 제자리에 꽂은 다음 다시 뒤로 물러났다. 상자는 제멋대로 빙그르르 뒤틀리더니, 공간의 변환이 시작되었다.

꽉 조여 있던 공간이 풀리는 과정은, 구경꾼들의 눈알을 안구에서 뽑아내는 것처럼 괴롭기 그지없었다. 그들은, 몇 초 전만 해도 텅 빈 우주 공간밖에 없는 것처럼 보였던 자리에 당당히 모습을 드러낸 태양을 자기도 모르게 멍하니 바라보고 있느라 눈이 멀어버릴 지경이 되었다는 걸 깨달았다. 일이 초쯤 흘렀을까, 그들은 방금 벌어진 일을 제대로 이해하기도 전에 두 손을 들어 눈부터 가렸다.

바로 그 일이 초 후, 그들은 태양의 눈알 한가운데를 아주 작은 점이 지나쳐 갔다는 사실을 깨닫게 되었다.

그들은 휘청거리며 뒷걸음질했고, 로봇들이 가냘픈 목소리를 한데 모아 뜻밖에도 합창을 하는 소리가 그들의 귓전에 울려 퍼졌다.

"크리킷! 크리킷! 크리킷! 크리킷!"

소름이 끼치는 소리였다. 냉혹하고, 차갑고, 공허하고, 기계적으로 음울했다.

그것은 또한 개선의 합창이었다.

두 가지 감각적 충격으로 인해 그들은 하마터면 두 번째로 일어난 역사적 사건을 놓칠 뻔했다.

자포드 비블브락스, 크리킷 로봇들의 직격탄을 맞고도 살아난 역사상 유일한 사내가 잽 권총을 휘두르며 크리킷 전함에서 뛰쳐나왔던 것이다.

"좋았어." 그가 소리쳤다. "현재 시각 모든 상황 이상 무."

우주선 진입로를 단신으로 지키고 있던 로봇이 말없이 배틀클럽을 휘둘러 자포드의 뒷머리와 접촉하게 만들었다.

"지랄할, 누가 이런 짓을 했어?" 왼쪽 머리가 이렇게 말하면서, 구역질 나게 앞으로 축 늘어졌다.

몇 초 만에 상황은 완전히 종료되었다. 로봇들이 가한 몇 번의 타격만으로 자물쇠는 영원히 파괴되었다. 자물쇠는 부서지며 갈라지고 녹아 내리고 쩍 벌어져서 내용물을 다 쏟아버렸다. 로봇들은 음울하게 행진해 갔다. 어쩐지 약간 서글퍼 보이기까지 하는 로봇들은 전함으로 행진해 들어갔고, 우주선은 '휵' 소리와 함께 사라져버렸다.

트릴리언과 포드는 정신없이 빙글빙글 돌아 비탈길을 내려가, 시커멓게 꼼짝도 않는 자포드 비블브락스에게 달려갔다.

26

"이해가 안 돼." 자포드가 벌써 서른일곱 번은 얘기했을 거라고 생각하며 이렇게 말했다. "로봇들은 나를 죽일 수도 있었는데 그러지 않았거든. 나를 꽤나 멋진 남자쯤으로 여겼나 봐. 그거야 이해할 수 있는 일이지만."

다른 사람들은 말없이 이 이론에 대한 각자 나름대로의 이견을 머릿속으로 정리했다.

자포드는 우주선 갑판의 차가운 바닥에 누워 있었다. 고통이 온몸을 쿵쿵거리며 밟고 지나가고 머리를 찧어대고 있는 사이 그의 등허리는 마룻바닥과 씨름을 하는 것 같았다.

"내 생각에, 저 양극 산화 처리된 친구들은 뭔가 잘못된 것 같아. 뭔가 본질적으로 기괴해." 그가 속삭였다.

"그 로봇들은 다른 존재를 모두 죽이도록 프로그래밍되어 있다오." 슬라티바트패스트가 지적했다.

"아, 아마 그게 바로 문젠가 봐요." 자포드는 두 번의 쿵쾅거리는 고통 사이에 간신히 씩씩거리며 말했다. 하지만 어쩐지 전적으로 그 말을 다 믿는 기색은 아니었다.

"안녕, 자기." 그가 트릴리언에게 말했다. 이 말로 예전의 행동을 무마할 수 있기를 바라면서.

"괜찮아?" 트릴리언이 부드럽게 말했다.

"응, 괜찮아." 그가 말했다.

"다행이네." 트릴리언이 말하고, 생각을 하기 위해 물러났다. 그녀는 여덟 개의 소파 위에서 커다란 비지스크린을 뚫어져라 응시하다가, 스위치를 돌려 주변 풍경을 돌려 보기 시작했다. 어떤 사진에는 먼지 구름의 막막함이 찍혀 있었다. 어떤 사진은 크리킷의 태양이었다. 어떤 사진은 크리킷 행성 자체였다. 그녀는 맹렬한 속도로 사진들을 훑어보았다.

"이제 은하계에 작별 인사나 해야 하는 것이군." 아서가 무릎을 툭툭 치면서 일어섰다.

"아니오." 슬라티바트패스트가 심각하게 말했다. "우리가 갈 길은 분명하오." 그가 미간을 어찌나 깊이 찌푸렸는지, 주름 사이에 작은 구근 채소들이라도 심을 수 있을 것만 같았다. 그는 일어나서 우주선 안을 서성거렸다. 다시 말을 시작하다가, 그는 그만 자기 자신이 한 말에 너무 겁을 먹은 나머지 결국 다시 주저앉을 수밖에 없었다.

"우리는 크리킷 행성으로 내려가야 하오." 그가 말했다. 깊은 한

숨에 그의 노구가 흔들렸다. 두 눈은 안구 속에서 마치 딸랑이처럼 덜그럭거리는 것 같았다.

"이번에도 우리는 한심하게 실패했소. 참으로 한심하게."

"그건 우리와 별로 상관없는 일이기 때문이라고 제가 말했잖아요." 포드가 조용히 말했다.

그는 발을 계기판 위에 올려놓고 손톱들로 뭔가를 발작적으로 두들겼다.

"하지만 우리가 뭔가 조치를 취하지 않으면……." 노인이 시비조로 말했다. 마치 자신의 본성에 내재한 안일하고 태평한 자질과 싸우고 있는 듯했다. "그러면 우리는 모두 파괴될 거요. 우리 모두 죽을 거란 말이오. 그 정도라면 우리와 상관이 있겠지요?"

"목숨을 내놓을 만큼은 아니지요." 포드가 말했다. 그는 얼굴에 일종의 공허한 미소 같은 걸 내걸고는, 보고 싶은 사람들은 다 보란 듯이 방 안을 휘둘러보았다.

슬라티바트패스트는 이 관점이 몹시 유혹적이라고 생각하고 유혹에 저항하려 애쓰는 게 분명했다. 그는 다시 몸을 돌려 자포드를 바라보았다. 자포드는 이를 갈며 고통으로 식은땀을 흘리고 있었다.

"아마 당신은 뭔가 생각이 있을 거요." 그가 말했다. "어째서 그들이 당신 목숨을 살려주었는지에 대해서 말이오. 그건 정말 아주 이상하고 희귀한 일이라오."

"자기네들도 이유를 모르는 게 아닐까 하는 생각이 들어요." 자포드는 어깨를 으쓱했다. "말씀드렸잖아요. 놈들은 제일 약한 타격으로 저를 때려눕혔어요, 그렇죠? 그러더니 자기네 우주선으로 끌고 가서, 한쪽 구석에다 던져놓고 그냥 묵살했어요. 제가 무슨 말만 하면, 다시 때려눕혔지요. 우리는 상당히 멋진 대화를 나눴어요. '이봐요……억!' '거기……억!' '저기……윽!' 몇 시간 동안 저를 아주 즐겁게 해주더군요, 뭐." 그는 다시 몸을 움찔했다.

그는 손가락으로 뭔가를 만지작거리고 있었다. 그는 그 물건을 치켜들었다. 황금 가로장——순수한 마음, 무한 불가능 확률 추진기의 심장. 자물쇠의 파괴 속에서 훼손되지 않고 살아남은 건 오직 그것과 나무 기둥뿐이었다.

"선생님 우주선이 꽤 잘 달린다니, 먼저 저 좀 제 우주선에다 도로 데려다 주시겠어요?" 그가 말했다.

"우리를 도와주지 않을 거요?" 슬라티바트패스트가 말했다.

"우리?" 포드가 쌀쌀맞게 쏘아붙였다. "우리가 누군데요?"

"남아서 여러분이 은하를 구하는 걸 돕고 싶습니다만……." 자포드가 어깨를 간신히 치켜 올리면서 말했다. "하지만 저한테는 두통 낳는 부모가 있어서, 이미 두 개의 두통이 태어나 있는데다, 앞으로도 엄청 많은 두통들이 태어날 예정이라서 말이지요. 하지만 다음번에 은하를 구할 일이 생기면, 그때는 불러만 주세요. 이봐, 트릴리언, 자기?"

그녀는 잠깐 주위를 둘러보았다.

"응?"

"같이 갈래? 순수한 마음 호에? 흥분과 모험과 진짜 진짜 재미있는 일들?"

"나는 크리킷 행성에 내려갈 거야." 그녀가 말했다.

27

똑같은 언덕이었지만 똑같지가 않았다.

이번에는 정보성 환각이 아니었다. 이번에는 진짜 크리킷 행성이었고, 그들은 그 위에 서 있었다. 그들 근처 나무들 뒤에는 희한하게 생긴 이탈리아 레스토랑이 서 있었다. 그것은 바로 그들을, 그들의 진짜 육신을 이곳, 진짜로 존재하는 현재의 크리킷 세계로 데리고 온 우주선이었다.

발밑에서 느껴지는 탱탱한 풀들은 진짜였고, 풍부한 토양도 진짜였다. 나무들이 풍기는 어지러운 향기도 역시 진짜였다. 밤도 진짜 밤이었다.

크리킷.

크리킷 주민이 아닌 사람에게 이렇게 위험한 곳은 아마 다시 없으리라. 이 장소는 다른 장소의 존재 자체를 견디지 못했다. 이 장소의 매력적이고 쾌활하고 지적인 주민들은 자기네 종족이 아닌 사람을 만나면 공포, 만행, 그리고 살의에 찬 증오로 울부짖곤 했다.

아서는 부르르 떨었다.

포드도, 놀랍게도, 부르르 떨었다.

그가 부르르 떨었다는 게 놀라운 게 아니다. 그가 어쨌든 여기서 있다는 사실 자체가 놀라웠다. 하지만 그들이 자포드를 우주선으로 돌려보냈을 때, 포드는 뜻밖에도 부끄러워져서 도망가지 않기로 결심했다.

틀렸어, 포드는 속으로 생각했다. 틀렸어 틀렸어 틀렸어. 그는 자포드의 무기고에서 꺼내 온 잽 권총을 꼭 껴안았다.

트릴리언도 부르르 떨었고, 하늘을 보더니 얼굴을 찌푸렸다.

하늘도 똑같지가 않았다. 이제 더 이상 막막하고 텅 빈 공간이 아니었다.

하지만 이천 년에 달하는 크리킷 전쟁 중에도 전원의 풍경은 별로 달라지지 않았다. 그리고 크리킷이 십억 년 전 슬로-타임 덮개로 밀봉된 이래 이 지역에서는 겨우 오 년이 흘렀을 뿐이었다. 하지만 하늘은 엄청나게 달라졌다.

희미한 빛들과 육중한 형체들이 하늘에 걸려 있었다.

하늘 높은 곳에, 그 어떤 크리킷 주민도 바라보지 않는 곳에, 전쟁 구역, 로봇 구역들이 있었다. 크리킷 행성 표면의 목가적인 전원 풍경 위 저 높은 곳 널-오-그라브 장(場)에 거대한 전함들과 탑 같은 공장들이 둥둥 떠다니고 있었다.

트릴리언은 그것들을 바라보면서 생각했다.

"트릴리언." 포드 프리펙트가 그녀에게 속삭였다.

"응?" 그녀가 말했다.

"지금 뭐 하고 있어?"

"생각."

"생각할 때 늘 그렇게 숨을 쉬어?"

"내가 숨을 쉬고 있는지도 몰랐는데."

"바로 그것 때문에 걱정한 거야."

"어쩐지 나……." 트릴리언이 말했다.

"쉬잇!" 슬라티바트패스트가 깜짝 놀라서 말했고, 떨리는 가는 손을 마구 흔들며 나무 그늘 속으로 더 물러서라는 제스처를 취했다.

별안간, 전에 테이프에서 본 것처럼, 언덕의 오솔길을 따라 내려오는 빛이 보였다. 하지만 이번에는 춤추는 광선들이 등불이 아니라 전기 손전등에서 나왔다. 그 자체가 극적인 변화는 아니었지만, 그런 작은 것 하나하나가 이들의 심장을 두려움으로 미친 듯 뛰게 만들었다. 이번에는 꽃들이며 농장이며 죽은 개들에 대한, 지저귀는 듯한 변덕스러운 노래들은 없었고, 뭔가 급박한 논쟁을 하는 숨죽인 목소리들만 들려왔다.

느릿느릿하고 육중하게 하늘에서 빛이 움직였다. 아서는 폐쇄공포증으로 인한 두려움과 따뜻한 바람으로 목이 메었다.

몇 초도 안 돼서 두 번째 무리가 보였다. 어두운 언덕 반대편에서 다가오고 있었다. 그들은 아주 신속했으며, 확고한 목적 의식을 가지고 움직였다. 손전등을 흔들며 주위를 살펴보고 있었다.

두 무리가 합류하기로 한 게 틀림없었지만, 서로 만나기로 한 게 다가 아니었다. 그들은 의도적으로 아서와 다른 사람들이 서 있는 곳에서 합류하기로 한 게 분명했다.

아서는 포드 프리펙트가 어깨로 잽 건을 들어 올리느라 바스락거리는 소리를 들었다. 슬라티바트패스트가 자기 총을 들어 올리며 조그맣게 끙끙거리며 기침을 하는 소리도 들렸다. 그는 자기가 들고 있는 총의 차갑고 낯선 무게를 느꼈고, 손을 덜덜 떨면서 그걸 들어 올렸다.

아서의 손가락들은 서툴게 더듬거리며 안전 장치를 풀고, 포드가 보여준 지독하게 위험하다는 방아쇠를 당기려 했다. 하도 덜덜 떨어서, 그 순간 누구한테 대고 총을 쐈다면, 아마 시체에다 자기 서명을 남겼을 것이다.

오로지 트릴리언만 총을 들어 올리지 않았다. 그녀는 눈썹을 치켜 올렸다가, 다시 내렸다가, 생각에 잠겨 입술을 깨물었다.

"그런 생각을 해봤어." 그녀는 불쑥 말을 꺼냈지만, 아무도 지금 같은 때 그런 얘기를 하고 싶어하지 않았다.

그들 뒤편에서 비수처럼 빛이 암흑을 찔렀고, 그들은 빙글 돌아보았다. 그리고 손전등으로 그들을 찾고 있던 세 번째 무리가 등 뒤에 있다는 걸 알아차렸다.

포드 프리펙트의 총이 사악하게 따딱 소리를 냈지만, 포화는 뒤로 뿜어져 나와 그의 손에서 폭발해버렸다.

잠시 순전한 공포의 순간이 흘렀다. 얼음처럼 꽁꽁 굳어버린 일 초간 아무도 다시는 총을 쏘지 않았다.

그리고 이 초가 끝나가도 아무도 총을 쏘지 않았다.

그들은 창백한 얼굴의 크리킷 주민들에게 둘러싸여 위아래로 흔들리는 손전등 불빛으로 목욕을 하고 있었다.

포로들은 포획자들을 빤히 쳐다보았고, 포획자들은 포로들을 빤히 쳐다보았다.

"안녕하세요?" 포획자들 중 한 사람이 말했다. "실례지만, 혹시 당신들……외계인이세요?"

28

그러는 사이, 인간이 맘 편하게 생각할 수 있는 범위보다 수백만 마일이 더 넘는 거리 바깥에서 자포드 비블브락스는 또 우울증에 빠져들고 있었다.

그는 우주선을 수리했다. 그러니까, 서비스 로봇이 대신 고쳐주는 동안 정신 똑바로 차리고 열심히 지켜봤다는 뜻이다. 이제 순수한 마음 호는 다시 한번, 존재하는 가장 강력하고 탁월한 우주선이 되었다. 자포드는 어디든지 갈 수 있었고, 뭐든지 할 수 있었다. 그는 책을 좀 만지작거리다가 휙 던져버렸다. 전에 이미 다 읽은 책이었다.

그는 통신 장비 쪽으로 걸어가서 모든 주파수를 아우르는 채널을 열었다.

"술 한 잔 같이 할 사람 있습니까?" 그가 말했다.

"이거 응급 상황입니까?" 은하계 절반쯤 건너편에 있는 사람이 딱딱거렸다.

"술 좀 있습니까?" 자포드가 말했다.

"가서 별똥별이나 타라."

"알았어, 알았다고." 자포드는 이렇게 말하고 채널을 돌려 꺼버렸다. 그는 한숨을 푹 쉬고 주저앉았다. 그리고 다시 일어나서 컴퓨터 스크린을 보며 이리저리 방황했다. 그는 버튼을 몇 개 눌렀다. 작은 얼룩들이 스크린에 나타나 바삐 돌아다니며 서로 잡아먹기 시작했다.

"핑!" 자포드가 말했다. "피유우우우우우! 빵빵빵!"

"이봐요." 컴퓨터가 일 분 후 명랑하게 말했다. "당신은 삼 점을 받았어요. 이제까지의 최고 점수는 칠백오십구만 칠천이백……."

"알았어, 알았다고." 자포드는 이렇게 말하고 다시 스크린을 짤깍 꺼버렸다.

그는 다시 주저앉았다. 그는 연필을 갖고 놀았다. 이것도 점점 매력을 잃어갔다.

"알았어, 알았다고." 그는 이렇게 말하고, 자기 점수와 이전의 최고 점수를 컴퓨터에 쳐 넣었다.

그의 우주선은 전 우주를 희미하게 경계가 번진 형체들로 만들며 날아갔다.

29

"얘기 좀 해주세요." 줄지어 늘어선 사람들 사이에서 앞으로 한 발짝 나서서 손전등들이 그리는 동그라미 속에 불안하게 서 있는, 마르고 창백한 얼굴의 크리킷 주민이 말했다. 그가 총을 들고 있는 모양새는, 마치 볼일 보고 금세 다시 오겠다며 친구가 잠깐 맡겨두고 간 총을 대신 들고 있는 사람 같았다. "혹시 자연의 균형이라고 하는 것에 대해 아는 게 있으세요?"

포로들에게서는 아무 대답이 없었다. 아니, 그저 감을 못 잡고 웅얼거리는 소리와 신음 소리가 있을 뿐 사리가 분명한 대답은 없었다. 손전등 불빛이 계속 그들을 비추고 있었다. 저 하늘 높이 로봇 구역에서는 음침한 행위들이 계속되고 있었다.

"저희는 그저……." 크리킷 주민이 불편한 어조로 말을 이었다. "들은 얘기가 있어서요. 별로 중요한 얘기는 아닐지도 모릅니다만. 음, 그렇다면 차라리 여러분들을 죽이는 게 낫겠네요."

그는 어느 부분을 눌러야 하는지 알아내려는 것처럼 자기 총을 내려다보았다.

"그러니까……." 그는 다시 눈길을 들며 말했다. "여러분이 하고 싶은 얘기가 없으시다면요."

서서히 둔탁한 경악이 슬라티바트패스트, 포드, 그리고 아서의 몸을 아래로부터 훑고 올라왔다. 조금 있으면 놀라움이 뇌에 도달할 것이었다. 하지만 뇌는 지금 당장은 그들의 턱뼈를 위아래로 움직이는 일에 몰두해 있었다. 트릴리언은 마치 상자를 흔들면 직소 퍼즐이 저절로 완성되기라도 할 것처럼 고개를 흔들어대고 있었다.

"좀 걱정이 되어서요." 모여 선 사람들 사이에서 다른 사내가 말했다. "우주를 모조리 파괴한다는 우리 계획이 어쩐지 불안해요."

"그래요." 다른 사람이 말했다. "그리고 자연의 균형이라는 것도요. 우주의 나머지 부분 전체가 파괴되면, 오히려 자연의 균형이 무너질 것 같거든요. 우리는 생태학에 관심이 굉장히 많답니다." 그의 목소리는 불행하게 끝을 흐렸다.

"그리고 스포츠에도요." 다른 사람이 큰 소리로 말했다. 이 말에 다른 사람들은 동의한다는 듯 환호를 보냈다.

"그래요." 처음 말한 사람이 고개를 끄덕였다. "스포츠에도……." 그는 불안하게 동료들을 돌아보며 뺨을 발작적으로 긁어댔다. 뭔가 심오한 내적 혼란을 겪고 있는 것처럼 보였다. 마치 자기가 실제로 하고 싶은 말과 하고 있는 생각이 서로 전혀 달라서, 둘 사이에 아무런 연관성을 찾을 수 없는 것처럼.

"그러니까……." 그가 웅얼거렸다. "우리 중에는……." 그리고 확신을 얻으려는 것처럼 주위를 둘러보았다. "우리 중에는……." 그가 계속 말했다. "다른 은하의 존재들과 스포츠로 교류하고 싶어 하는 이들이 꽤 있거든요. 스포츠를 정치와 구분하기 위해서 어떤 논리를 써야 할지는 알고 있습니다만, 은하의 다른 세계들과 스포츠 교류를 하려면……우리는 그러고 싶습니다만……그렇다면 은하를 파괴하는 건 실수 같아요. 그리고 우주의 다른 존재들이 정말로……." 그는 다시 말끝을 흐렸다. "……그게 지금 우리 생각인 것 같아요……."

"뭐……뭐……." 슬라티바트패스트가 말했다.

"하아……?" 아서가 말했다.

"허억……." 포드 프리펙트가 말했다.

"알았어요." 트릴리언이 말했다. "얘기를 좀 해봅시다." 그녀는 앞으로 걸어 나가더니, 불쌍하게 혼란에 빠져 있는 크리킷 사람의 팔을 잡았다. 그는 스물다섯 살쯤 되어 보였다. 이 지역에서 특별히 시간이 조작되었다는 사실을 고려하면, 십억 년 전 크리킷 전쟁이 끝났을 당시 스무 살의 청년이었다는 뜻이었다.

트릴리언은 그를 붙들더니, 아무 말도 하지 않고 잠시 산책을 하기 시작했다. 청년은 불안하게 뒤를 따라 비틀거리며 걸었다. 주위를 에워싼 손전등 불빛들은 이제 살짝 고개를 떨어뜨리는 듯했다. 마치, 이 시커먼 혼돈의 우주에서 유일하게 자기가 할 일을 알고 있는 듯한 이 낯선, 차분한 여자에게 모든 권위를 양도하겠다는 듯이 말이다.

그녀는 뒤로 돌아서 청년의 얼굴을 똑바로 쳐다보더니, 가볍게 그의 두 팔을 붙들었다. 그의 얼굴은 참담한 당혹감으로 얼룩져 있었다.

"어디 얘기 좀 해보세요." 그녀가 말했다.

그는 잠시 아무 말도 하지 않았지만, 시선은 계속 트릴리언의 양쪽 눈을 번갈아 바라보고 있었다.

"우리는……." 그가 말했다. "우리는……그렇게 되면 외로울 거 같다는……생각이 들어요." 그는 얼굴을 엉망진창으로 구기더니 앞으로 푹 떨어뜨렸다. 그리고, 저금통에서 동전을 꺼내려는 사람이 저금통을 마구 흔들어대듯이 머리를 마구 흔들기 시작했다. 그는 다시 고개를 들었다. "우리한테는 폭탄이 있거든요." 그가 말했다. "아주 작은 거예요."

"알아요." 그녀가 말했다.

그는, 마치 트릴리언이 방금 어떤 채소에 대해 굉장히 이상한 얘기를 하기라도 한 것처럼, 눈이 튀어나올 듯이 그녀를 바라보았다.

"정말, 아주, 아주 작아요." 그가 말했다.

"알아요." 그녀가 다시 말했다.

"그런데……." 그가 다시 말끝을 흐렸다. "그걸로 존재하는 모든 걸 다 파괴할 수 있대요. 그리고 우리는 그렇게 해야 해요. 그렇게 하면 우리가 외로워질까요? 모르겠어요. 하지만 그게 우리의 기능인 것 같아요." 그는 이렇게 말하더니 다시 고개를 푹 숙였다.

"어떤 결과를 초래하든지 말이에요." 모여선 사람들 사이에서 공허한 목소리가 말했다.

트릴리언은 딱할 정도로 혼란에 휩싸여 있는 청년을 천천히 두 팔로 안더니, 덜덜 떨고 있는 그의 머리를 자기 어깨에 눕히고 토닥토닥 두들겨주었다.

"괜찮아요." 그녀는 조용하게, 하지만 캄캄한 그늘에 싸여 있는 사람들한테 다 들릴 정도로 또렷하게 말했다. "그런 일은 안 해도 돼요."

그녀는 청년을 다독여주었다.

"안 해도 돼요." 그녀가 다시 말했다.

그녀는 청년을 놓아주고 뒤로 물러섰다.

"여러분, 제 부탁 한 가지만 들어주세요." 그녀가 말했다. 그러더니 뜻밖에도 깔깔 웃어대기 시작했다.

"저는……." 그녀는 이렇게 말하고는 또 큰 소리로 웃었다. 그러다가 두 손을 입에 대더니, 웃음기가 하나도 없는 표정으로 돌아와 이렇게 말했다. "저를 여러분의 지도자로 받아주셨으면 해요." 그러더니 그녀는 하늘의 전쟁 구역을 가리켰다. 이들의 지도자가 그 위에 있다는 걸 아는 것처럼.

그녀의 웃음소리가 대기중에 뭔가를 풀어놓은 듯했다. 사람들 뒤쪽 어딘가에서 누군가의 목소리가 노래를 부르기 시작했다. 그 노래를 폴 매카트니가 썼으면, 아마 전 세계를 다 사고도 남을 만한 돈을 벌었을 것이다.

30

자포드 비블브락스는 기차게 멋지고 근사한 사내답게, 터널을 따라 용감하게 기어갔다. 그는 매우 혼란스러웠지만, 그래도 어쨌든 용감한 사내이므로 계속 집요하게 터널을 따라 기어갔다.

그는 방금 눈앞에서 벌어진 광경을 이해할 수가 없었다. 하지만 그가 앞으로 듣게 될 이야기에 어리둥절해질 것에 비하면 이건 절반 수준도 안 되는 혼란이었다. 그러니 그가 이 시점에 어디에 있었는지 지금 말해두는 게 가장 좋을 듯하다.

그는 크리킷 행성에서 수마일 상공에 떠 있는 로봇 전쟁 구역에 있었다.

이곳은 공기가 희박했고, 우주 공간에서 이쪽으로 던져질 수도 있는 광선이라든가 뭐 기타 등등의 것들에 대해 방어가 덜 되어 있는 편이었다.

그는 우주선 순수한 마음 호를 크리킷 행성 상공에 빽빽하게 들어차 있는 거대하고 혼잡하고 컴컴한 선체 사이에 주차해두고, 오로지 잽 총 하나와 약간의 두통약으로 무장한 채 우주에서 가장 크고 가장 중요해 보이는 공중 건물 속으로 침투해 들어온 참이었다.

그가 있는 장소는 길고, 넓고, 몹시 조명이 취약한 회랑이어서, 들키지 않고 다음 행동을 생각하기에 적당했다. 그는, 가끔씩 크리킷 로봇들이 회랑을 따라 걸어 다녔기 때문에 숨어 있었다. 그는 이제까지는 마치 생명을 구하는 부적이라도 달고 다녔던 것처럼 로봇들과 대직할 때마다 목숨을 부지했지만, 그래도 무지무지하게 아픈 건 사실이었고, 그래서 이제는 기막힌 행운——이렇게 부르고 싶은 마음은 절반밖에 들지 않지만——만 믿을 생각이 전혀 없었다.

그는 아까 회랑에서 빠져나와 어떤 방으로 숨어들었는데, 그곳이 어마어마하게 클 뿐만 아니라 이번에도 역시 조명이 몹시 취약한 방이라는 걸 알 수 있었다.

사실, 그곳은 딱 하나의 전시품밖에 없는 박물관이었다. 바로 우주선의 잔해였다. 그것은 끔찍하게 불에 타고 망가져 있었다. 자포드는, 학창 시절에 바로 옆자리의 사이버큐비클에 앉아 있던 여자애하고 섹스를 하려는 헛된 시도에 몰두하는 바람에 놓쳐버린 은하계 역사를 다시 공부한 뒤였기 때문에, 이것이 그 옛날 수십억 년 전에 먼지 구름 사이로 추락해서 이 모든 사태를 초래한 그 우주선의 잔해이리라는 지적인 추정을 할 수 있었다.

한데 자포드의 혼란을 초래한 건 바로 이것이었다. 그 우주선에는 틀림없이 뭔가 잘못된 데가 있었다.

우주선은 아주 제대로 망가져 있었다. 제대로 불타기도 했고 말이다. 하지만 숙련된 눈으로 아주 잠깐만 조사해보면 그것이 진짜 우주선이 아니라는 걸 알 수 있었다. 그건 마치 우주선의 실제 크기 모형, 그러니까 모형 청사진 같았다. 다시 말하면, 갑자기 우주선을 만들기로 작정했지만 만드는 법을 모를 때 아주 유용한 물건이었다. 하지만 그것 자체는 하늘을 날 수가 없었다.

여전히 이 문제로 골치를 썩이고 있던——사실 이 문제로 골치를 썩이기 시작한 건 방금 전의 일이었지만——그는 이 방 반대편에서 문이 미끄러져 열렸다는 사실을 깨달았다. 두서너 개의 크리킷 로봇들이 약간 우울해 보이는 얼굴로 들어왔다.

자포드는 이들과 연루되기 싫어서, 신중함이 용기의 다른 이름이면 비겁함도 신중함의 다른 이름이라고 결정하고, 용감하게 찬장에 몸을 숨겼다.

찬장인 줄 알았던 물건은 알고 보니 환기구였고, 점검 해치를 열면 훨씬 더 넓은 통풍 터널로 이어지게 되어 있었다. 그는 그리로 내려가서 터널을 따라 기어가게 되었다. 그리고 바로 이 지점에서 우리가 그를 찾아낸 것이다.

자포드는 통풍 터널 속이 전혀 마음에 들지 않았다. 춥고, 어둡고, 심오하게 불편했고, 무지하게 겁이 나게 했다. 그래서 처음으로 기회——백 야드쯤 깊은 곳에 또 환기구가 있었다——가 생기자, 당장 터널 밖으로 기어 나왔다.

이번에는 아까보다 좀더 좁은 실내가 나왔다. 겉모습으로 볼 때 컴퓨터 지능 센터인 것 같았다. 그는 커다란 컴퓨터 저장고와 벽 사이에 위치한 컴컴하고 좁은 통로로 나왔다.

곧 그는 이 방에 다른 사람들이 있다는 걸 알아차렸고, 다시 나가려고 했다. 하지만 바로 그때 다른 사람들이 말을 하기 시작했고 그는 흥미롭게 귀를 기울였다.

"로봇들 때문입니다." 어떤 목소리가 말했다. "로봇들에 좀 문제가 있습니다."

"정확히 말해서 어떤 문제지?"

이 목소리들은 크리킷 전쟁 사령관들의 것이었다. 전쟁 사령관들은 모두 로봇 전쟁 구역에 살고 있었으며, 덕분에 행성 표면에 살고 있는 동포들에게 닥치곤 하는 변덕스러운 의혹이나 불안감들에 대체로 영향을 받지 않았다.

"음, 그러니까, 로봇들은 이제 차츰 제대할 때가 되어가고, 곧 초신성 폭탄을 터뜨리게 되지 않습니까. 시간 밀봉의 덮개가 벗겨진 지 얼마 되지 않았는데……."

"요점을 말해보게."

"로봇들이 기뻐하고 있지 않습니다."

"뭐라고?"

"전쟁 말입니다. 전쟁으로 우울해진 모양입니다. 로봇들이 온 세상이 지겹다는 듯이, 아니 온 우주가 지겹다는 듯이 권태 증세를 보이고 있습니다."

"흠, 그건 상관없네. 우주를 파괴하는 일을 돕는 게 로봇들의 일이니까."

"그렇습니다. 하지만 로봇들이 그 일에 난항을 겪고 있습니다. 만사가 귀찮아진 모양입니다. 임무 완수를 몹시 어렵게 느끼고 있습니다. '으쌰'가 부족하단 말씀입니다."

"무슨 말을 하고 싶은 건가?"

"그러니까, 로봇들이 심한 우울증을 앓고 있다는 뜻입니다."

"지금 무슨 소리를 지껄이고 있는 건가?"

"그러니까, 최근 연루된 몇 번의 분쟁들에서 보면, 로봇들은 전장에 가서 무기를 쳐들자마자, 뭐 하러 이런 귀찮은 짓을 해? 이런 생각을 하는 듯합니다. 우주적으로 말해서, 대체 이게 다 무슨 짓이야? 라는 생각 말입니다. 그러고 나서는 좀 피로해지고 좀 풀이 죽는 겁니다."

"그럴 때 그들은 어떻게 하나?"

"아, 대체로 이차 방정식을 풉니다. 어느 모로 보나 악마적으로 어려운 방정식들이지요. 그러면 그들은 뾰로통해집니다."

"뾰로통해져?"

"그렇습니다."

"로봇이 뾰로통해진다는 소리는 내 들어본 바 없네."

"저도 모릅니다."

"방금 들린 그 소리는 뭔가?"

그건 머리가 빙글빙글 돌 지경이 된 자포드가 도망가는 소리였다.

키

우물처럼 깊은 암흑 속에, 불구가 된 로봇이 앉아 있었다. 금속성 암흑 속에서 말을 잃은 지 이미 한참이었다. 춥고 축축했지만, 로봇인지라 그런 건 원래 못 느껴야 정상이었다. 하지만 어마어마한 의지력을 동원해, 로봇은 이런 것들을 느끼는 데 성공했다.

로봇의 뇌는 크리킷 전쟁 컴퓨터의 중앙 정보 핵심에 묶여 있었다. 로봇으로서는 결코 즐겁지 못한 경험이었지만, 그건 크리킷 전쟁 컴퓨터 쪽도 마찬가지였다.

스콘셸러스 제타 행성 늪지대에서 이 딱한 금속 존재를 포획한 크리킷 로봇들이 그에게 이런 짓을 한 건, 그들이 한눈에 이 로봇의 어마어마한 지성과 엄청난 쓸모를 눈치 챘기 때문이었다.

그들은 이에 수반되는 이 로봇의 성격 파탄은 미처 생각지 못했다. 추위, 어둠, 축축함, 그리고 비좁은 공간과 외로움은 마음을 진정하는 데 전혀 도움이 되지 못했다.

로봇은 이 일이 전혀 행복하지 않았다.

무엇보다, 전 행성의 군사 전략을 짜는 것은 이 엄청난 지적 정신의 아주 작은 부분만으로도 충분한 일이었다. 그리고 나머지 정신은 끔찍한 지겨움에 괴로워하고 있었다. 자기 문제만 제외하고, 전 우주의 모든 수학적 · 물리학적 · 화학적 · 생물학적 · 사회학적 · 철학적 · 윤리학적 · 천문학적 · 심리학적 문제를 세 번씩 반복해서 풀고 나자 로봇은 더 이상의 할 일을 전혀 생각해낼 수 없었고, 그래서 아무 음조도 없고 선율도 없는 짧고 애처로운 노래들을 작곡하는 일을 하기 시작했다. 최근에 지은 곡은 자장가였다.

마빈이 읊조렸다.

이제 세상은 모두 잠이 들었네.

어둠은 내 머리를 에워싸지 못하리.

나는 적외선으로 볼 수 있다네

나는 밤이 정말 싫어.

그는 예술적인 힘과 감정적인 힘을 모아 시의 다음 구절을 지으려고 잠시 숨을 돌렸다.

이제 나는 잠들려 하네

전기 양들을 세려 하네

달콤한 소망들을 간직할 수 있으리
나는 밤이 정말 싫어.

"마빈!" 어떤 목소리가 숨을 죽이고 말했다.

로봇의 머리가 찰칵 하고 위쪽을 보았다. 그러다 하마터면 크리킷 전쟁 컴퓨터의 중앙부와 복잡하게 연결돼 있는 전극의 정교한 네트워크를 끊을 뻔했다.

점검 해치가 열리더니 제멋대로 돌아가는 머리들 중에서 하나가 안쪽을 바라보았다. 그러는 동안 다른 머리는 내내 그 머리를 쿡쿡 찔러대며 사방으로 몹시 불안한 눈길을 던지고 있었다.

"오, 당신이군요." 로봇이 말했다. "미리 알아차렸어야 하는데."

"이봐, 꼬마." 자포드가 경악에 차서 말했다. "방금 노래 부르고 있던 게 너니?"

"저예요." 마빈이 씁쓸하게 시인했다. "지금 특히 재기가 번득이고 있어서 말이죠."

자포드는 해치 안쪽으로 머리를 디밀고 주위를 둘러보았다.

"너 혼자니?" 그가 말했다.

"네." 마빈이 말했다. "맥없이 이렇게 앉아 있어요. 고통과 참담함이 유일한 벗이죠. 그리고 어마어마한 지성도요. 그리고 무한한 슬픔도. 그리고……."

"알았어." 자포드가 말했다. "이봐, 이런 것들이 왜 다 너랑 연결되어 있는 거야?"

"이건……." 마빈은 훼손이 덜한 팔을 들어 크리킷 컴퓨터와 자신을 연결하는 수많은 전극들을 가리켰다.

"그럼……." 자포드가 어색하게 말했다. "네가 내 목숨을 살려준 거구나. 두 번이나."

"세 번이에요." 마빈이 말했다.

자포드의 머리가 뒤를 휙 돌아보았고(다른 머리는 날카로운 매 같은 눈길로 완전히 다른 방향을 보고 있었다), 바로 뒤에 치명적인 살인 로봇이 막 연기를 내기 시작하며 서 있다는 걸 알아차렸다. 로봇은 비틀거리며 뒷걸음치더니 벽에 등을 대고는 스르르 미끄러져 내렸다. 그리고 옆으로 쓰러지더니, 고개를 젖히고, 도저히 위로를 해줄 수 없을 정도로 서럽게 흐느끼기 시작했다.

자포드는 다시 마빈을 보았다.

"너 참 굉장히 멋진 세계관을 갖고 있는 것 같다." 그가 말했다.

"묻지 마세요." 마빈이 말했다.

"그러지." 자포드가 말했다. "이봐, 너 정말 잘하고 있는걸."

"그 말씀은 그러니까……." 마빈은 이 논리적 비약을 위해 그의 전체 정신력에서 오직 십만 백만 천만 억 조 경 해 불가사의분의 일의 능력을 썼을 뿐이다. "저를 해방시켜주거나 할 생각이 전혀 없다는 뜻이군요."

"꼬마야, 내 마음이야 그렇게 해주고 싶지."

"하지만 안 그러실 테죠."

"그래."

"알았어요."

"넌 아주 잘하고 있어."

"맞아요. 하기 싫어 죽겠는데 왜 지금 그만두겠어요?" 마빈이 말했다.

"나는 가서 트릴리언하고 다른 사람들을 찾아봐야겠다. 그들이 어디 있는지 아니? 전 행성을 다 뒤져야 한단 말이야. 상당히 시간이 걸리는 일이라고."

"아주 가까운 데 있어요." 마빈이 청승맞게 말했다. "원하시면, 여기서 모니터로 보실 수도 있어요."

"직접 가서 찾아봐야겠어." 자포드가 우겼다. "내 도움이 필요할지도 모르니까, 그렇지?"

"아마 일단 여기서 모니터로 좀 보시는 게 나을 거예요." 마빈이 그 애처로운 목소리에 뜻밖에도 강경한 어조를 담고 말했다. 그리고 뜻밖에도 다음과 같이 덧붙였다. "저 젊은 여성은, 제가 끝내 만남을 피할 수 없어서 심오하게 불쾌했던 수많은 유기체들 중에서 가장 덜 어리석고 덜 미개한 유기체예요."

자포드는 모니터 속에 나타난, 미로처럼 복잡한 네거티브 필름 이미지들을 한참 바라보다가 끝에 나타난 사람의 형상을 보고 깜짝 놀랐다.

"트릴리언 말이야?" 그가 말했다. "트릴리언은 그저 애송이일 뿐이야. 귀엽기는 하지만, 성깔 있지. 여자들이 어떤지 알잖아. 아니, 모를지도 모르겠다. 넌 모를 거야. 설령 네가 안다 해도 그 얘긴 별로 듣고 싶지 않다. 플러그 꽂아봐."

"……완전히 조종당한 겁니다."

"뭐라고?" 자포드가 말했다.

트릴리언이 말하고 있었다. 그는 돌아섰다.

크리킷 로봇이 기대어 앉아 흐느끼고 있는 벽은 이제 빛이 환하게 밝혀져 있었고, 거기에, 크리킷 로봇 전쟁 구역 어딘가에 있는 미지의 장소에서 현재 벌어지고 있는 장면이 나타났다. 무슨 회의실 같은 곳으로 보였다. 로봇이 스크린 앞에 쭈그리고 앉아 있어서 자포드는 또렷하게 알아볼 수 없었다.

로봇을 치우려고 해봤지만, 로봇이 슬픔으로 몸이 무거워진데다 깨물려고 덤벼들어서, 그는 그냥 되는 대로 보기로 했다.

"한번 생각해보세요." 트릴리언의 목소리가 말했다. "여러분의 역사는 말도 안 되게 황당한 사건들의 연속이에요. 그리고 황당한 사건이 뭔지는 저도 보면 알아요. 은하계에서 완전히 격리되어 있었다는 것 자체가 일단 황당무계해요. 여러분 주위를 둘러싸고 있는 먼지 구름과 바로 맞닿아 있는 것이 은하계인데 말이에요. 함정이 틀림없어요."

자포드는 스크린이 보이지 않는 게 답답해서 미칠 것 같았다. 로봇의 머리가 트릴리언의 이야기를 듣고 있는 청중을 가리고 있었고, 다기능성 배틀클럽은 배경을 가리고 있었으며, 로봇이 비극적으로 이마에 대고 있는 팔의 팔꿈치는 트릴리언의 모습을 가리고 있었다.

"그리고 여러분 행성에 추락한 이 우주선 말이에요, 진짜 그럴싸해 보이죠? 표류하는 우주선이 우연히 행성 궤도와 얽힐 확률이 얼마나 되는 줄 아세요?"

"이런." 자포드가 말했다. "무슨 말인지도 모르고 지껄이고 있네. 난 그 우주선을 봤어. 그거 순 가짜야. 엉터리라고."

"그럴지도 모른다고 생각했어요." 마빈이 자포드 뒤의 자기 감옥에서 말했다.

"당연하지." 자포드가 말했다. "그런 말을 누가 못하니. 내가 방금 말해줬잖아. 아무튼, 그게 뭐하고 무슨 관련이 있는지를 모르겠단 말이야."

"그리고 특히……." 트릴리언이 말했다. "그 우주선이 하고많은 은하계의 행성들 중에서도, 아니 전 우주의 행성들 중에서도, 그 광경에 의해 가장 큰 충격을 받을 만한 행성의 궤도와 얽힐 확률은 얼마나 될까요. 그 확률이 어떻게 되는지 여러분도 모르시죠? 저도 몰라요. 그렇게 커요. 아무튼, 이건 함정이에요. 그 우주선이 가짜라도 놀랄 게 없다고요."

자포드는 로봇의 배틀클럽을 옮기는 데 간신히 성공했다. 그 뒤의 스크린에 포드, 아서, 그리고 슬라티바트패스트의 모습이 보였다. 이 모든 일에 경악하고 당황한 게 분명한 얼굴들이었다.

"이봐, 저걸 보라고." 자포드가 들뜬 목소리로 말했다. "저 친구들 아주 잘하고 있네. 라라라라! 힘내라!"

"그리고 여러분이 하룻밤 만에 이루어낸 이 모든 첨단 기술들은 또 어떤가요? 대부분의 사람들에게는 아마 수천 년은 걸렸을 일이에요. 누군가 여러분이 알아야 할 정보들을 알려주었고, 누군가 여러분에게 이 일을 시킨 거예요."

"알아요, 알아요." 그녀는, 보이지 않는 누군가의 반박에 이렇게 덧붙였다. "그런 일이 진행되고 있다는 걸 여러분이 몰랐다는 건 저도 알아요. 그게 바로 제가 말씀드리려는 요점이에요. 여러분은 전혀 몰랐어요. 이 초신성 폭탄처럼 말이죠."

"당신은 그걸 어떻게 알았어요?" 보이지 않는 목소리가 말했다.

"그냥, 아는 수가 있어요." 트릴리언이 말했다. "여러분은 제가, 여러분이 그렇게 굉장한 걸 만들 만큼 똑똑한 동시에 그걸 터뜨리면 다 같이 죽는다는 걸 모를 정도로 바보스럽다고 생각했으면 좋겠어요? 그건 그냥 어리석은 게 아니라, 엄청나게 백치 같은 일이잖아요."

"이봐, 폭탄 어쩌고 하는 게 무슨 얘기야?" 자포드가 깜짝 놀라서 마빈에게 말했다.

"초신성 폭탄이요?" 마빈이 말했다. "그건 아주, 아주 작은 폭탄이에요."

"그런데?"

"순식간에 전 우주를 파괴할 수 있어요." 마빈이 말했다. "제 의견은, 아주 좋은 아이디어라는 거지만요. 하지만 작동시킬 수 없을걸요."

"왜? 그렇게 훌륭한 폭탄이라며."

"폭탄이야 훌륭하죠." 마빈이 말했다. "하지만 저 사람들은 그렇게 훌륭하지 못해요. 덮개로 밀봉되기 전에 겨우 설계를 마쳤는걸요. 지난 오 년간 그걸 만들어내는 데 골몰했어요. 저들은 다 제대로 한 줄 알고 있지만, 사실은 그게 아니에요. 저들은 다른 유기 생명체나 마찬가지로 바보들이니까요. 전 저들이 정말 싫어요."

트릴리언이 말을 계속하고 있었다.

자포드는 크리킷 로봇의 발을 붙들어 끌어내려 했지만, 로봇은 발로 차며 으르렁거리더니 곧 새삼스럽게 펑펑 눈물을 쏟기 시작했다. 그러다가 별안간 앞으로 푹 쓰러지더니 바닥에서 신세타령을 하기 시작했고, 덕분에 스크린의 사람들이 모두 보이기 시작했다.

트릴리언은 기진맥진한 채, 하지만 맹렬하게 빛나는 눈으로 회의실 한가운데 홀로 서 있었다.

그녀 앞에 늘어서 있는 사람들은 창백한 얼굴에 주름이 진 크리킷의 노주인장들이었다. 그들은 널찍한 곡선을 그리는 통제 계기판 뒤에 미동도 없이 서서 무력한 공포와 증오를 담은 눈길로 그녀를 바라보고 있었다. 그들 앞에, 통제 계기판과 트릴리언이 재판이라도 받는 것처럼 서 있는 방 한가운데 사이의 공간 정중앙에 사 피트 높이의 가느다란 흰색 기둥이 있었다. 그 위에는 지름이 삼 인치, 아니 사 인치쯤 되어 보이는 하얀 구체가 놓여 있었다.

그 옆에는, 다기능 배틀클럽을 들고 있는 크리킷 로봇이 하나 서 있었다.

트릴리언이 설명했다. "사실, 여러분은 정말 어리석고 바보 같아요." (그녀는 땀을 흘리고 있었다. 자포드는 이런 순간에 땀을 흘리는 건 별로 매력적이지 못한 일이라고 생각했다.) "여러분은 모두 너무나 어리석고 바보 같아서, 저로서는 도저히, 아주 깊이 의심하지 않을 수가 없어요. 여러분이 지난 오 년간 학타르의 도움 없이 그 폭탄을 만들었다는 것을요."

"학타르라는 놈은 또 뭐야?" 자포드가 어깨에 빳빳하게 힘을 주며 말했다.

마빈이 대답을 했더라도 자포드는 듣지 않았으리라. 그는 온 정신을 스크린에 집중하고 있었다.

크리킷의 노주인장들 중 한 사람이 크리킷 로봇을 보고 살짝 손짓을 했다. 로봇은 클럽을 들어 올렸다.

"제가 할 수 있는 일이 없어요." 마빈이 말했다. "저 녀석은 다른 것들과 달리 독립적인 회로로 움직이거든요."

"잠깐만요." 트릴리언이 말했다.

노주인장은 또 자그마한 손짓을 했다. 로봇이 주춤했다. 트릴리언은 갑자기 스스로의 판단을 심각하게 회의하는 듯했다.

"넌 어떻게 그런 걸 다 아니?" 자포드가 이때 마빈에게 말했다.

"컴퓨터 기록이죠 뭐." 마빈이 말했다. "다 접근이 가능해요."

"여러분은 아주 특별한 분들이시죠, 네?" 트릴리언이 노주인장들을 보고 말했다. "저 땅에 있는 다른 평범한 인간들과는 다르시잖아요. 평생을 이 위에서 보냈고, 대기의 보호도 받지 못해요. 여러분은 위험에 노출되어 있어요. 여러분의 동포들은 모두 겁에 질려 있답니다. 여러분은 이런 일을 하실 필요가 없어요. 지금 여러분은 바깥 일이 어떻게 돌아가는지 모르고 계시는 거라고요. 어째서 좀 확인을 해보지 않으시는 거죠?"

크리킷 노주인의 참을성은 한계에 달했다. 그는 조금 전에 로봇에게 했던 것과 정확히 반대되는 손짓을 했다.

로봇은 배틀클럽을 휘둘렀다. 배틀클럽은 작고 하얀 구체에 명중했다.

그 작고 하얀 구체는 초신성 폭탄이었다.

전 우주를 끝장내자는 목적으로 설계된 아주, 아주 작은 폭탄이었다.

초신성 폭탄은 허공을 가르며 날아갔다. 그것은 회의실 반대편 벽에 명중해서, 벽을 푹 꺼뜨리고 말았다.

"그런데 트릴리언이 어떻게 이런 걸 다 알지?" 자포드가 말했다.

마빈은 시무룩하게 침묵을 지켰다.

"아마 허풍을 떠는 걸 거야." 자포드가 말했다. "불쌍한 것, 그렇게 혼자 내버려두지 말았어야 했는데."

32

"학타르!" 트릴리언이 외쳤다. "대체 무슨 짓을 하는 거니?"

주위를 뒤덮은 암흑 속에서는 아무 대답도 들려오지 않았다. 트릴리언은 초조해하며 기다렸다. 그녀는 자기가 틀렸을 리가 없다고 확신하고 있었다. 그녀는 음침한 어둠 속을 뚫어져라 쳐다보며 뭔가 반응이 돌아오기를 기대했다. 하지만 돌아오는 건 오로지 차가운 정적뿐이었다.

"학타르?" 그녀는 다시 불렀다. "내 친구 아서 덴트를 소개할게. 나는 천둥신하고 놀러 가고 싶었는데 아서 덴트가 못하게 했지. 그래서 나는 고마워하고 있어. 덕분에 난 진짜 내 사랑이 누구인지 깨닫게 되었거든. 불행하게도 자포드는 이 모든 일에 너무 겁을 먹고 도망가서, 하는 수 없이 아서를 데리고 왔어. 내가 왜 너한테 이런 얘기를 다 하고 있는지 모르겠네."

"이봐." 그녀가 다시 말했다. "학타르?"

그러자 대답이 돌아왔다.

가느다랗고 힘없는 소리였다. 마치 아득한 곳에서 바람을 타고 들려오는 것처럼, 반쯤 들리다 마는 듯한, 추억이나 꿈 속에서 들리는 듯한 소리였다.

"둘 다 이리로 나와라." 목소리가 말했다. "두 사람 다 완벽하게 안전을 보장해주겠다."

트릴리언과 아서는 서로 마주 보고는, 앞으로 나섰다. 황당무계하게도, 순수한 마음 호의 열린 해치에서 빛의 광선이 뻗어 나와, 먼지 구름의 어두침침한 입자들로 인한 암흑 속으로 연결되어 있었다.

아서는 그녀의 손을 꼭 붙잡아 그녀의 마음을 진정시켜주고 기운을 북돋아주고 싶었지만, 트릴리언은 거절했다. 그는 그리스 올리브 오일 한 깡통과 타월, 구겨진 산토리니 엽서들과 기타 잡동사니들이 들어 있는 여행 가방을 꼭 붙들고 있었다.

그들이 서 있는 곳은, 그들이 있는 곳은 허공이었다.

침침하고 캄캄한 허공이었다. 산화된 컴퓨터의 먼지 입자 하나하나가 서서히 빙그르르 돌고 뒤틀어지면서 어둠 속에서 햇빛을 받아 희미하게 빛났다. 컴퓨터의 입자 하나하나, 먼지 하나하나가 희미하게, 약하게 전체의 패턴을 지니고 있었다. 컴퓨터를 먼지로 화하게 만든 '스트리테락스 행성의 사일라스틱 갑옷 악마'들은 컴퓨터를 불구로 만들었을 뿐, 파괴할 수는 없었다. 희미하고 비물질적인

장이 생성되어, 입자들이 서로 미약한 관계를 유지할 수 있게 해주었다.

아서와 트릴리언은 이 기괴한 존재 한가운데에 서 있었다, 아니 떠 있었다. 호흡할 공기도 없는 곳이었지만, 일순 그것도 문제가 되지 않는 듯했다. 학타르는 약속을 지켰다. 그들은 안전했다. 적어도 한동안은.

"대접할 게 아무것도 없어." 학타르가 희미하게 말했다. "하지만 빛의 묘기를 보여줄게. 그걸로 마음이 편안해질 수는 있어. 가진 게 빛밖에 없더라도 말이야."

학타르의 목소리가 스르르 사라졌다. 그러더니 어두운 먼지 속에서 기다란 벨벳 페이즐리 무늬 소파가 희미한 형체를 갖추며 나타나는 것이었다.

아서는 그게 선사 시대 지구에 나타났던 소파와 똑같다는 사실을 깨닫고 정말 참을 수가 없었다. 도대체 우주는 내게 왜 이렇게 미칠 듯이 말도 안 되는 장난을 치는 거냐고 고래고래 악을 쓰며 온몸을 흔들고 싶었다.

그는 감정이 누그러질 때까지 기다렸다가 소파 위에 앉았다. 조심스럽게. 트릴리언도 소파 위에 앉았다.

진짜 소파였다.

아니, 설령 진짜가 아니더라도, 최소한 그것은 그들의 엉덩이를 받쳐주었는데, 소파가 원래 하는 일이 그런 것이니, 어떤 의미 있는 잣대를 갖다 대더라도 그건 진짜 소파였다.

태양풍 위의 목소리가 그들에게 다시 숨결을 불었다.

"편안했으면 좋겠어."

그들은 고개를 끄덕였다.

"그리고 너희 추론의 정확성에 축하를 보내."

아서는 자기는 별로 추론한 게 없으며, 다 트릴리언이 한 것임을 재빨리 지적했다. 트릴리언이 아서에게 같이 와달라고 부탁한 것은 단지, 아서 자신이 삶과 우주, 그리고 모든 것에 관심이 있기 때문이라는 것이었다.

"사실 그건 나도 관심을 갖고 있는 문제야." 학타르가 숨을 쉬었다.

"언제 차라도 한 잔 하면서 그 문제에 대해 얘기를 나누자고." 아서가 말했다.

그러자 그들 눈앞에 서서히 은빛 찻주전자와 도자기 우유 단지, 도자기 설탕 통, 그리고 두 쌍의 도자기 찻잔과 받침 세트가 작은 나무 테이블에 받쳐진 채로 나타났다.

아서는 앞으로 손을 뻗었지만, 그건 그냥 빛의 묘기로 인한 착시일 뿐이었다. 그는 다시 소파에 기대어 앉았다. 그건 적어도 몸이 편안하다고 받아들일 채비가 되어 있는 환각이었으니까.

"왜 너는 우주를 파괴해야 한다고 생각하니?" 트릴리언이 말했다.

그녀는 집중할 곳이 아무 데도 없는 허공에 대고 얘기하는 게 좀 힘들다고 생각했다. 학타르는 이 점을 눈치 챈 게 틀림없었다. 그는 유령처럼 킬킬 웃었다.

“이런 식으로 얘기를 하려면 분위기를 제대로 잡아야겠는걸.” 그가 말했다.

그러자 그들의 눈앞에 뭔가 새로운 형체가 나타났다. 희미하고 뿌연 긴 의자의 이미지였다. 정신과 의사의 환자용 의자였다. 의자 커버는 윤이 나는 호화스러운 가죽이었지만, 이번에도 역시 그저 빛이 부리는 묘기에 불과했다.

그들 주위로, 분위기를 완성하기 위해, 나무판이 둘러진 벽들의 이미지가 나타났다. 그리고 긴 의자 위에 학타르 자신의 이미지가 나타났다. 눈이 뒤집어질 만한 형상이었다.

의자는 그냥 평범한 크기의 정신과 상담용 의자처럼 보였다. 오륙 피트 길이였다.

컴퓨터는 우주에 떠 있는 평범한 검은색 컴퓨터 위성의 크기로 보였다. 직경 천 마일쯤 되었다. 그런데 이 컴퓨터가 의자 위에 앉아 있으니 정말 눈이 뒤집어질 만했다.

“알았어.” 트릴리언이 단호하게 말했다. 그녀는 소파에서 벌떡 일어났다. 편안하게 앉아서 온갖 환각을 받아들이는 것도 유분수지, 이건 도가 지나치다고 생각하는 모양이었다.

“아주 좋아.” 그녀가 말했다. “너 진짜 물건들도 만들어낼 수 있어? 고체 말이야.”

이번에도 대답이 들려오기 전에 잠시 침묵이 흘렀다. 마치 학타르의 산화된 정신이 그 입자들이 흩어져 있는 수백만 곱하기 수백만 마일이나 되는 공간으로부터 생각을 모아야 한다는 듯이.

"아." 그가 한숨을 쉬었다. "그 우주선을 말하는 거구나."

생각들이 입자들로 인해, 입자들을 통해, 에테르를 따라 흐르는 파동처럼 표류하는 것 같았다.

"그래, 할 수 있어." 그가 시인했다. "하지만 늘 어마어마한 노력과 시간이 들어. 내……이런 입자 상태로는 할 수 있는 일이 그저, 부추기고 은근히 암시하는 것뿐이야. 부추기고 암시하고. 그리고 암시……."

의자 위에 앉은 학타르의 이미지가 파도치며 흔들렸다. 자기도 주체를 못하는 듯했다.

그러다 컴퓨터는 새로이 원기를 회복했다.

"아주 작은 우주 파편들——그러니까 짝이 안 맞는 별똥별 조각이라든가, 여기 있는 분자 몇 개, 저기 있는 수소 원자 몇 개 같은 거지——을 부추기고 그것들에 은근히 암시를 해서 합체를 하도록 설득했지. 부추겨서 한데 모았어. 살살 꼬드겨서 형체를 갖게 만들었지. 하지만 그러는 데 영겁의 세월이 몇 번이나 흘렀는지 몰라."

"그래서 저 망가진 우주선 모형을 만든 거야?" 트릴리언이 다시 말했다.

"어……그래." 학타르가 웅얼거렸다. "내가……몇 가지 것들을 만들어냈어. 난 그것들을 이리저리 움직일 수도 있어. 우주선도 만들었어. 최선의 일인 것 같았지."

어쩐지 아서는 아까 소파 위에 내려놓았던 여행 가방을 다시 들어야겠다는 생각이 들었다. 그는 여행 가방을 꽉 움켜쥐었다.

"난 후회했어." 학타르는 애처롭게 중얼거렸다. "사일라스틱 갑옷 악마들을 위해 설계한 그 폭탄에 고의로 방해 장치를 넣은 일 말이야. 나는 그런 결정을 내릴 만한 입장이 아니었어. 나는 어떤 기능을 하기 위해 만들어졌는데, 나는 그 일에 실패했어. 스스로의 존재를 부정한 거야."

학타르는 한숨을 쉬었고, 그들은 그가 이야기를 이어나가기를 기다렸다.

"네 말이 맞아." 그는 마침내 이렇게 말했다. "나는 의도적으로 크리킷 행성 주민들을 부추겨서 사일라스틱 갑옷 악마들과 똑같은 심리 상태에 도달하게 만들었어. 그리고 애초에 내가 만드는 데 실패했던 폭탄의 설계도를 요구하게 만들었어. 나는 온몸으로 행성을 감싸고 구워삶았어. 내가 꾸미고 일으킨 일련의 사건들이 미친 영향 덕분에, 그들은 미친 듯이 증오하는 법을 알게 되었지. 나는 그들이 하늘에서 살게 만들어야 했어. 땅에서는 내 영향력이 너무 약했으니까.

물론, 내가 없어진 후로, 그러니까 슬로-타임 덮개로 인해 그들이 내게서 격리되어 있는 동안 그들의 반응은 아주 혼란스러워졌고, 혼란은 감당할 수 없을 정도가 되어버렸지.

음, 나는 그저 내가 해야 할 기능을 완수하려 했을 뿐이야."

아주 차츰차츰, 아주 천천히 구름 속의 이미지들이 희미해지기 시작하더니, 부드럽게 녹아 내렸다.

그러더니 느닷없이 녹아 내림이 정지했다.

"물론, 복수라는 요소도 있었어." 학타르가 이제까지 없었던 날카로운 칼날을 목소리에 담고 말했다.

"기억해. 내가 산화되었다는 걸. 그리고 수십억 년의 세월 동안 불구의 몸으로 반쯤 불능이 된 상태로 버려졌다는 걸. 솔직하게 말하면, 우주를 싹 쓸어버리고 싶었어. 너희라도 아마 그런 생각이 들 거야. 장담해."

그는 잠시 말을 멈추었다. 소용돌이들이 먼지 구름을 휩쓸고 있었다.

"하지만 그 무엇보다도, 나는 내 기능을 완수하고 싶었어." 그는 아까의, 어쩐지 아쉬운 듯한 목소리로 말했다.

트릴리언이 말했다. "실패했다는 게 마음에 걸려?"

"내가 실패했던가?" 학타르가 속삭였다. 긴 의자에 앉아 있던 컴퓨터의 이미지는 천천히 다시 사라지기 시작했다.

"음, 아니, 실패는 별로 마음에 걸리지 않아." 사라지는 목소리가 다시 읊조렸다.

"우리가 어떻게 해야 할지 너는 알고 있어?" 트릴리언이 말했다. 그녀의 목소리는 냉정하고 사무적이었다.

"그래." 학타르가 말했다. "나를 흩어버리는 거야. 내 의식을 파괴하면 돼. 제발, 꼭 그렇게 해줘. 어쨌든 이 오랜 세월 동안, 내가 바라 마지않던 건 망각뿐이야. 만일 내가 존재의 기능을 이미 완수하지 않았다면……만일 그랬다면 너무 늦을 테니까. 고마워, 그리고 안녕."

소파는 사라졌다.

티테이블도 사라졌다.

긴 의자와 컴퓨터도 사라졌다. 벽들도 사라졌다. 아서와 트릴리언은 희한한 길을 다시 걸어서 순수한 마음 호로 돌아갔다.

"아, 그게 그렇게 된 거군." 아서가 말했다.

불길은 아서의 눈앞에서 더 높이 춤을 추다가 잦아들었다. 불길이 몇 번 핥는 듯하더니, 몇 분 전만 해도 자연과 영성의 나무 기둥이 있던 자리에 한 더미의 애시즈 트로피를 남기고 사라져버렸다.

그는 순수한 마음 호의 감마 바비큐 기기에서 트로피를 주워 들어, 종이 가방에 싸서 브리지로 가지고 왔다.

"우린 이것들을 다시 가져가야 할 거 같아." 그가 말했다. "꼭 그래야 할 것 같아."

그는 이미 슬라티바트패스트와 이 문제에 대해 논쟁을 했다. 결국 노인은 몹시 짜증을 내며 방에서 나가버렸다. 그는 자기 우주선 비스트로매스 호로 돌아가서 웨이터와 맹렬하게 언쟁을 벌이더니 우주에 대한 완전히 주관적인 관념을 사용해 휙 떠나버렸다.

논쟁의 시발점은, 애시즈 트로피를 로즈 크리켓 경기장에 돌려줘야 한다는 아서의 아이디어였다. 그러려면 하루 정도 시간을 뒤로 돌려야 했는데, 이건 실시간 캠페인이 중지시키고자 하는 불필요하고 무책임한 행위 바로 그 자체였다.

"그래요. 하지만 어디 한번 MCC에 그 말을 해보세요, 먹히나." 아서는 이렇게 말한 뒤 더 이상 반대 의견은 들으려고도 하지 않았다.

"내 생각에는……." 그는 다시 말을 시작하다가 뚝 끊었다. 그가 다시 말을 꺼낸 것은 아무도 자기 말을 들어주지 않았기 때문이었고, 말을 멈춘 것은 이번에도 역시 아무도 자기 말을 들으려 하지 않는다는 게 상당히 분명해졌기 때문이었다.

포드, 자포드, 그리고 트릴리언은 비지스크린을 열심히 들여다보고 있었다. 학타르는 순수한 마음 호가 불어넣고 있는 압력에 의해 흩어지고 있었다.

"학타르가 방금 뭐라고 한 거야?" 포드가 물었다.

"내 생각엔, '이미 저질러진 일이야……나는 내 기능을 완수했어……' 라고 한 것 같아." 트릴리언이 혼란스러워하는 목소리로 말했다.

"내 생각에는, 우리가 이걸 갖고 돌아가야 할 것 같아." 아서가 애시즈 트로피를 들고 말했다. "꼭 그래야 할 것 같아."

33

태양은 기막힌 아수라장 위에서 차분히 빛나고 있었다.

크리킷 로봇들이 저지른 애시즈 트로피 강탈 사건으로 불타버린 잔디밭에서는 여전히 연기가 솟아오르고 있었다. 연기를 뚫고 사람들은 공포에 질려 이리저리로 뛰어다니고, 서로 부딪치고, 들것에 걸려 넘어지고, 체포당하고 있었다.

경찰관 한 사람이 '무한정 수명이 늘어난 와우배거'를 체포하려 했지만, 이 키 큰 회녹색 우주인이 우주선으로 돌아가 오만하게 날아가는 걸 끝내 막을 수는 없었다. 이 덕분에 공황과 혼란 상태는 더욱 극심해졌다.

이 와중에, 그날 오후 두 번째로, 아서 덴트와 포드 프리펙트가 갑자기 허공에서 모습을 나타냈다. 그들은 지구의 주차 궤도에 정차하고 있는 순수한 마음 호에서 텔레포트를 한 것이었다.

"제가 설명을 할게요." 아서가 소리를 질렀다. "저한테 애시즈 트로피가 있어요! 이 가방 안에 있단 말입니다."

"사람들이 네 말을 안 듣는 것 같은데." 포드가 말했다.

"저는 우주를 구하는 일도 도왔단 말이에요!" 아서가 들어줄 만한 사람 아무한테나 말했다. 즉, 아무도 그의 말을 안 들었다는 얘기다.

"이 정도면 사람들 발을 멈추게 할 만한 얘기 아니야?" 아서가 포드에게 말했다.

"음, 아닌데." 포드가 말했다.

아서는 옆을 지나쳐 달려가는 경관을 불렀다.

"죄송하지만, 애시즈 트로피 말이에요, 제가 갖고 있어요. 방금 하얀 로봇들한테 도둑맞았잖아요. 근데 제가 이 가방에 그 애시즈 트로피를 갖고 있다고요. 그 트로피가 슬로-타임 덮개를 여는 열쇠의 부품이었거든요, 아시겠죠. 그래서, 어쨌든 나머지는 대충 상상하시고요. 중요한 건, 제가 애시즈 트로피를 갖고 있다는 거예요. 그러니 제가 어떻게 해야 하죠?"

경관이 뭐라고 말했지만, 아서는 그가 비유적으로 말하고 있나 보다고 생각할 수밖에 없었다.

그는 쓸쓸하게 주변을 헤맸다.

"아무도 관심 없어요?" 그는 큰 소리로 외쳤다. 한 사람이 그의 곁을 지나쳐 달려가며 그의 팔꿈치를 치는 바람에, 가방 속의 내용물이 바닥에 다 쏟아지고 말았다. 아서는 입을 꾹 다물고 그걸 바라보았다.

포드는 그를 바라보았다.

"이제 갈래?" 그가 말했다.

아서는 땅이 꺼져라 한숨을 쉬었다. 주위를 둘러보며 지구 행성을 훑어보았다. 이게 마지막이 될 거라고 생각하며.

"그래." 아서가 말했다.

그 순간 그는, 연기가 걷히는 사이로, 온갖 소동 속에서도 멀쩡하게 서 있는 위켓 게이트 하나를 발견했다.

"잠깐만 기다려." 그가 포드에게 말했다. "내가 어렸을 때……."

"그런 얘기는 나중에 하면 안 돼?"

"크리켓을 너무너무 좋아했거든. 그런데, 잘 못했어."

"아니면, 아예 안 하든가."

"그리고 항상, 바보스럽지만, 어느 날 로즈에서 공을 던져보고 싶다는 꿈을 꾸었지."

그는 공포에 질려 아우성치고 있는 군중을 둘러보았다. 아무도 신경 쓸 것 같지 않았다.

"좋아." 포드가 맥없이 말했다. "어서 끝내. 나는 저기 있을게. 지겨워하면서." 그는 연기를 풀풀 풍기고 있는 잔디밭에 가서 앉았다.

아서는 그날 오후, 첫 번째로 그곳에 찾아왔던 일을 떠올렸다. 크리켓 공이 그의 가방 속으로 쑥 들어왔었다. 그래서 그는 가방을 뒤졌다.

그 가방이 당시 들고 있던 가방이 아니라는 사실을 기억해냈을 때는 이미 공을 찾은 후였다. 가방은 달라졌어도 공은 그리스 기념품들 사이에 들어 있었다.

그는 공을 꺼내 엉덩이에 문질러 닦은 후, 침을 뱉어 다시 윤을 냈다. 그는 가방을 내려놓았다. 이번에는 제대로 해볼 작정이었다.

그는 빨간 공을 왼손 오른손으로 번갈아 옮기면서 딱딱한 공의 무게를 느꼈다.

기막히게 가볍고 무심한 기분을 만끽하며, 그는 종종걸음으로 위켓에서 물러섰다. 중간보다 약간 빠른 페이스를 유지하며, 그는 마음을 정하고 상당히 긴 런-업을 측정했다.

그는 하늘을 올려다보았다. 새들이 원을 그리며 돌고 있었고, 하얀 구름 몇 점이 흘러가고 있었다. 공기는 경찰관의 소리, 앰뷸런스의 사이렌 소리, 미친 듯이 절규하는 사람들의 소리로 어지러웠지만, 아서는 그 모든 일들에 영향을 받지 않은 채 희한하게 행복한 기분이 들었다. 로즈 경기장에서 크리켓 공을 쳐보다니.

그는 돌아서서 침실 슬리퍼로 한두 번 땅을 비볐다. 어깨를 활짝 펴고 공을 허공으로 날렸다가 다시 붙잡았다.

그는 달리기 시작했다.

달리던 그는 위켓에 타자가 서 있다는 걸 깨달았다.

오, 잘됐네, 그러면 좀더 실감이…….

그러다가, 달리는 발이 그를 그쪽으로 더 가까이 데려갔을 때 그는 훨씬 또렷하게 보았다. 위켓 앞에 자세를 갖추고 서 있는 타자는 영국 크리켓 팀 선수가 아니었다. 호주 크리켓 팀 선수도 아니었다. 로봇 크리킷 팀의 선수였다. 다른 로봇들과 함께 우주선을 타고 돌아가지 않은 게 분명한, 차갑고 딱딱하고 치명적이고 하얀 살인 로봇이었다.

상당히 여러 가지 생각이 이 순간 아서 덴트의 머릿속에서 마구 충돌했지만, 달리던 발을 멈출 수는 없는 모양이었다. 시간은 끔찍하게, 끔찍하게 천천히 흘러가는 듯했지만, 여전히 달리기를 멈출 수는 없었다.

마치 설탕 시럽 속에서 움직이는 것처럼, 그는 천천히 괴로운 머리를 돌려 자기 손을 바라보았다. 손에는 작고 딱딱하고 빨간 공이 들려 있었다.

멈출 수 없는 두 다리는 천천히 앞으로 쿵쾅거리며 달려 나가고 있었고, 그는 어쩔 줄 모르는 손에 쥐어져 있는 공을 빤히 쳐다보았다. 공은 깊고 빨간 빛을 발산하며 가끔씩 깜박이고 있었다. 그런데도 그의 두 다리는 사정없이 앞으로 쿵쾅거리며 달려 나갔다.

그는 자기 눈앞에 분명한 목표 의식을 지니고 흠잡을 데 없는 자세로 서 있는 크리킷 로봇을 다시 바라보았다. 로봇은 배틀클럽을 들고 준비 자세를 취하고 있었다. 로봇의 두 눈은 깊고 차갑고 매혹적으로 불타오르고 있었고, 아서는 도저히 그 눈길에서 시선을 뗄 수가 없었다. 그 눈동자 속에서 깊은 터널을 내려다보는 기분이었다. 터널 양쪽 끝에는 아무것도 없는 것만 같았다.

이 시점에서 그의 마음속에서 서로 마구 충돌하고 있던 생각들의 일부를 소개하자면 다음과 같다.

그는 지독한 멍청이가 된 기분이었다.

그리고 이때까지 귓전을 스쳐 간 여러 가지 말들을 좀더 잘 들었어야 한다는 생각이 들었다. 결국 자기가 불가피하게 공을 던지게 될 테고, 결국 불가피하게 크리킷 로봇이 공을 쳐내게 될 바로 그 장소를 향해 그의 두 다리가 쿵쾅거리면서 달려 나가고 있을 때 그의 뇌리에서 이런저런 말들이 쿵쾅거렸다.

학타르가 한 말이 떠올랐다. "내가 실패했던가? 실패는 별로 마음에 걸리지 않아."

학타르가 죽어가면서 남긴 말로서 해석된 말도 떠올랐다. "이미 저질러진 일이야……나는 내 기능을 완수했어."

'몇 가지 것들' 을 만들어내는 데 성공했다던 학타르의 말도 떠올랐다.

자신이 먼지 구름 속에 있을 때 여행 가방 속에서 돌연 움직임이 느껴져서 가방을 꽉 붙들었던 일도 떠올랐다.

로즈에 다시 오기 위해서 하루이틀 시간을 거슬러 여행해야 했던 것도 떠올랐다.

그는 자신의 두 팔이 빙글 도는 것을 느꼈다. 그의 손에 꽉 쥐어져 있는 건 학타르가 직접 만들어서 그의 가방에 몰래 심어놓은 초신성 폭탄임에 틀림없었다. 우주를 급작스럽고도 때 이른 종말에 이르게 만들 바로 그 폭탄이었다.

그는 저승이라는 게 존재하지 않기를 진심으로 소망하며 기도했다. 그러다 여기에는 논리적 모순이 있다는 걸 깨닫고, 저승이라는 게 존재하지 않기를 그냥 소망하기만 했다.

저승에서 세상 사람들을 만나면 아주아주 창피할 게 분명했다.

그는 소망하고, 소망하고, 또 소망했다. 공을 던지는 자기 실력이 자기가 기억하는 만큼 한심하기를. 지금 이 순간 우주의 말살을 막을 길은 오로지 그뿐인 것 같았다.

그는 자신의 두 다리가 쿵쾅거리며 달려 나가는 것을, 자신의 팔이 빙글 원을 그리는 것을 느꼈다. 그는 두 다리가 아까 바보같이 자기 앞에 놓아둔 여행 가방과 접촉하는 것을 느꼈고, 몸이 육중하게 앞으로 넘어가는 것도 느꼈지만, 이 시점에 머릿속이 하도 여러 가지 생각으로 복잡한 나머지 땅에 부딪치는 일을 까맣게 잊고 결국 땅을 놓치고 말았다.

오른손에 여전히 공을 꼭 쥐고서 아서는 깜짝 놀라 낑낑거리며 공중으로 드높이 솟아올랐다.

그는 공중에서 빙글빙글 선회하다가, 중심을 잃고 소용돌이처럼 나선형으로 추락했다.

그는 땅을 향해 몸을 뒤틀었고, 공중에서 몸을 미친 듯이 내던지면서 동시에 폭탄이 터지지 않도록 아득하게 멀리 던졌다.

그는 놀라서 어쩔 줄 모르는 로봇을 뒤쪽에서 세차게 공격했다. 로봇은 아직도 다기능 배틀클럽을 들고 서 있었지만, 갑자기 그걸로 쳐야 할 목표물들이 모조리 없어져버린 터였다.

별안간 솟아오른 광적인 힘으로, 아서는 깜짝 놀라 황망해하는 로봇과 씨름해서 배틀클럽을 빼앗았고, 눈부신 공중제비를 돌아 맹렬한 추동력으로 다시 몸을 던졌으며, 단 한 번의 미친 듯한 스윙으로 로봇의 머리를 때려 어깨에서 분리해버렸다.

"이제 갈래?" 포드가 말했다.

삶, 우주 그리고 모든 것

그리고 마지막에 그들은 다시 여행을 했다.

예전 같았으면 아서 덴트는 그러지 않았을 것이다. 하지만 그는 비스트로매틱 추진기로 인해 시간과 거리는 하나이며, 마음과 우주는 하나이며, 인식과 현실은 하나라는 것, 사람은 여행을 많이 할수록 한 장소에 머물러 있는 것이라는 것을 깨달았다고 말했다. 그리고, 그간 하도 많은 일을 겪어서 한 군데 콕 처박혀 생각을 좀 정리하고 싶은 마음이 굴뚝같지만, 그의 마음은 이제 우주와 하나가 되었으니 정리하는 데 그리 오랜 시간이 걸리지 않을 테고, 그 후에는 푹 휴식을 취하겠다며, 비행 연습을 좀 더 하고 늘 배우고 싶었던 요리도 배우겠다고 말했다. 그리스 올리브 오일 깡통은 이제 그가 가장 소중하게 생각하는 소지품이 되었다. 그는, 그것이 뜻밖에 자기 삶에 다시 나타난 방식이 또다시 모든 것이 하나라는 걸 실감하게 해주었다고 말했다. 그것이 그에게 느끼게 해준 것은…….

그는 하품을 하더니 잠이 들어버렸다.

아침에 그들은, 아서가 그런 식으로 말해도 아무도 신경 쓰지 않을 조용하고 목가적인 행성에 그를 데려다 줄 준비를 하고 있었다. 그런데 갑자기 컴퓨터로 들어온 조난 신호를 발견하게 되어, 그걸 조사하는 일로 주의를 돌렸다.

작지만 겉으로는 멀쩡한 메리다 급의 우주선은 허공에서 희한한 지그 춤을 추고 있는 것 같았다. 잠시 컴퓨터로 검사해본 결과, 우주선은 멀쩡하고 컴퓨터도 멀쩡하지만 조종사가 미쳤다는 사실이 밝혀졌다.

"반쯤 미쳤어요, 반쯤 미쳤다니까." 그들이 조종사를 우주선으로 옮겨 태울 때 그는 계속 헛소리를 하며 이렇게 주장했다.

그는 《항성일에 따른 오늘의 인기 만점 뉴스》지 기자였다. 그들은 그에게 진정제를 투여했고, 마빈을 보내서 그가 좀 말이 되는 소리를 하려는 듯이 보일 때까지 병상을 지키게 했다.

"저는 아르가부톤 행성에서 재판을 취재하고 있었어요." 그가 마침내 이렇게 말했다.

그는 초췌하게 말라빠진 가느다란 어깨를 세우며 반쯤 몸을 일으키더니, 열에 들뜬 눈길로 노려보았다. 그의 하얀 머리카락은 옆방에 있는 아는 사람을 보고 손을 흔드는 것 같았다.

"진정해요, 진정해." 포드가 말했다. 트릴리언이 그를 달래려고 어깨에 손을 올려놓았다.

남자는 다시 푹 쓰러져 눕더니 우주선 환자실 천장을 빤히 노려보았다.

"그 사건은 이제 중요하지 않습니다. 하지만 목격자가……목격자가…… 있었어요……이름이……이름이……프락이었습니다. 아주 괴상하고 까다로운 인간이었습니다. 그래서 결국 진실을 말하게 하는 약을 그에게 주사했습니다. 진실의 약이었지요."

그의 눈동자가 머리 속에서 무기력하게 굴러다녔다.

"그런데 진실의 약을 너무 많이 투약한 겁니다." 그는 아주 조그맣게 끙끙거리는 신음 소리를 내며 말했다. "로봇들이 의사의 팔을 흔들었던 모양입니다."

"로봇들?" 자포드가 날카롭게 말했다. "어떤 로봇들이요?"

"무슨 하얀 로봇들이었어요." 남자가 쉰 목소리로 속삭였다. "법정에 쳐들어와서 판사의 홀(笏)을 빼앗아갔습니다. 아르가부톤 행성의 정의의 홀이라나 뭐라나, 괴상하게 생긴 방탄 유리로 만든 물건이었지요. 왜 그런 걸 갖고 싶어했는지 몰라요." 그는 다시 외치기 시작했다. "그 로봇들이 의사의 팔을 밀쳤던 것 같아요……."

그는 머리를 힘없이 좌우로 흔들었다. 무기력하게, 서글프게. 고통에 찬 눈은 뒤죽박죽이었다.

"그리고 재판이 속개되었을 때……." 그는 흐느끼는 듯 속삭였다. "그들은 프락에게 정말 시켜서는 안 될 일을 시켰어요. 그들은……." 그는 말을 멈추고 몸을 부르르 떨었다. "진실을 말하라고 했던 겁니다. 진실을 말하고, 모든 진실을 말하고, 오로지 진실만을 말하라고 말입니다. 아시겠어요?"

그는 팔꿈치에 기대어 몸을 벌떡 일으키더니, 그들을 보며 악을 썼다.

"그놈의 약을 너무, 너무 많이 투약한 겁니다!"

그는 다시 쓰러지듯 눕더니 조용히 신음했다. "너무 많이, 너무 많이, 너무 많이……."

병상 옆에 둘러선 사람들은 서로를 쳐다보았다. 등에 소름이 돋아 있었다.

"그래서 어떻게 됐어요?" 자포드가 마침내 물어보았다.

"오, 진실을 말하긴 했죠." 남자가 매몰차게 말했다. "내가 아는 한 아직도 말하고 있을 겁니다. 이상하고 무시무시한 일들을…… 무시무시해요, 끔찍해요!" 그는 비명을 질렀다.

그들은 그를 진정시키려 했지만, 그는 다시 팔꿈치에 의지해 몸을 일으켰다.

"무시무시한 일들, 이해할 수 없는 일들!" 그가 외쳤다. "사람을 돌아버리게 만드는 일들 말입니다!"

그는 광기에 들뜬 눈으로 그들을 바라보았다.

"아니면 제 경우처럼 반쯤 돌아버리게 만드는. 저는 기자니까요." 그가 말했다.

"그러니까, 기자라서 진실에 직면하는 일에 익숙하다는 건가요?" 아서가 조용히 말했다.

"아니요." 남자는 무슨 말인지 모르겠다는 듯 미간을 찌푸리고 말했다. "핑계를 대고 일찍 나왔다는 말입니다."

그는 쓰러져 혼수 상태에 빠졌고, 딱 한 번 잠시 정신이 들었다가 다시는 의식을 회복하지 못했다.

이 사건과 관련해, 그들은 그에게서 다음과 같은 사실을 알아냈다. 무슨 일이 벌어지고 있는 것인지가 분명해졌을 때, 그리고 프락을 말릴 길이 없다는 것이 분명해졌을 때, 그리고 그 절대적이고 최종적인 형태 속에 진실이 있다는 것이 분명해졌을 때 법정은 해산했다.

법정은 해산했을 뿐만 아니라 봉인되었다. 프락을 그 안에 남겨둔 채로 봉인된 것이다. 그 주위에 강철 장벽이 세워졌고, 만일의 경우에 대비해 안전 장치로서 철조망, 전기 철조망, 악어가 사는 늪과 세 개의 군대가 배치되었다. 앞으로 그 누구도 프락이 하는 말을 듣지 못하게 하기 위해서였다.

"딱하게 됐군." 아서가 말했다. "그 사람이 무슨 말을 하는지 나는 듣고 싶은데. 어쩌면 그 사람이라면 '궁극적 해답에 대한 질문'을 알 것 같은데. 우리가 끝내 알아내지 못했다는 게 늘 마음에 걸렸거든."

"숫자 하나만 말해보세요." 컴퓨터가 말했다. "아무 숫자나요."

아서는 컴퓨터에게 킹스 크로스 기차역의 승객 안내 전화번호를 알려주었다. 그 번호가 어딘가 쓸데가 있긴 할 텐데, 어쩌면 이게 그건지 모르겠다고 생각하면서.

컴퓨터는 그 번호를 우주선의 재건된 불가능 확률 추진기에 집어넣었다.

상대성에서, 물질은 공간에게 어떻게 휘어져야 하는지 말해주고, 공간은 물질에게 어떻게 움직여야 하는지 말해준다.

순수한 마음 호는 공간에게 매듭을 지으라고 말했고, 아르가부톤 법정의 내부 강철 경계선 안에 깔끔하게 주차하는 데 성공했다.

법정은 준엄한 장소였고, 커다랗고 컴컴한 실내는 누가 봐도 정의를 위해——예를 들어 쾌락을 위해서가 아니라——설계된 것이 분명해 보였다. 디너 파티——그러니까 성공적인 파티 말이다——를 열 만한 데는 아니었다는 말이다. 실내 장식 때문에 손님들 기분이 처질 테니까.

천장은 높고 아치형이었으며, 아주 짙은 그림자들이 우울한 결심을 하고 거기 숨어 있었다. 벽과 긴 의자들을 만든 목재 패널들과 무거운 기둥 표면은 모두, 무서운 아글바드의 숲에서도 가장 컴컴하고 엄한 나무에서 잘라온 것이었다. 실내 한가운데를 차지하고 있는 거대한 정의의 연단은 중력의 괴물이었다. 행여 아르가부톤 법원 건물 속의 이곳까지 들어오는 데 성공한 태양 광선이 있다 해도, 이쯤 되어서는 몸을 돌려 다시 휙 돌아가기 십상이었다.

아서와 트릴리언이 제일 먼저 들어갔고, 포드와 자포드는 용감하게 후방에서 망을 보았다.

처음에는 완전히 깜깜하고 인적 없는 건물처럼 보였다. 그들의 발소리는 법정 내부에서 공허하게 메아리쳤다. 이상하다는 생각이 들었다. 건물 밖에서는 모든 방어막이 아직도 제자리에서 기능하고 있었다. 이는 그들이 직접 검사해 확인한 바였다. 그렇기 때문에 그들은 아직도 진실을 말하는 일이 계속 진행되고 있다고 생각했었다.

하지만 아무것도 없었다.

그때, 눈이 어둠에 익숙해졌을 무렵, 그들은 한 귀퉁이에서 반짝이는 흐릿한 빨간 빛을 보았고, 그 빛 너머로 살아 있는 그림자를 보았다. 그들은 그 주위로 손전등을 흔들어보았다.

프락은 벤치에 앉아 맥없이 담배를 피우고 있었다.

"안녕하시오." 그는 반쯤 손을 흔들다 말면서 말했다. 그의 목소리가 방 전체에 메아리쳤다. 그는 삐죽삐죽한 머리카락을 지닌 왜소한 사내로, 어깨를 앞으로 구부리고 앉아서 머리와 무릎을 계속 흔들고 있었다. 그는 담배를 한 모금 빨았다.

그들은 그를 빤히 쳐다보고 있었다.

"뭐 하고 있는 건가요?" 트릴리언이 말했다.

"아무것도." 사내가 말하더니 어깨를 흔들었다.

아서는 손전등 불빛을 정면으로 프락의 얼굴에 비추었다.

"우리는 당신이 진실을 말하고, 모든 진실을 말하고, 오로지 진실만 말하게 되어 있는 줄 알았지요." 아서가 말했다.

"아, 그거요." 프락이 말했다. "그렇죠. 하지만 이제 끝났어요. 사실, 사람들이 상상하는 것보다 훨씬 별거 없는 얘기지요. 간간이 아주 웃기는 얘기들이 있기는 하지만."

그는 느닷없이 삼 초쯤에 걸친 광적인 너털웃음을 터뜨렸다가 뚝 그쳤다. 그는 머리와 무릎을 마구 흔들며 앉아 있었다. 그는 반쯤 웃는 희한한 표정으로 담배를 빨았다.

포드와 자포드가 어둠 속에서 걸어 나왔다.

"우리한테 그 얘기 좀 해보세요." 포드가 말했다.

"오, 지금은 하나도 기억이 안 나요." 프락이 말했다. "몇 가지는 적어놓을까 생각했지만, 일단 연필을 찾을 수가 없었고, 그러다가, 그러면 뭐 하나 하는 생각이 들더군요."

기나긴 침묵이 흘렀다. 그들은 그사이에 우주가 좀 늙었다는 생각이 들었다. 프락은 손전등 불빛을 빤히 쳐다보고 있었다.

"아무것도 할 얘기가 없어요?" 아서가 마침내 말했다. "하나도 생각이 안 난단 말이에요?"

"안 나요. 제일 재미있는 건 안개 이야기였다는 것밖에. 그건 기억이 나네."

별안간 그는 또 미친 듯이 웃음을 터뜨리더니 땅바닥을 발로 굴러댔다.

"당신들, 개구리에 대한 몇 가지 사실은 아마 못 믿을 겁니다." 그가 신음했다. "어서 와봐요. 가서 우리가 개구리라는 걸 발견해 봅시다. 아, 망할, 내가 다시 '그 녀석'들을 새로운 관점에서 볼 수 있을까?" 그는 벌떡 일어서더니 살짝 춤 같은 걸 추었다. 그러다 뚝 그치더니 다시 담배를 물고 길게 빨았다.

"실컷 비웃어줄 수 있는 개구리를 한 마리 찾으러 갑시다." 그가 간단하게 말했다. "그런데 당신들은 대체 누굽니까?"

"우리는 당신을 찾으러 왔어요." 트릴리언이, 목소리에 실망감이 배어나지 않도록 주의하며 말했다. "제 이름은 트릴리언이에요."

프락은 고개를 마구 떨었다.

"포드 프리펙트라고 합니다." 포드 프리펙트가 어깨를 으쓱하며 말했다.

프락은 고개를 마구 떨었다.

"그리고 저는……." 자포드는 이렇게 엄청나게 중요한 얘기를 가볍게 할 정도로 충분히 조용해졌다고 판단되자 말을 이었다. "자포드 비블브락스라고 합니다."

프락은 고개를 마구 떨었다.

"이 사람은 누굽니까?" 프락은 아서를 향해 어깨를 떨면서 말했다. 아서는 낙심의 상념에 잠겨, 잠시 말없이 서 있었다.

"저요?" 아서가 말했다. "오, 저는 아서 덴트라고 해요."

프락의 눈이 머리에서 튀어나올 듯이 휘둥그레졌다.

"설마." 그는 캥 하고 짖었다. "당신이 아서 덴트라고요? 그 유명한 아서 덴트?"

그는 휘청거리며 뒷걸음질하더니, 배를 움켜쥐고 새삼스럽게 온몸을 발작적으로 뒤흔들며 미친 듯이 웃어댔다.

"아니, 당신을 만나게 되다니!" 그는 헐떡거렸다. "이럴 수가." 그가 소리쳤다. "당신은 정말 세상에서 가장……와, 당신을 보면 개구리도 벌떡 일어날 겁니다!"

그는 폭소로 절규하고 포효했다. 뒤로 쓰러져 벤치에 누웠다. 환호성을 지르고, 히스테리를 부리며 고래고래 악을 썼다. 너털웃음을 웃으며 울고, 허공을 발로 차대고, 가슴을 두들겨댔다. 차츰차츰 그는 헐떡거리며 진정했다. 그는 그들을 바라보았다. 그는 아서를 바라보았다. 그는 폭소로 울부짖으며 또 뒤로 넘어갔다. 마침내 그는 잠이 들었다.

다른 사람들이 혼수 상태에 빠진 프락을 우주선으로 옮기는 사이, 아서는 그냥 서서 입술을 씰룩거리고 있었다.

"우리가 프락을 데리러 가기 전에 나는 떠나려고 생각하고 있었어." 아서가 말했다. "지금도 나는 떠나고 싶어. 그리고 되도록 빨리 떠나야 할 것 같아."

다른 사람들이 말없이 고개를 끄덕였다. 침묵을 살짝 깨뜨리는 건, 오로지 우주선 맨 끝에 있는 프락의 선실에서 흘러나오는, 아주아주 아련하고 희미한 광적인 웃음소리뿐이었다.

"우리는 그에게 질문을 해봤어." 아서가 말했다. "아니, 최소한 너희는 모든 것에 대해 그에게 질문을 해봤지. 알다시피, 나는 그의 근처에 갈 수가 없잖아. 그렇지만 프락은 별로 해줄 만한 얘기가 없는 것 같아. 이런저런 단편적인 지식들뿐이고, 나는 별로 듣고 싶지 않은 개구리 얘기뿐이고."

다른 사람들은 히죽거리지 않으려 애썼다.

"이제, 내가 남들보다 농담을 먼저 알아듣는 사람이 되어버렸어." 아서는 이렇게 말하고 나서, 다른 사람들이 폭소를 멈출 때까지 기다려야 했다.

"이제 내가……." 그는 다시 말을 멈추었다. 이번에는 말을 멈추고 정적에 귀를 기울였다. 이번엔 진짜 정적이었고, 대단히 갑자기 찾아온 정적이기도 했다.

프락의 소리가 들리지 않았다. 며칠 동안 그들은 우주선 전체에 울리는 광적인 웃음소리를 참고 지내야 했었다. 프락이 가볍게 낄낄거리거나 잠을 자면, 그제야 좀 살 것 같았다. 아서의 영혼은 신경쇠약에 걸려 질식해 죽을 것만 같았다.

이건 잠으로 인한 정적이 아니었다. 버저가 울렸다. 계기판을 보니 버저를 누르는 건 바로 프락이었다.

"몸이 안 좋은가 봐." 트릴리언이 조용히 말했다. "끊임없이 웃어대는 바람에 몸이 완전히 엉망이 되고 있어."

아서의 입술이 씰룩거렸지만, 아무 말도 하지 않았다.

"가서 상태를 좀 봐야겠어." 트릴리언이 말했다.

트릴리언이 특유의 심각한 표정을 하고서 선실에서 나왔다.

"프락이 너보고 들어오래." 그녀가 아서에게 말했다. 아서는 특유의 우울하고 꼭 다문 입술을 하고 있었다. 그는 손을 목욕 가운 주머니에 깊이 찔러 넣고서, 치졸하게 들리지 않을 만한 말을 생각해내려 애썼다. 하지만 도저히 생각이 나지 않았다. 너무나 끔찍하게 억울했지만, 그래도 도무지 생각해낼 수가 없었다.

"부탁이야." 트릴리언이 말했다.

아서는 어깨를 으쓱하고는, 우울하고 꼭 다문 입술을 데리고 들어갔다. 이 표정이 언제나 프락에게서 똑같은 반응을 자아냈음에도 불구하고.

그는 자신의 고문관을 내려다보았다. 프락은 핼쑥하고 앙상하게 여윈 모습으로 침대에 조용히 누워 있었다. 호흡은 몹시 밭아 보였다. 포드와 자포드가 어색한 모습으로 병상을 지키고 있었다.

"당신은 나한테 뭘 물어보고 싶어해요." 프락이 가느다란 목소리로 말하더니 살짝 기침을 했다.

기침 소리만 들어도 아서는 온몸이 굳는 것 같았지만, 기침은 곧 잦아들고 그쳤다.

"어떻게 알았어요?" 그가 물었다.

프락은 힘없이 어깨를 으쓱해 보였다. "진실이니까." 그는 간단하게 말했다. 아서는 요점을 알아들었다.

"그래요." 그는 마침내 긴장해서 약간 뻣뻣해진 말투로 이렇게 말했다. "질문이 있었어요. 아니, 내게 해답이 있다고나 할까요. 그 질문이 뭔지 알고 싶어요."

프락은 공감한다는 듯 고개를 끄덕였고, 아서는 약간 긴장을 풀었다.

"그러니까……음, 사연이 긴데요." 그는 말했다. "하지만 내가 알고 싶은 '질문'은 '삶, 우주 그리고 모든 것에 대한 궁극적 질문'이에요. 우리가 알고 있는 건 '해답'이 42라는 겁니다. 그게 약간 분통 터지는 일이죠."

프락은 다시 고개를 끄덕였다.

"42." 그가 말했다. "그래, 그게 맞아요."

그는 잠시 말을 멈추었다. 사고와 기억의 그림자들이 구름의 그림자가 하늘을 스치고 지나가듯 그의 얼굴을 스쳐 지나갔다.

"안타깝게도……." 그는 마침내 말했다. "그 질문과 해답은 상호 배제적이에요. 한 가지에 대한 지식이 다른 것에 대한 지식을 배제한단 말이에요. 같은 우주에서 두 가지가 한꺼번에 알려진다는 건 불가능해요."

그는 다시 말을 멈추었다. 아서의 얼굴에 '실망'이 기어 올라와서 익숙한 자리에 편안히 자리를 잡았다.

"다만……." 프락은 생각을 정리하려고 애쓰며 말했다. "만약 그런 일이 생기면, 질문과 해답이 서로 상쇄해버려서 우주 전체가 취소되는 일이 벌어지죠. 그렇게 되면 우주가 사라지고 그보다 더 해명 불가능한 존재가 대신 그 자리를 차지하게 되지요. 어쩌면 이런 사태가 벌써 일어났는지도 모르지만." 그가 희미한 미소를 지으며 덧붙였다. "하지만 여기에는 일정 분량의 '불확실성'이 있어요."

킬킬거리는 웃음이 약간 그를 스쳤다.

아서는 등받이 없는 의자에 앉았다.

"뭐, 할 수 없죠." 아서가 체념하며 말했다. "그저 일종의 원인 같은 게 있기를 바랐을 뿐이에요."

"'원인'에 대한 이야기를 알아요?" 프락이 말했다.

아서는 모른다고 대답했고, 프락은 아서가 모른다는 걸 안다고 대답했다.

그래서 이야기를 해주었다.

그의 말에 따르면, 어느 날 밤, 어느 행성 하늘에 한 번도 본 적이 없는 우주선이 나타났다. 그 행성은 달포르사스였고, 우주선은 바로 이 우주선이었다. 이 우주선은 말없이 천공을 가로지르는 빛나는 새로운 별처럼 보였다.

'추운 언덕 비탈'에 몸을 웅크리고 앉아 있던 '미개 부족'들은 김이 나는 밤〔夜〕 음료를 마시다가 위를 올려다보았고, 떨리는 손가락으로 그것을 가리켰으며, 어떤 계시를 봤다고 믿었다. 이제 마침내 봉기하여 사악한 '평원의 왕자들'을 다 학살하라고 신이 내린 계시라는 것이었다.

궁전의 높은 포탑에서는 '평원의 왕자들'이 하늘을 올려다보며 그 빛나는 별을 보았고, 그것이 저주받은 '추운 언덕 비탈의 미개 부족'들을 공격하러 가라는 신의 계시라고 받아들였다.

그리고 그들 사이에서 '숲의 주민들'은 하늘을 보고 그 새로운 별의 계시를 읽었다. 그리고 공포와 두려움을 느꼈다. 그런 건 한 번도 본 적이 없었지만, 그들 역시 무슨 계시인지 정확하게 파악했기 때문이었다. 그들은 절망으로 머리를 숙였다.

그들은 비가 오면 그게 계시라는 걸 알았다.

비가 그쳐도 계시였다.

바람이 불어도 계시였다.

바람이 그쳐도 계시였다.

보름달이 비치는 밤 자정에 그 땅에서 머리가 세 개 달린 염소가 태어나도 그건 계시였다.

그냥 오후에 출산의 난항을 전혀 겪지 않고 완벽하게 정상적인 고양이나 돼지가 그 땅에서 태어나도, 아니 심지어 들창코의 아기가 태어나도, 종종 계시로 받아들여지곤 했다.

그러니 하늘에 새롭게 나타난 별이 특별히 굉장한 어떤 질서의 계시임은 의심의 여지가 없었다.

그리고 각각의 새로운 계시는 똑같은 의미를 지니고 있었다. '평원의 왕자들'과 '추운 언덕 비탈의 미개 부족'들이 또다시 서로를 미친 듯이 죽여댈 것이라는 의미였다.

이 사실 자체는 그리 나쁘지 않겠지만, 문제는 '평원의 왕자들'과 '추운 언덕 비탈의 미개 부족'들이 서로 미친 듯이 죽여대는 장소로 항상 '숲'을 선택했다는 데 있었다. 그리고 이 교전에서 최악의 사상자를 내는 건 항상 '숲의 주민들'이었다. 어느 모로 보나 그들과는 아무런 상관이 없는 싸움이었는데도 말이다.

그리고 그중에서도 최악의 난동이 휩쓸고 간 후면 가끔 '숲의 주민들'은 '평원의 왕자들'이나 '추운 언덕 비탈의 미개 부족'의 지도자들에게 사자를 보내, 이 참을 수 없는 행위의 이유나 좀 알자고 애원했다.

그러면 지도자는——어느 편이든 간에——사자를 데리고 들어가서, 천천히 조심스럽게 이유를 설명해주었다. 특히 온갖 시시콜콜한 세부 사항들에 깊은 주의를 기울였다.

그리고 끔찍한 것은, 이유가 아주 훌륭했다는 사실이다. 아주 명료하고, 아주 합리적이고, 아주 거칠었다. 사자는 고개를 푹 떨어뜨리며, 현실 세계가 얼마나 거칠고 복잡한지 자기가 이제까지 이해하지 못하고 있었다는 것 때문에 슬프고 바보스러운 기분에 젖게 되었다. 현실 세계에서 살아가려면 얼마나 어려운 일을 많이 당하고 복잡한 모순을 많이 겪어야 하는지 생각하면서.

"이제 이해하겠소?" 지도자는 이렇게 말하곤 했다.

사자는 멍청하게 고개를 끄덕거렸다.

"이 전투들이 왜 벌어지는지 이제 알겠소?"

또 멍청한 끄덕거림.

"그리고 어째서 전투가 '숲'에서 벌어져야 하는지, 또 어째서 그게 모두를 위한――그러니까 '숲의 주민들'을 포함해서――최선의 방책인지, 어째서 그렇게 되어야 하는 건지, 이제 잘 알겠소?"

"어……."

"장기적으로 보면 말이오."

"어, 그래요."

그리하여 사자는 이유를 확실히 이해하고서 숲의 동포들에게 돌아갔다. 하지만 고향에 가까워질수록, 숲과 나무들 사이로 걸을수록 모든 건 점점 희미해졌고, 이유 중에서 생각나는 건 당시 그 논리가 얼마나 끔찍하게 명료했던가 하는 것밖에 없었다. 실제로 이유가 무엇인지는 전혀 기억할 수 없었다.

그리고 물론 이건, 다음에 '추운 언덕 비탈의 미개 부족'과 '평원의 왕자들'이 다시 찾아와서 숲을 난도질하고 마구잡이로 불태우며, '숲의 주민들'을 닥치는 대로 죽일 때 상당히 큰 위로가 되었다.

프락은 이야기를 하다 말고 불쌍하게 기침을 했다.

"내가 바로 그 사자였어요." 그가 말했다. "당신네 우주선의 출현으로 일어난 전투 후에 파견되었지요. 그 전투들은 특히 참혹했어요. 우리 동포들이 수없이 살해당했지요. 나는 이유를 꼭 받아서 돌아오리라고 생각했어요. 그래서 '평원의 왕자들'의 지도자를 찾아가서 이야기를 들었지만, 돌아오는 길에 그 이유는 태양을 받은 눈처럼 마음속에서 녹아 없어지고 말았어요. 그건 아주 오래전의 일이고, 그 후로 수많은 일들이 있었지요."

그는 아서를 올려다보더니 다시 조그맣게 킬킬거렸다.

"진실의 약의 효과로 기억하는 일이 한 가지 더 있어요. 개구리들 말고요. 그건 하나님이 피조물들에게 던지는 마지막 메시지죠. 듣고 싶어요?"

잠시 그들은 이 사람 말을 어디까지 믿어야 하나 의심했다.

"사실이에요." 그가 말했다. "정말이라니까요."

프락의 가슴이 힘없이 부풀었다 가라앉으면서 숨을 쉬려 힘겹게 애썼다. 그의 머리가 약간 축 늘어졌다.

"그 메시지가 무엇인지 처음 알았을 때는 난 별로 감명을 받지 않았어요." 그가 말했다. "하지만 '왕자들'의 이유에 굉장한 감명을 받고도 금세 그걸 다 까먹었던 것을 돌이켜 생각해보면, 이 메시지는 훨씬 큰 도움이 될 것 같아요. 알고 싶어요? 네?"

그들은 멍청하게 고개를 끄덕였다.

"당연히 알고 싶겠지요. 그렇게 관심이 많으면 가서 찾아보는 편이 좋을 거예요. 그건 은하 구역 QQ7 액티브 J 감마에 있는 자르스 항성에서 세 번째 별인 프릴리움타른 행성의 세보르베우프스트리라는 땅의 쿠엔툴루스 쿠아즈가르 산맥 꼭대기에 불길로 씌어 있는 삼십 피트 높이의 글자들이지요. 그 말씀은 롭 행성의 라제스틱 반트라셸이 지키고 있어요."

이 공지에 이어 기나긴 침묵이 흘렀다. 마침내 침묵을 깨뜨린 것은 아서의 한마디였다.

"미안한데요, 어디라고요?"

"그 말씀이 씌어 있는 건, 은하 구역 QQ7 액티브 J 감마에 있는 자르스 항성에서 세어서 세 번째 별인 프릴리움타른 행성의 세보르베우프스트리라는 땅의 쿠엔툴루스 쿠아즈가르 산맥……." 프락이 되풀이했다.

"죄송한데요, 무슨 산맥이라고요?" 아서가 또 말했다.

"쿠엔툴루스 쿠아즈가르 산맥은 세보르베우프스트리라는 땅에 있고, 이 땅은……."

"무슨 땅이라고요? 확실히 못 알아들어서요."

"세보르베우프스트리라는 땅은……."

"세보르……뭐라고요?"

"아, 진짜 미치겠네." 프락은 이렇게 말하더니 굉장히 토라져서 죽어버렸다.

그 후 며칠 동안 아서는 그 하나님의 메시지라는 것에 대해 좀 생각해보았지만, 결국 그런 말에 괜히 솔깃하지 않기로 결심했고, 괜찮은 작은 세계를 하나 찾아서 정착한 후 한가로운 은퇴 생활을 즐기겠다는 원래의 계획을 따르기로 했다. 하루에 두 번이나 우주를 구했으니, 이제는 좀 편하게 살아도 되지 않을까 싶었다.

그들은 크리킷 행성에 아서를 내려주었다. 크리킷은 이제 다시 목가적이고 전원적인 세계로 돌아와 있었다. 물론 노래는 가끔 아서의 신경을 긁었지만 말이다.

그는 아주 오랜 시간을 비행하며 보냈다.

그는 새들과 의사소통하는 법을 배웠지만, 그들의 대화가 기가 막히게 지루하다는 사실을 깨달았다. 대개가 바람의 속도, 날개 길이, 체력과 무게의 비율에 대한 것이었고, 나아가 상당 부분이 딸기에 대한 것이었다. 불행하게도, 일단 새의 말을 배우게 되면 머지않아 허공에서 새의 말소리밖에 들리지 않는다는 걸 깨닫게 된다. 그저 무의미한 새들의 수다밖에 들리지 않는 것이다. 그것을 피해 도망갈 데가 없었다.

그런 이유로 아서는 결국 비행의 스포츠를 포기하고 땅 위에서 살면서 그 삶을 즐기는 법을 배웠다. 땅에서도 무의미한 수다가 아주 잘 들리기는 했지만 말이다.

어느 날, 그는 최근에 들은 매혹적인 노래 곡조를 콧노래로 흥얼거리며 걷고 있었다. 바로 그때 하늘에서 은빛 우주선이 하강하더니 바로 그의 앞에 서는 것이었다.

해치가 열리고 진입로가 뻗어 나오더니, 키 큰 회녹색 외계인이 씩씩한 걸음으로 나와 그에게 다가왔다.

"아서 필리……." 외계인은 이렇게 말하더니, 날카로운 시선으로 아서와 자기 손에 들고 있는 메모판을 번갈아 살펴보았다. 그는 얼굴을 찌푸리고는 다시 아서를 보았다.

"넌 벌써 했잖아, 그렇지?" 그가 말했다.